SV

Hans Erich Nossack
Ein glücklicher Mensch

Erinnerungen an Aporée

Suhrkamp

Erste Auflage 1975

Druck: Poeschel & Schulz-Schomburgk, Eschwege
Printed in Germany

Ein glücklicher Mensch

1

Welch ein Glück! Ich brauche den, dem ich meine Geschichte erzähle, nicht erst zu erfinden. Ich bin also tatsächlich ein glücklicher Mensch. Das war nämlich das letzte Wort, das jemand zu mir sagte, als ich in Aporée das Flugzeug bestieg. Es ist schon über vierzig Jahre her. Ich hielt mich damals gar nicht für glücklich. Ramsic hieß der, der das zu mir sagte. Auch von ihm werden wir noch reden müssen.
Dabei hätte ich Sie doch längst wahrnehmen können, es gibt kaum eine Entschuldigung für meine Nachlässigkeit. Eine kleine Kopfwendung hätte genügt, und mir wäre das Licht aufgefallen, das da oben im dritten Stock die halbe Nacht brennt, mir schräg gegenüber auf der andern Straßenseite, das dritte Haus rechts von meinem Haus in Richtung der Georgetown-Universität. Dann hätte ich gleich gewußt, da ist einer ungefähr in demselben Alter wie ich damals in Aporée. Einer von uns, wenn Sie mir das zu sagen erlauben.
Ich muß wie blind gewesen sein. Da sieht man wieder, daß auf einen alten Mann, dem man gewöhnlich einige Erfahrungen zutraut, kein Verlaß ist. Statt dessen hocke ich meinerseits nächtelang am Fenster meines Zimmers, wenn auch im Gegensatz zu Ihnen im Dunkeln, und blicke stumpfsinnig auf die Q-Street, wo doch nie etwas passiert, was Sie und mich angeht. Ich sitze da wie im Warteraum einer Behörde oder eines Arztes und warte darauf, bis die Reihe an mich kommt. Angemeldet bin ich ja, das ließe sich durch den Zettel beweisen, den ich ausgefüllt habe, aber man darf nicht nachfragen, warum es so lange dauert. Das haben die

Leute nicht gern, und man wird angeschnauzt: Warten Sie gefälligst, und wenn es Ihnen nicht paßt, verlassen Sie bitte das Lokal. So sitze ich denn da und warte. Die Illustrierten, die auf dem Tisch herumliegen, interessieren mich nicht. Wozu soll ich mir nackte Mädchen begucken? Das ist nicht das, weshalb ich mich angemeldet habe. So bleibe ich denn da sitzen und warte. Bis der Hausmeister oder eine Reinemachefrau mich fragt: Was machen Sie denn hier noch? Der Inspektor oder der Doktor ist schon lange fort. Es ist verboten, hier zu übernachten. Da läßt sich nichts machen. Sie müssen da wohl irgendeinen Hintereingang haben, so daß man nicht merkt, wenn sie weggehen. So bleibt einem nichts übrig, als ins Bett zu gehen und zu hoffen, daß es einem morgen gelingt. Ich kenne das, schön ist es nicht.

Dafür, daß ich Sie sträflicherweise so lange im Stich gelassen habe, kann ich mich nur mit meiner Erfindung entschuldigen, mit der Erfindung dessen, dem ich meine Erinnerungen an Aporée mitteile. Ich hatte es mit der Erfindung schon recht weit gebracht, eine sehr sympathische Figur, mit der ich bereits vertraut umging. Manchmal befürchtete ich sogar, daß andre ihn sehen könnten, wenn ich mit ihm auf der Straße ging oder er in der Cafeteria neben mir saß. Ich achtete darauf, ob sie ihm auf der Straße auswichen, um ihn nicht anzurempeln, und einmal kam es mir so vor, als ob sich jemand bei Tisch zu ihm hinbeugte und ihn fragte: Was sagen Sie dazu? Das paßte mir gar nicht, denn er hätte eine nichtssagende Antwort geben müssen und wäre mir dadurch leicht wieder verloren gegangen. Ich blickte rasch zur Seite auf den Platz neben mir und gab statt seiner die nichtssagende Antwort,

womit denn auch alle zufrieden waren. Das Ganze war auch nur eine Täuschung von mir. Die andern sind leicht zufrieden zu stellen, sie wollen nur bestätigt werden, das genügt. Und daß ich zur Seite blickte, werden sie für die Angewohnheit eines alten Mannes gehalten haben. Vielleicht hat er Rheuma oder Neuralgien, bei einem so alten Knaben muß man damit rechnen. Tatsächlich tut mir die rechte Schulter manchmal etwas weh, aber es lohnt sich nicht, davon zu reden, davon wird es auch nicht besser. Wer klagt, erniedrigt sich, wie einmal jemand sagte. Wenn ich nicht irre, war es Ramsic, den ich schon erwähnte, es paßt gut zu ihm, so etwas zu sagen. Aber davon später, es gehört schon zu meiner Geschichte.
Doch um erst bei dem Erfundenen zu bleiben: ich lernte ihn in dem kleinen Drugstore kennen, dem da am andern Ende der Q-Street jenseits der Wisconsin Avenue. Wo ich meistens zu Mittag esse, wenn ich nicht in der Cafeteria esse, wo die Kollegen vom Ministerium zu essen pflegen und auch ich bald vierzig Jahre lang gegessen habe. Dorthin gehe ich jedoch nur einmal in der Woche, höchstens zweimal. Der Weg ist mir zu weit. Nicht daß mir viel daran liegt, mit den jüngeren Kollegen zusammenzusein, und auch ihnen wird kaum etwas daran liegen. Nur so aus alter Gewohnheit. Wenn ich dort einmal nicht mehr aufkreuzen sollte, werden die Kollegen sagen: Na, hat der Alte nun doch endlich ins Gras gebissen? und dann weiter essen. Nur meiner Tochter liegt daran, daß ich da noch hingehe. Sie hat so ihre ganz bestimmten Vorstellungen über das, was mir gut tut. Auch von Beziehungen ist die Rede, die man pflegen müsse. Beziehungen! Ich bitte Sie. Was sollen wir mit Beziehungen anfangen? Doch wenn

meine Tochter aus Philadelphia zu Besuch kommt oder umgekehrt, wenn ich sie wieder einmal in Philadelphia besuchen muß, erzähle ich ihr jedesmal getreulich, was der oder jener von den Kollegen gesagt hat. Am besten, man richtet sich nach ihren Vorstellungen, nach denen meiner Tochter, meine ich, das ist einfacher als zu widersprechen. Nur dagegen wehre ich mich, daß ich ganz zu ihr nach Philadelphia ziehen soll. Mit diesem Vorschlag liegt sie mir dauernd in den Ohren.

In dem kleinen Drugstore esse ich, weil es bequem für mich ist und billig. Nicht daß ich sparen müßte, aber wozu Geld in einem verchromten Restaurant ausgeben, wo man auch nicht besser ernährt wird. Zum Beispiel das französische Lokal gegenüber dem Georgetown-Inn, wo die Kellnerinnen in echt bretonischer Kleidung herumlaufen, wenn auch im Minirock, was wohl praktischer beim Servieren ist, ja, das Lokal liegt ja sozusagen auch nebenan. Ich esse da jedoch nur mit meiner Tochter, wenn sie mich besucht; sie wohnt dann auch immer im Georgetown-Inn. Das ist für alle Teile einfacher, denn in unserm alten Haus gibt es immer etwas zu nörgeln über Staub und Unordnung. Die Hotelrechnung bezahle ich selbstverständlich, ich bin ja der Gastgeber. Meinen Drugstore darf ich meiner Tochter nicht anbieten, das ist klar.

Ich setze mich da nie auf einen der Drehstühle an der Theke, dann müßte ich mit dem Mann hinter der Theke über das Wetter reden oder über den Mord, der letzte Nacht passiert ist, das ist lästig. Ich nehme meine Suppentasse und meinen Teller mit zu einem der vier Tische und esse da. Auf die Weise habe ich meinen Erfundenen erfunden.

Ich sehe, wie auch er mit seinem Essen zu dem einzigen noch leeren Tisch geht und sich dort hinsetzt. Ich folge ihm und frage, ob es gestattet sei. Er blickt mißtrauisch auf und nickt dann mit dem Kopf. Er denkt bestimmt, daß dieser Alte unmöglich einer von der Polizei sein kann. Daß er so denkt, sieht man ihm an; er hat eine etwas krankhafte Gesichtsfarbe, ist also lange nicht an der frischen Luft gewesen.

So essen wir denn beide ohne aufzusehen. Ich hole mir noch eine Tasse Kaffee. Der Kaffee ist schlecht, zuhause kann ich mir viel besseren kochen, aber ich trinke die Tasse da dem Mann hinter der Theke zu Gefallen. Mein erfundenes Gegenüber ist auch schon fast mit seinem Essen fertig, und da frage ich ihn: ›Haben Sie schon eine Unterkunft?‹

Er blickt erschrocken und sogar zornig auf und fragt: ›Wie kommen Sie zu der Frage?‹

›Ach, nur so und weil ich hier in der Nähe wohne.‹

›Und was hat das mit mir zu tun?‹

›Bleiben Sie doch bitte sitzen. Was geht es den Mann da an der Theke an.‹

›Und was geht es Sie an?‹

›Ich weiß doch, wie es ist, Sie müssen schon verzeihen. Möblierte Zimmer sind hier in Washington schwer zu bekommen, und die Hotels sind zu teuer für einen wie Sie.‹

›Einer wie ich? Was bilden Sie sich eigentlich ein?‹

›Regen Sie sich doch bitte nicht auf. Ihr bißchen Gepäck werden Sie sicher in einem der Safes am Bahnhof deponiert haben.‹

›Haben Sie mir nachgeschnüffelt, Sie?‹

›Sehen Sie mich doch an. Ich bin zwar noch ganz gut zu Fuß, doch immerhin bin ich vierundsiebzig und zum Nachschnüffeln reicht es nicht mehr.‹

›Sieht man es mir denn an‹, fragt er leise.

›Was soll man Ihnen denn ansehen. Man sieht, daß Sie hier fremd sind, in Georgetown wenigstens. Hier fällt jeder Fremde auf, das ist wie in einem Dorf. Was will denn der hier, fragen sich die Leute, das kann nicht mit rechten Dingen zugehen. Ich selber bin auch nicht anders, lachen Sie mich ruhig aus. Zum Beispiel neulich: ich sitze nachts, wenn ich nicht schlafen kann ... das geschieht öfters, und Schlafmittel nehme ich nie, das kommt mir wie Betrug vor, verstehen Sie? Man soll mit seiner Schlaflosigkeit auch so fertig werden, wenn sie einem bestimmt ist. Sicher, das ist altmodisch, doch wie gesagt ... ich sitze da nachts am Fenster und blicke auf die Straße. Natürlich sitze ich im Dunkeln, es geht niemand etwas an, daß ich noch auf bin. Soll ich mich etwa morgens von einer freundlichen Nachbarin fragen lassen: Sie waren aber lang auf. Hatten Sie Besuch? In der Q-Street kennt sich jeder, da ist nichts zu machen; man muß immer irgendeine Redensart parat haben. Auch ich kenne alle Autos in der Straße und weiß, wer spät nach Haus kommt. Die Leute sind wohl im Theater gewesen oder haben sonst etwas vorgehabt. Auch für Liebespaare ist die Q-Street nicht recht geeignet, es weiß gleich jeder Bescheid. Neulich also steht ein Mann über zwei Stunden vor meinem Haus, es ist schon lange nach Mitternacht und überhaupt kein Betrieb mehr. Er steht da unter dem Baum, aber die Straßenlaterne etwas weiter links beleuchtet ihn. Er hat einen hellen Regenmantel an. Was will der Kerl da? Er blickt zwar nicht auf mein Haus, aber was will er da? Wartet er auf ein Mädchen? Warum wartet er dann ausgerechnet vor meinem Haus und noch dazu so lange? Es hat mich sehr beunruhigt. Von der Polizei kann er nicht sein, sage ich mir, denn er zündet sich alle paar Minuten eine Zigarette an, und das wäre für einen Polizisten gar zu auffallend.‹

›Haben Sie denn die Polizei zu fürchten?‹

›Das glaube ich nicht einmal, doch wer weiß das so genau. Außerdem kann es ja jemand von einer Privatdetektei sein. Man hat die Leute beauftragt, mich zu beobachten. Meine Tochter zum Beispiel; ihr wäre es zuzutrauen, daß sie für so etwas unnötiges Geld ausgibt. Sie will gern wissen, was ihr alter Vater macht und ob er sich anständig benimmt, so daß sie keinen Ärger davon hat. Ich verstehe das sogar, sie ist nun einmal so. Nur daß ich es meinerseits nicht schätze, beobachtet zu werden. Zum mindesten muß man es wissen, damit man rechtzeitig seine Maßnahmen ergreifen kann, um die Leute irrezuführen. Schließlich war der Kerl plötzlich weg. Ich muß wohl eingenickt sein, aber daß er den Moment wählt, wo ich einnicke, um zu verschwinden, ist doch wieder recht auffallend. Und nach welcher Seite ist er fortgegangen? Zur Universität hin oder zur Wisconsin Avenue? Und wo hat er seinen Wagen geparkt? Mich hat das alles ein wenig beunruhigt, wie eine Warnung, verstehen Sie. Aber machen Sie sich deswegen keine Sorgen, es ist schon drei Wochen her, also lange, bevor Sie nach Washington gekommen sind. Ist Washington überhaupt der richtige Ort für Sie? Doch lassen wir das vorläufig. Welcher Ort ist schon der richtige für unsereinen? Nur meine Frage, ob Sie schon eine Unterkunft haben, bleibt bestehen. Besser, wir sitzen hier nicht länger zusammen. Der Mann da wundert sich sowieso schon, über was wir uns unterhalten. Wir wollen auch nicht zusammen fortgehen, das würde denn doch gar zu sehr auffallen. Ich gehe voran, rechts hinunter, es sind nur zehn Minuten bis zu meinem Haus, ich werde trödeln, und wenn Sie Lust haben, können Sie mir in fünf Minuten folgen. Aber bitte, ganz wie Sie wollen. Wenn Sie nicht kommen, auch gut, wir können dann unsere Unterhaltung hier vergessen, es ändert sich nichts dadurch in unserm Leben. Doch wenn Sie kommen sollten, schadet es nichts, wenn man uns zusammen sieht. Ich werde, wenn man mich fragt, sagen, daß Sie ein Bekannter meines Enkels sind, vom College her oder so. Meinen Enkel kennen die Leute, wenn er auch selten bei mir übernachtet. Sie sind zwar ein paar Jahre älter, doch Ihrem Anzug nach könnten Sie gut einer vom College sein. Hat man ihn Ihnen bei der Entlassung gegeben?‹

›Nein, das ist der, in dem ich eingeliefert wurde. Er riecht übel nach Desinfektionsmitteln.‹

›Das gibt sich. Also bis nachher.‹

So ließ ich denn meinen Erfundenen dort sitzen und ging hinaus. Ich war recht zufrieden mit meiner Erfindung. Durch die Frage nach seiner Unterkunft hatte ich ihn gezwungen, ein wenig Farbe zu bekennen. Tatsächlich überlegte ich, während ich langsam die Straße entlang ging, ob ich ihn nicht vorerst bei mir unterbringen sollte. Das hätte sich ohne Umstände machen lassen. Oben im zweiten Stock neben den Bodenräumen gibt es zwei nicht sehr große, aber gut heizbare Zimmer. Das eine wird als Abstellraum benutzt, in dem andern schläft immer mein Enkel, wenn er einmal nach Washington kommt; man brauchte nur das Bett zu überziehen. Ursprünglich, das heißt lange vor meiner Zeit, werden solche Zimmer in so alten Häusern wohl für die Dienstmädchen gedacht gewesen sein. Zu meiner Zeit wohnte Tante Minnie in den beiden Zimmern. Das heißt, wohl auch nicht gleich, sondern erst nach dem Aggie – so heißt meine Tochter – alt genug war, daß man sie allein schlafen lassen konnte. Oder bringe ich das durcheinander? Denn ganz zu Anfang hatten wir doch noch so etwas wie eine Säuglingspflegerin, und wo sie schlief, habe ich vergessen. Jedenfalls nachher hatte Tante Minnie da oben ihre Privaträume.

Tante Minnie – so hieß sie bei uns immer nur, ihr richtiger Name ist mir deshalb entfallen – ist zwölf Jahre Hausdame bei uns gewesen. So nennt man das wohl. Vielleicht auch vierzehn Jahre, man müßte in alten Quittungen nachsehen, doch darauf kommt es nicht an. Jedenfalls so lange, bis Aggie für sich allein sorgen konnte oder bis das Mädchen aufs College in Bryn Mawr ging. Warum gerade dorthin, vermag ich nicht zu sagen. Ob Tante Minnie ihr das vorgeschlagen hatte oder auch nur zufällig, weil eine Schulfreundin nach Bryn Mawr ging? Doch ganz gleich, dies Bryn Mawr hat meine Tochter nach Philadelphia geführt, wo sie dann auch geheiratet hat.

Ich hatte damals Tante Minnie und dem Kinde die beiden oberen Stockwerke überlassen und mich im Erdgeschoß eingerichtet. Da gab es damals zur Straße hin hinter der Veranda einen Salon, wie das in so alten Häuschen Sitte war. Der Salon wurde kaum benutzt, eigentlich nur zu Weihnachten. Was soll unsereiner mit einem Salon? Nach hinten, zu dem kleinen Garten hin, lag ein großes Eßzimmer, wo wir auch zu essen pflegten. Das war praktischer, denn die Küche war im Souterrain, das war früher so üblich, auf die Hausangestellten nahm man keine Rücksicht. Das alles habe ich dann umbauen lassen. Ja, und dann neben dem Eßzimmer gab es noch einen schmalen Raum, wofür er gedacht war, kann ich nicht sagen. Vielleicht als Bibliothek oder als eine Art Boudoir für die Dame des Hauses, was weiß ich. Dort schlief ich und arbeitete dort auch, wenn ich Akten aus dem Ministerium mit nach Haus genommen hatte. Über mir hörte ich dann Aggie in ihrem Spielzimmer herumtrappeln, und alles war in Ordnung.

Mit Tante Minnie habe ich großes Glück gehabt. Ja, kein Zweifel, ich bin wirklich ein glücklicher Mensch, der Mann in Aporée, der mir das sagte, hat recht. Ich begreife nicht, was die Leute wollen, die manchmal so tun, als ob ich zu bedauern sei. Sollen sie sich lieber selbst bedauern, was wissen sie schon von mir.

Wenn ich nicht irre, war Tante Minnie Witwe, als sie zu uns kam; was ihr Mann gewesen war, weiß ich nicht, es war nie von ihm die Rede. Offenbar hatte sie auch keine Verwandten. Wie gesagt, ich überließ ihr alles im Haus und sie sorgte für alles, ich brauchte mich um nichts zu kümmern oder mir Sorgen zu machen, wenn ich tagsüber im Ministerium war. Ich glaube sagen zu dürfen, daß auch sie sich wohl fühlte und sich nichts Besseres wünschte. Ein ganz großes Glück.

Sie zog dann später in eine winzige Wohnung in der Nähe der St. Johns Church, also nicht weit von uns. Vielleicht war sie fromm, das kann sein. Sie hätte natürlich ruhig bei uns wohnen bleiben können, aber wegen der Klatschereien hielt sie es für ungehörig; denn sicher hätte es in unserer Straße geheißen: Warum heiratet der Alte die Frau nicht? Das ist doch das mindeste. Oder so ähnlich.

Nach ein paar Jahren mußte sie in ein Pflegeheim und ist da an Krebs gestorben. Aggie flog zur Beerdigung

hierher; wir waren sehr traurig, denn sie hat Mutterstelle an ihr vertreten.
Das ist auch schon wieder lange her, seitdem habe ich das kleine Haus umbauen lassen und ein wenig modernisiert. Und zwar erst, als feststand, daß meine Tochter nicht nach Washington zurückziehen würde. Sie war sehr gegen den Umbau, sie hielt das für eine unnötige Ausgabe. Verkauf doch den alten Kasten und zieh zu uns nach Philadelphia, meinte sie. Aber ich kann ihr nachweisen, daß der Umbau kein schlechtes Geschäft war. Die Bodenpreise sind im letzten Jahrzehnt in Georgetown stark gestiegen, es ist Mode geworden, hier zu wohnen, es gilt als vornehm. Ein gutes Geschäft also, wiederum ein Glücksfall.
War mir nun mein Erfundener gefolgt? Selbstverständlich folgte er mir, sonst wäre die Geschichte ja umsonst. Wenn man schon einmal anfängt mit Erfinden, muß man auch weitermachen. Bei der Gelegenheit fällt mir ein, was ich neulich an unserm Mittagstisch in der Cafeteria hörte. Die Kollegen hatten eine Frau mitgebracht, eine vom FBI, wie ich aus den Gesprächen entnahm. Sie hatte wohl irgend etwas im Ministerium zu tun, Auskünfte aus unsern Akten oder dergleichen; so etwas kommt vor. Warum man eine Frau geschickt hatte, kann ich nicht sagen, zu meiner Zeit war das nie passiert. Doch ganz gleich, sie war übrigens recht sympathisch. So nebenbei erwähnte sie, daß die Polizei sich in den letzten Monaten Gedanken mache über einen auffallenden Zustrom sehr junger Leute, kaum über zwanzig, meistens aus dem Westen und offenbar Intellektuelle. Einen Zustrom? fragte einer von uns. Na, ein Zustrom sei vielleicht übertrieben, hundertdreißig bis hundertfünfzig Leute habe man bisher festgestellt,

doch in Washington müsse man ja auf solche Dinge aufpassen, um rechtzeitig gegen Untergrundbewegungen gewappnet zu sein. Die Papiere seien in Ordnung, aber trotzdem. Was denn gegen sie vorliege? Nichts, das ist es eben, nicht das Geringste, das zum Eingreifen Anlaß gebe. Sie verkehren auch nicht miteinander, soweit uns das bekannt ist, doch das besagt nichts; es kann sich um Tarnung handeln, und sie mögen eine Methode der Kommunikation haben, die wir noch nicht kennen. Wir haben zusätzlich Leute einsetzen müssen, auch Spitzel, doch vorläufig ohne jedes Ergebnis. Einige geben vor, Studenten zu sein; andre bemühen sich um Gelegenheitsarbeiten, und ein paar haben sogar eine Stellung in einer Bank oder in einem Kaufhaus gefunden, und dergleichen mehr. Zur Last ist dem Staat noch keiner von ihnen gefallen. Sie leben in möblierten Zimmern und andern billigen Unterkünften, ganz für sich, ohne Besuch und ohne Mädchenbekanntschaften. Wir haben uns bei einer Prostituierten erkundigt, zu der wir einen von ihnen gehen sahen. Ach der Bengel, meinte sie wegwerfend, was soll denn der angestellt haben? Der versteht ja noch nicht einmal das Handwerk. Wir sind durch die Zivilbevölkerung auf die jungen Leute aufmerksam gemacht worden, durch die Hausfrauen, denen es aufgefallen war, daß sie nicht so leben, wie sonst junge Leute leben. Sie gehen früh aus dem Haus und kehren abends wieder ziemlich früh zurück. Dann bleiben sie auf ihrer Bude ohne jeden Krach und ohne Besuch, wie gesagt. Das fällt natürlich auf, die Frauen sagen sich mit Recht, da kann doch etwas nicht stimmen. Vorläufig können wir nichts tun, als sie im Auge behalten.
Ich nahm an der Unterhaltung nicht teil, ich hörte nur

zu. Mein Erfundener konnte nicht gut zu diesen jungen Leuten gehören, ich erfand ihn ja auch erst später. Ein sogenannter Intellektueller ist er allerdings, aber doch sehr viel älter, Ende der Zwanziger ungefähr, so hatte ich ihn erfunden. Er habe einen ordnungsgemäßen Entlassungsschein, glaubte er mir versichern zu müssen, als wir zusammen weitergingen, doch ich winkte ab. Was gehen mich Entlassungsscheine an, mögen sie noch so ordnungsgemäß sein. Zufällig weiß ich ja, was es mit Entlassungsscheinen auf sich hat. Ich sagte ihm immer wieder, daß die Vergangenheit doch keinen interessiere, wir hätten Besseres zu tun, als damit unsre Zeit zu vertrödeln. Aber er war schwer davon abzubringen, er wollte reden, und das ist verständlich, wenn einer lange hat schweigen müssen.

Mein Erfundener hatte sich etwas zu Schulden kommen lassen, was, das habe ich mir nicht erst die Mühe gegeben zu erfinden. Dafür hatte er zwei Jahre und ein paar Wochen gesessen und war dann begnadigt worden, wie man es nennt. Was er in Washington wollte, dafür fehlt es mir bis heute an jeder Erklärung.

Ich mußte ihm immer wieder versichern, daß er vor dem Mieter im Erdgeschoß keine Angst zu haben brauche. Ein alter pensionierter Beamter, der da mit seiner Frau lebt, ein langweiliger Kerl ohne irgendwelche Interessen außer seinem Fernsehapparat, den ich oben höre, aber als ruhiger Mieter sonst angenehm. Er hat früher eine Stellung in dem Gebäude neben dem Capitol gehabt, wo die Kongreßmänner ihre Büros haben, was für eine Stellung, wüßte ich nicht zu sagen. Sein Sohn ist Anwalt in New York oder auch nur Bürochef in einem Anwaltsbüro, ganz gleich. Ich kenne ihn nur von zufälligen Begegnungen auf der Treppe,

wenn er seine Eltern besucht, was gottlob selten geschieht. Kurz über den Mieter braucht mein Erfundener sich nicht aufzuregen.
Durch den Umbau ist das Haus sehr viel brauchbarer geworden. In dem Raum, der wohl ursprünglich als Garderobe gedacht war, habe ich ein Bad installieren lassen, wegen des Steigrohrs war es da am günstigsten, und eine kleine Küche wurde in die frühere Besenkammer eingebaut, so daß die alten Leute nicht mehr in den Keller zu kriechen brauchen und womöglich die steile Treppe hinunterpurzeln. Auch den kleinen Garten hinten überlasse ich den Mietern. Der alte Kerl hat sich einen Rasenmäher angeschafft, auf die Weise brauche ich mich nicht darum zu kümmern. Und um die Hauptsache nicht zu vergessen, unter der Veranda wurde eine Garage eingebaut.
Ich selber hause im ersten Stock, vielzuviel Raum, ein Zimmer würde mir genügen, aber was will man machen. Ich habe eine zweiflammige Kochplatte, das genügt für meine Bedürfnisse. Einmal in der Woche kommt Rosie und macht sauber, auch die Treppe natürlich. Rosie ist eine Schwarze, ich bin sehr mit ihr zufrieden; ein alter Mann allein macht ja nicht viel Dreck. Meine Tochter hat natürlich dauernd etwas auszusetzen, Rosie sei eine Schlampe, die Gardinen hätten längst gewaschen werden müssen und die Kacheln im Badezimmer könnten auch mal wieder gewischt werden. Doch ich halte zu Rosie, wozu soll ich mich erst an eine andre gewöhnen, und an der hätte Aggie bestimmt auch etwas auszusetzen. Und was meinen Erfundenen betrifft, so wird es Rosie ganz gleichgültig sein, wenn da oben jemand ein paar Tage schläft.
›Seien Sie doch froh über die zwei Jahre‹, sagte ich zu

ihm, um ihm etwas Selbstvertrauen zu geben, doch es ist auch meine wirkliche Meinung. Wo ich das zu ihm sagte, ob noch unterwegs oder ob er schon zu mir nach oben gekommen war, habe ich vergessen. In dem Bett im zweiten Stock hat er jedenfalls nicht geschlafen, es war zugedeckt und unzerwühlt wie gewöhnlich. ›Seien Sie doch froh, die zwei Jahre kann Ihnen niemand nehmen. Betrachten Sie sie als einen Glücksfall. Wem wird schon so etwas zuteil? Nur ganz wenigen. Das gibt Ihnen neue Überlegenheit den andern gegenüber.‹

›Überlegenheit?‹

›Na, sagen wir Unabhängigkeit. Doch ganz gleich, wie man es nennt, Sie sind von nun an nie mehr auf einen Bekanntenkreis angewiesen, der Sie trägt und wo man über Sie redet, sie brauchen keine Partei und keinen Verein. Sie brauchen nur zu reden, was die andern reden, so bleiben Sie für sich. Hauptsache, daß Sie sich genau so kleiden wie alle, immer nach der Mode, denn durch ein Kostüm darf man nicht auffallen, dann hat man gleich verspielt, und obendrein ist es kindisch. Sollen sie ruhig ihre Bügelfalte haben, wenn ihnen so sehr daran liegt. Hauptsache, daß sie einen allein lassen. Ein ganz großes Glück.‹

›Haben Sie denn auch . . .?‹

›Nicht so wie Sie, doch der Unterschied ist nicht groß. Zwei Jahre waren es auch, ziemlich genau sogar. Was glauben Sie, wie hätte ich diese Unwirklichkeit hier sonst über vierzig Jahre ausgehalten? Statt dessen habe ich es hier zu etwas gebracht, wie man es nennt. Vierzig Jahre im Ministerium, zuletzt Abteilungsleiter in der Abteilung Südamerika, sozusagen Fachmann für Venezuela und Kolumbien. Ja, und jetzt eine recht anständige Pension und dies Haus und eine Tochter, die eine angesehene Ärztin in Philadelphia ist und einen Mann hat, der auch ein angesehener Arzt ist, genauer gesagt ein Chirurg. Und wenn ich abkratze, werden sie dies Haus erben und noch allerhand dazu. Ist das nicht vorbildlich? Bin ich nicht geradezu ein Museumsstück für ordentliches Verhalten? Seht euch diesen selbstlosen Mann an, ihr Kinder! Selbstlos ist gut, ein grandioser Witz. Doch nun zu Ihnen. Haben Sie irgendwelche Pläne?‹

›Ich will mich hier umsehen, ob es eine billige Fluggelegenheit nach Newropa gibt.‹

›Nach Newropa? Was wollen Sie denn da?‹

›Dort kennt einen keiner, und man braucht dort Menschen, heißt es.‹

›Wer hat Ihnen denn das erzählt?‹

›Es steht in den Zeitungen und in den Anzeigen von Industrie-Unternehmen, sie versprechen auch ein gutes Gehalt. Aber gehört habe ich es von meinem Zellengenossen.‹

›Ist der denn dort gewesen?‹

›Das nicht, aber er meinte, daß sich dort gut vorankommen ließe. Er war ein übler Kerl. Das war das Schwerste in den beiden Jahren, immer mit ihm zusammen zu sein. Ein Erpresser, darum saß er. Man wollte mir keine Einzelhaft bewilligen, das sei nur für ganz Schlimme, hieß es. Ja, wenn ich eine Bombe aufs Weiße Haus geworfen hätte, dann vielleicht. So sprachen wir über Newropa und die Zukunft dort. Das war besser als sich die Schmutzereien des Kerls anhören zu müssen. Auch einer der Wärter wußte über Newropa Bescheid. Es soll ja früher eine Strafkolonie gewesen sein.‹

›Eine was?‹

›Eine Strafkolonie. Früher soll es so etwas gegeben haben. Es muß lange vor meiner Geburt gewesen sein. Das Land soll damals auch einen andern Namen gehabt haben. Irgendso ein komischer Name, ich kann ihn nicht behalten.‹

›Aporée?‹

›Ja, ganz recht. Was Sie alles wissen! Und dann haben wir das Land kolonisiert und es Newropa genannt. Es muß schon sehr lange her sein.‹

›Kolonisieren sagt man besser nicht mehr‹, erwähnte ich nur noch, ›das gibt gleich Ärger. Sagen Sie lieber zivilisieren oder industrialisieren, das erregt keinen Anstoß.‹

2

Damit war der Name Aporée gefallen. Mein Erfundener hatte ihn erwähnt, beziehungsweis ich habe ihn ihm in den Mund gelegt. Dabei ist mir streng verboten, den Namen in den Mund zu nehmen.

Meine liebe Tochter hat es mir verboten. Erzähl das nur keinem andern, sagte sie, du machst dich lächerlich, und die Leute halten dich für nicht ganz richtig. Ich habe gehorcht. Was blieb mir andres übrig. Sollte ich mich vielleicht entmündigen lassen? Außerdem war es ein Fehler, daß ich überhaupt davon angefangen hatte. Das sah ich ein.

Es kam so. Als Aggie achtzehn oder neunzehn war und Ferien hatte, fragte sie mich einmal bei Tisch: ›Warum hast du eigentlich nicht wieder geheiratet, Vater?‹

›Hättest du denn so gern eine Stiefmutter gehabt‹, versuchte ich auszuweichen.

›Um mich geht es nicht, aber du warst doch noch jung, als Mutter starb, es wäre doch nur natürlich gewesen.‹

Sie sagte das mit der ganzen Überlegenheit einer Medizinstudentin, die inzwischen gelernt hat und genau weiß, was ›natürlich‹ ist. Oder was ›natürlich‹ zu sein hat. Man verliert seine Stellung, wenn man sich nicht ›natürlich‹ benimmt, darauf lief es hinaus. Eine Stellung haben ist etwas Natürliches.

Dummerweise hielt ich es damals für richtig, ihr etwas über Aporée zu erzählen, soweit sich davon reden läßt. Ich bildete mir sogar ein, es sei meine Pflicht als Vater, sie über ihre Herkunft zu unterrichten, und daß ihr damit gedient sei. Da sieht man wieder, daß ein Vater keine Ahnung davon hat, was ein junges Mädchen für richtig hält. Es wäre viel besser gewesen, ich hätte Aggie auf ihre Frage wegen des Wiederverheiratens einfach geantwortet: ›Ich habe deine Mutter wohl zu sehr geliebt‹. Das mag auch in den Augen einer Medizinstudentin nicht ›natürlich‹ sein, aber es klingt doch ganz hübsch, und man kann es getrost kolportieren, ohne sich damit zu blamieren. Statt dessen redete ich Dummkopf von Aporée.

Daß ihre Mutter bei ihrer Geburt gestorben war, wußte Aggie selbstverständlich schon. Das hatte ihr Tante Minnie erzählt, es war schon wegen der andern Mädchen nötig, die noch eine Mutter hatten. Sicher wird auch Tante Minnie sich den Kopf zerbrochen haben, wie ich es all die Jahre mit Frauen hielt. Das ist nun einmal so, sie können es sich nicht anders vorstellen, die Frauen meine ich, und es ist ihr gutes Recht. Zu Aggie wird sie gesagt haben: ›Er hat dir zuliebe nicht wieder geheiratet.‹ Das sähe ihr ähnlich, denn sie war etwas romantisch. Von Aporée wußte Tante Minnie natürlich nichts.

Wie gesagt, statt dessen redete ich davon und kam schön an damit. Aggie sah mich an wie ein Psychiater einen Schizophrenen ansieht. Oder wie einen, der im Traum spricht. Sie war sogar beleidigt, daß ich ihr so etwas zumutete. ›Das glaubst du doch hoffentlich selber nicht‹, hieß es.

›Ich brauche es nicht zu glauben, ich habe es erlebt‹, verteidigte ich mich.

Daraufhin fielen dann die Worte, daß ich mich ja hüten solle, andern solchen Unsinn zu erzählen; man würde mich für nicht ganz richtig halten und so weiter. Das einzige, wofür Aggie Interesse zeigte, waren die Umstände, die zum Tode ihrer Mutter geführt hatten. ›Das ist doch etwas ganz Alltägliches‹, wurde ich belehrt, ›daß sich bei einer Frau die Geburt manchmal verzögert. Wenn es sich um psychische Gründe handelt, genügt eine kleine Spritze, das weiß doch jedes Kind. Und wenn eine körperliche Hemmung vorliegt, so braucht niemand daran zu sterben. Ein geringfügiger Eingriff und alles ist erledigt. Euer sogenannter Arzt hat sie umgebracht. Schöner Arzt! Ein Scharlatan, nichts weiter.‹

›Wir hatten doch in Aporée nicht die Mittel und Instrumente, die ihr heute habt‹, wagte ich einzuwenden.

›Verteidige ihn noch! Er gehört ins Zuchthaus.‹

›Er wird längst tot sein.‹

›Sein Glück! Und Morphinist war er auch noch, wie du sagst.‹

›Ja, allerdings.‹

›Na, siehst du.‹

Seitdem vermeide ich, über Aporée zu sprechen. Auch heute noch, obwohl im Gegensatz zu früher wieder davon geredet wird. Es scheint geradezu Mode geworden zu sein und neuerdings zur Bildung zu gehören, den Namen zu nennen. Sogar mein Erfundener oder wenigstens sein Zellengenosse hatte davon gehört. Auch am Mittagstisch erwähnt zuweilen der eine oder andre von den Kollegen den Namen. Sogar in einem Reisebüro habe ich ein Plakat entdeckt, das billige Gesellschaftsflüge nach Newropa empfiehlt, und darunter steht: Das ehemalige Aporée wird Sie interessieren. Es läßt sich also schon Reklame damit machen, so haben sich die Zeiten geändert.

Schuld daran sind die Wissenschaftler. Für sie ist Aporée ein neues Spielzeug, über das sich dicke Bücher schreiben lassen. Auf die Idee, daß es da vielleicht noch

einen gibt, der ihnen genauere Auskünfte geben könnte, kommen die Gelehrten gar nicht erst; es würde ja auch nur ihre Theorien stören. Vor allem die Archäologen haben in Newropa herumgegraben und allerhand verbranntes und geschmolzenes Zeug aus der Tiefe gebuddelt. Auch eine Wanderausstellung haben sie durch Amerika laufen lassen, wo sich die Leute den Kram ansehen konnten. Sie war ja auch hier in Washington, doch ich bin nicht hingegangen. Ich hätte den Brüdern nur sagen können, daß das alles nichts mit Aporée zu tun habe, sondern daß das Zeug aus einer noch viel älteren Zeit stammen müsse. Zufällig weiß ich darüber Bescheid.
Darauf sind übrigens die Gelehrten schon selber gekommen, ich weiß nicht wie, mit ihrem Geigerzähler vermutlich. Sie behaupten schlankweg, es müsse da ein hochkultiviertes Volk gewohnt haben, und zwar lange, bevor das Land oder der Erdteil auf unsern Landkarten Aporée genannt wurde. Und dazu kommen dann noch die Linguisten, sie reden ihren Kollegen von der andern Fakultät dazwischen und beweisen, daß ein Wort wie Aporée aus keiner Sprache der Welt abzuleiten sei. Nun, damit sind wir bei Namen, dazu hätte ich einiges zu bemerken. Wir in Aporée nannten so etwas Computer-Namen. Doch davon später.
Und schließlich soll in den letzten Jahren ein pseudowissenschaftliches Buch erschienen sein und großen Erfolg beim Publikum gehabt haben mit dem Titel ›Woher wir kommen‹. Ich hörte die Kollegen am Mittagstisch davon reden. Ja, gerade die, die sonst bestimmt kein Buch lesen, interessierten sich für diesen blühenden Unsinn, den wohl ein Sektierer in die Welt gesetzt, wenn er nicht das Buch sogar im Auftrag von Indu-

strieunternehmen verfaßt hat, um die Leute nach Newropa zu locken, wo sie Menschen brauchen. Kurz, in dem Buch soll berichtet werden, mit viel Pathos und mit religiösen Vokabeln, die ja mehr Wirkung haben als wissenschaftliche Ausdrücke, daß wir, wir Amerikaner, ursprünglich von da herstammten und erst hierher ausgewandert wären, als die Gegend da unbewohnbar wurde und deshalb den Namen Aporée erhielt.
Und warum, mein verehrter Autor, hat man uns das hundert Jahre und mehr in der Schule verschwiegen? Und warum wurde eine Gegend, in der bis dahin ein hochkultiviertes Volk gewohnt haben soll, plötzlich unbewohnbar? Das sind doch naheliegende Fragen.
Allerdings soll es auch dafür schon eine Theorie geben. Es wird von einem riesigen Meteor oder Erdsatelliten gefaselt, der dort hingestürzt sei und alles vernichtet und verbrannt habe. Sogar ungesunde Strahlen hat dieser Übeltäter aus dem Himmel mitgebracht. Aber auch ein Laie weiß, daß Meteore mit größter Geschwindigkeit auf die Erde aufzuprallen pflegen. Wie kommt es, daß wir trotzdem noch Zeit fanden, in unser geliebtes Amerika auszuwandern, ohne daß uns die Finger zerquetscht wurden? Und ferner müßte es doch, wenn ein so riesiger Brocken auf die Erde fällt, überall Überschwemmungen und eine Art neuer Sintflut gegeben haben, wegen der Verdrängung oder wegen des gestörten Gleichgewichts, ganz gleich wie die Fachleute so etwas nennen. Aber in den Geschichtsbüchern der letzten hundert Jahre ist nirgend etwas von einer Sintflut zu lesen, und dabei wird doch sonst der Name eines Generals für alle Zeiten in den Archiven notiert, von Wirtschaftskrisen gar nicht zu reden.
Ich hütete mich wohlweislich, solche Fragen zu stellen.

Meine Tochter hat recht, man hätte mich nur dumm angeguckt. Wenn der Name Aporée zufällig in ihrer Gegenwart fiel, tat ich so, als ginge mich das nichts an. Sie beobachtete mich dann nämlich scharf aus den Augenwinkeln. Das kam nur dann vor, wenn ich Weihnachten meinen Pflichtbesuch in Philadelphia machte, damit die brave Familie das Fest gemeinsam verbrachte. Ihr Mann, der Chirurg, interessierte sich nicht für Aporée und hatte wahrscheinlich noch nie davon gehört. Ich mochte ihn gern, er war ein schweigsamer Mann. Aber mein Enkel redete bei Tisch davon, er ist ungefähr neunzehn. Der Junge hatte mit seiner Klasse einen Flug nach Newropa gemacht und prahlte damit, wie neu da drüben alles sei, die Straßen, die Flugplätze, die Fabriken und Hotels und was weiß ich sonst noch. Einen jungfräulichen Kontinent nannte er Newropa, man denke, jungfräulich. Er scheute sich nicht, unser liebes Amerika als völlig veraltet zu bezeichnen. Auch mit Bodenschätzen, die es dort angeblich geben soll, wertvolle Bodenschätze, wurde geprahlt. Er will Ingenieur werden, daher seine Begeisterung.
Dabei fiel denn der Name Aporée, auch mein Enkel nannte es eine ehemalige Strafkolonie. Den Blödsinn hört man oft, offenbar geht er den Leuten glatt ein. Wenn man nicht weiß, wozu eine Gegend dagewesen ist, nennt man sie Strafkolonie, und alles hat seine Ordnung. Meinem Enkel ging es jedoch dabei um etwas andres. Offenbar hatte er sich auch irgendwelche Ausschachtungen angesehen, nicht aus Interesse an Altertümern, sondern wegen der Tiefbauten für neue Industrie-Anlagen. Oder auch wegen der vielgerühmten Bodenschätze.
›Das müssen raffinierte Burschen gewesen sein, die da

vor der Strafkolonie gehaust haben‹, erzählte er uns. ›Wir haben da in der Tiefe Fundamente, Heizungsanlagen, Installationen und Abflußsysteme gefunden, von denen wir noch lernen können. Selbstverständlich ganz verrottet, aber es läßt sich gut rekonstruieren. Wir sollen uns bloß nichts einbilden, die haben damals zu leben gewußt und nicht schlecht.‹

Wie schon erwähnt, meiner Tochter wegen tat ich so, als ginge mich das nichts an, und löffelte meine Suppe. Dabei hätte Aggie ohne weiteres eine Weltberühmtheit werden können, wenn bekannt geworden wäre, daß sie als erstes und einziges Kind in Aporée geboren war. Sie war im wahrsten Sinne des Wortes geradezu ein historisches Ereignis.

Von den Frauen, die es dort gab, sie waren in der Minderzahl, soll im Laufe der vielen Jahrzehnte zwar die eine oder andre schwanger geworden sein, ich weiß das nur vom Hörensagen, aber immer kam es schon im dritten oder vierten Monat zu einer Fehlgeburt, an der die Frauen starben. Von diesen armen Frauen spricht keiner von den Gelehrten, auch warum sie das Kind nicht austragen konnten, wird verschwiegen.

Wie gesagt, meine Tochter war das erste Kind, das dort lebendig zur Welt kam, wenn auch ihre Mutter dabei draufging. Und das einzige Kind von Aporée insofern, als der Erdteil kaum einen Monat danach offiziell von Amerika in Besitz genommen wurde und seitdem Newropa genannt wird. Ist das etwa kein historisches Ereignis?

Wenn der Hubschrauber, den wir per Funk angefordert hatten . . . bei uns konnten nur Hubschrauber landen, da es keinen Flugplatz gab . . . wenn er nur zwei Stunden früher gekommen wäre, dann wäre Aggie im

Hubschrauber geboren. Was die Astrologen wohl dazu zu sagen hätten? Aber der Hubschrauber von dem Flugzeugträger, der da irgendwo vor der Küste lag, wenn auch für uns nicht sichtbar, kam leider zu spät. Vermutlich mußten sie erst bei ihrer vorgesetzten Stelle anfragen, ob sie wegen der Geburt eines Kindes einen Hubschrauber nach Aporée schicken dürften, und einen Arzt dazu. Ich kann mir das aufgeregte Hinundher-Funken wegen dieser Staatsaktion, denn das war es ja, lebhaft vorstellen. Es wäre interessant, wenn man Einblick in die Akten nehmen könnte, falls man sie nicht vernichtet hat. Als der Hubschrauber dann endlich kam, war die Mutter schon zwei Stunden tot, dazu brauchten wir keinen Arzt mehr. Aber das Baby atmete, und er nahm es mit. Ein paar Tage später wurde dann auch ich abtransportiert.

Meine Tochter legte keinerlei Wert auf diesen einzigartigen Ruhm, sie hatte sich ein für alle Mal darauf versteift, das alles für Phantasie und für das peinliche Geschwätz eines alten Mannes zu halten. Ich gestehe, es war ein Fehler, überhaupt mit ihr davon zu reden. Man soll andre nicht mit einem außerordentlichen Schicksal belasten, das ist sträflicher Leichtsinn. Wer sagt uns, ob der andre dem gewachsen ist? Den wirklichen Grund, warum Aggie von Aporée nichts hören wollte, habe ich erst später eingesehen.

Sie kam zwei oder dreimal im Jahr nach Georgetown, um bei mir nach dem Rechten zu sehen. Und ich meinerseits mußte mich auch mindestens zweimal in Philadelphia sehen lassen, zu Weihnachten und Ostern oder zum Erntedankfest. Man lud dann sogar Freunde und wichtige Bekannte ein, um mich ihnen vorzustellen. Wir sprachen dann bei Tisch über Politik und die

Wirtschaftslage, alles wie es sich gehört. Einmal hatte Aggie sogar einen Pastor zu Tisch gebeten, einen einflußreichen Mann, der sie in der Gemeinde als Ärztin empfehlen konnte. Ich sprach mit ihm über die Stellung der katholischen Kirche in Kolumbien und Venezuela, obwohl ich herzlich wenig davon verstand, aber Aggie war zufrieden mit mir, und das war die Hauptsache.

Ja, und ein andres Mal schleppte sie mich in ihrem Wagen mit nach Bryn Mawr. Sie fungierte da als Ärztin bei den Mädchen, wenn sie auch keine Gynäkologin war. Während sie bei ihrer Patientin im Dormitory war, wartete ich in der Deanery. Die Mädchen, die da herumsprangen, waren ein erfreulicher Anblick, aber daß die Mütter und ehemalige Schülerinnen da in der Deanery den ganzen Nachmittag Bridge spielten, davon wurde mir so schlecht, daß Aggie mich nachher fragte, ob es mir nicht gut gehe. Sollen die Weiber meinetwegen so viel Bridge spielen wie sie Lust haben, aber mit anhören zu müssen, wie diese Frauenzimmer, mit Schmuck behängt, mit blauer Frisur und obendrauf ein Blumentopf, beim Kartenausteilen die Welt ordnen ohne den geringsten Zweifel an ihrer Zuständigkeit und so, daß selbst der Liebe Gott vor ihnen hätte stramm stehen müssen, das war zu viel, da bekam ich es mit der Angst, daß sie auch über mich verfügen würden. Aggie verschwieg ich den Grund für meine Übelkeit, denn es war ja ihr Geschäft, sich mit den reichen und einflußreichen Weibern gut zu stehen.

Damit bin ich bei dem Hauptgrund für die Abneigung meiner Tochter gegen Aporée und bei dem Hauptfehler, den ich machte, und das nur, weil eine Achtzehnjährige mich fragte, warum ich nicht wieder geheiratet hätte. Man sollte doppelt wachsam sein, wenn einem so persönliche Fragen gestellt werden. Kurz und gut, ich habe mich wie ein Idiot benommen. Es rutschte mir heraus, als ich über den Tod ihrer Mutter mit ihr sprach, daß ich im amtlichen Sinne gar nicht richtig verheiratet mit ihrer Mutter gewesen sei. Das war ein Schock für das Mädchen, ich merkte es sofort, ja, geradezu eine Beleidigung. Es nützte mir nichts, daß ich ihr versicherte, in Aporée sei es gar nicht möglich gewesen, sich einen regulären Trauschein zu verschaffen, es gab da weder eine Bürgermeisterei mit Standesamt noch eine Kirche oder dergleichen. Dafür war in Aporée kein Bedarf. Wenn jemand starb, wurde er von uns beerdigt, es gab immerhin so eine Art Friedhof. Von früher her und wohl aus alter Gewohnheit standen auf einigen Gräbern Kreuze aus Kistendeckeln, bis sie zerfielen; niemand nahm Notiz davon und zu meiner Zeit war es nicht mehr Sitte. Auch Namen standen nicht auf den Kreuzen, wozu auch. Es wurde ein Strich in den Listen gemacht, man berichtete per Funk, daß wieder einer weniger da wäre, und es wurde Ersatz geschickt.

Aggie hielt das alles für krankhafte Phantasie, meine Argumente zählten gar nicht, denn sie trug den Gegenbeweis bei sich. Sie suchte in ihrer Handtasche nach einem Papier und angelte ihren Paß heraus, in dem auch ihr Geburtsschein lag. Komisch, denn man pflegt ja seinen Geburtsschein gewöhnlich nicht bei sich zu tragen. Aber gottlob war dieser dumme Geburtsschein für Aggie einwandfrei in Ordnung. Die Staatspolizei hatte mir aus politischen Gründen eine brave Geburtsurkunde ausgestellt; sie wird ihre Gründe dafür gehabt

haben, und ich mußte ein paar heilige Eide leisten, darüber den Mund zu halten.
In der Geburtsurkunde stand schwarz auf weiß: Henry Soundso und seine Ehefrau, geborene Soundso, melden die Geburt eines Kindes weiblichen Geschlechts an und so weiter. Dazu ein Datum, ob das richtige, kann ich nicht sagen, denn um Daten kümmerte ich mich damals nicht, und der Ort, ein kleines Nest in Maine. Der Ort stimmte insofern, als dort das Kinderheim war, in das sie das Baby zur Pflege geschafft hatten. Auch ich kam dann dorthin, und meine Papiere lauten auf den gleichen Ort. Vor allem aber gab es auf dem Geburtsschein von Aggie ein paar handfeste amerikanische Stempel. Wie darf sich jemand erlauben, ein Papier mit solchen guten Stempeln in Zweifel zu ziehen? Aggies guter Ruf war trotz des krankhaften Geschwätzes ihres alten Vaters für alle Zeiten gerettet. Denn welchen Schaden hätte es ihr bei ihren Patienten verursacht, wenn bekannt geworden wäre, daß sie unehelich geboren war.
Daß ich von mir nur als SOUNDSO rede, bitte ich zu verstehen. Meinen jetzigen Namen kann jeder, dem daran liegt, am Haustürschild lesen, es ist der Name, unter dem ich seit über vierzig Jahren in Washington und Georgetown registriert bin. Ein schwer aussprechbarer Name, wir nannten das in Aporée früher Computer-Name. Es ist nämlich der Name, den ich erhielt, als ich mich um Aporée bewarb, davon werde ich Ihnen noch erzählen müssen. Kurz, aus Gründen, die allein die Staatspolizei angehen, erhielt man dann einen neuen Namen.
Meinen richtigen Namen, das heißt den, unter dem ich geboren bin und den ich trug, bevor ich nach Aporée

kam, habe ich so sehr vergessen, daß ich mich nicht einmal selber mehr damit anreden würde. Übrigens, auch der Vorname Henry ist nichts als eine Erfindung des Computers. Mir ist das völlig gleich.

Doch um erst einmal mit meiner Tochter zuende zu kommen: aus Anstandsgründen müßte ich eigentlich den, dem ich diese Geschichte erzähle, vorher warnen, damit er dann entscheiden kann, ob er noch weiter zuhören will. Ich müßte ihm sagen: Bester Mann, machen Sie sich darauf gefaßt, daß die Geschichte von Aporée wie ein Kitschroman schließt, mit der Geburt eines Kindes. Mag das hundertmal eine historische Tatsache sein, Kitsch bleibt es so oder so, auch wenn das Kind zufällig meine Tochter ist. Als ob alle Probleme mit der Geburt eines Kindes gelöst wären, das ist denn doch gar zu billig.

Und um damit endlich wieder zu meinem Erfundenen zu kommen, verzeihen Sie die lange Unterbrechung, meinen Erfundenen habe ich fallen gelassen, sozusagen ausradiert habe ich den armen Kerl. Einmal weil er sich nicht im geringsten für Aporée interessiert, sondern genau so wie mein Enkel nur für Newropa. Möge er dort Erfolg haben, das wünsche ich ihm von Herzen. Und zweitens, weil es auf die Dauer denn doch zu umständlich wurde, sich mit einem Erfundenen zu unterhalten. Man muß bei jedem Satz aufpassen, daß man ihm nicht die eigenen Worte in den Mund legt, und das ist nicht einmal leicht zu entscheiden.

Immerhin habe ich ihm zu verdanken, daß ich auf Sie aufmerksam geworden bin. Ich wandte mich plötzlich nach rechts und entdeckte Ihr Licht oben im dritten Stock.

3

Ein großes Glück für mich, daß Sie mir da schräg gegenüber wohnen. Ich hätte kaum mehr darauf zu hoffen gewagt.
Inzwischen weiß ich natürlich mehr über das Haus, in dem Sie wohnen. Es ist etwas größer, als die Häuser auf meiner Seite, die offenbar alle zur selben Zeit und von demselben Architekten gebaut sind. Das Haus da drüben hat drei Stockwerke, in denen drei verschiedene Parteien wohnen. Im Keller wohnt sogar eine Art Hausmeister, der auch die drei Nachbargärten in Ordnung hält, wohl um sich etwas dazu zu verdienen. Aber nicht bei mir. Ich mag ihn nicht. Ein kleiner Mann mit Glatze und rotem Gesicht, er tut so, als gehöre ihm die ganze Straße. Wenn ein fremdes Auto vor seinem Haus parkt, gibt es Krach. Leider läßt es sich nicht vermeiden, daß ich ihm manchmal auf der Straße begegne, was mir unangenehm ist. Er blickt mich wie einen Verdächtigen an. Was will denn die Type in der Q-Street, denkt er, obwohl ich länger da wohne als er und irgendeiner. Wenn er wüßte, daß ich mit einem seiner Mieter in Verbindung stehe und noch dazu mit dem, der bei ihm unter dem Dach wohnt und schon deshalb nicht zählt, weil er ihm nicht so viel Weihnachtsgeld gibt wie die andern Mieter, würde ich endgültig auf seine schwarze Liste kommen. Wir müssen ihm unsre Verbindung unbedingt verheimlichen.
Überhaupt, dieser Mieter da oben hat ja nicht einmal einen eigenen Wagen; der Hausmeister selber hat ja einen, wenn auch eine alte Klapperkiste, doch immerhin. Auch eine dicke Frau hat er, die gut zu ihm paßt

und mit den Reinmachefrauen klatscht, die vormittags in die Häuser gehen. Sie stehen dann stundenlang auf der Straße herum und fuchteln mit den Armen, so aufregende Dinge haben sie zu besprechen. Und daß der Alte da drüben sich eine Schwarze zum Reinmachen hält, was sagen Sie dazu, meine Liebe. Daß er sich nicht schämt. Wenn es so weiter geht, wird man hier in der Q-Street nicht mehr wohnen können, und es war doch immer eine so vornehme Straße.

Von Ihnen weiß ich inzwischen, daß Sie nicht mit den andern Mietern im Haus verkehren, das ist klar. Vielleicht grüßt man sich auf der Treppe, das ist alles. Wenn diese Mieter sonntags ausfahren, um irgendwo zu essen, bleiben Sie allein zu Haus. Ich höre die Mieter den Hausmeister fragen: Was ist das eigentlich für einer da oben? Man sieht und hört nichts von ihm, das kann doch nicht mit rechten Dingen zugehen. Und man kann nachts vom Theater oder vom Klub so spät nach Haus kommen wie man will, immer brennt Licht in seiner Mansarde. Vielleicht druckt er Falschgeld, was meinen Sie? Ich sage immer zu meiner Frau: Schließ nur ja die Wohnungstür gut ab und vergiß nie, die Kette vorzulegen, denn bei so einem weiß man nie ... Oder glauben Sie, daß er schwul ist? Machen Sie sich nichts aus den Klatschereien, das alles könnte man genau so gut über mich alten Mann sagen. Nur das mit dem Falschgeld ist natürlich Blödsinn, denn das würde ja Lärm machen. Und was mich betrifft, so habe ich den Vorteil, daß meine Tochter mich dann und wann besucht. Das wissen die Weiber sofort und sie wissen auch, daß Aggie dann im Georgetown-Inn übernachtet, das erhöht meinen Ruf in der Straße wieder für ein paar Tage.

Was hat das mit Aporée zu tun, werden Sie fragen. Haben Sie nur Geduld, es hat sehr viel damit zu tun. Dabei fällt mir ein, daß nie jemand in Aporée auf die Idee gekommen wäre, einen andern mit Freund anzureden oder Freund zu nennen. Man lebte in der gleichen Gegend und hatte das gleiche Schicksal, das genügte und war so selbstverständlich, daß es ungehörig gewesen wäre, noch extra darauf hinzuweisen. Mit dem Wort Freund hätte man nur gezeigt, daß man nicht dazu gehörte.

Ich weiß so viel von Ihnen, wie ich von mir weiß. Ich weiß, wie es ist, wenn bis zwei oder drei Uhr nachts das Licht bei einem brennt und man dann unwillig ins Bett geht, weil der Brotberuf es verlangt, daß man ein paar Stunden geschlafen hat. Unwillig, weil man sich eingestehen muß, daß man wieder keinen Schritt weiter gekommen ist. Ja, ich kenne das. Mancher, wenn er das Licht da oben zuerst sieht, wird denken, da ist einer krank, sicher wird gleich der Unfallwagen vorfahren und man wird den Kranken auf einer Bahre aus dem Haus schleppen. Sollte man den Leuten dabei helfen? Doch Nacht für Nacht das Licht, das kenne ich.

Und ich kenne auch, wie es ist, wenn man dann trotzdem jeden Morgen zehn Minuten nach acht eilig fortgehen muß, in Richtung Wisconsin Avenue, um den Autobus noch zu erwischen. Und wie man ebenso pünktlich nachmittags gegen halbsechs zurückkommt, voller Hoffnung, an diesem Abend endlich einen Schritt weiterzukommen. Und gleich geht auch das Licht oben an, wenigstens im Winter. Meistens trägt man eine Plastiktüte bei sich, man kauft ja in der Stadt ein, was man braucht, und zwar in einem bekannten

Supermarkt, das sieht man an den Farben der Tüte. Frühstück und Abendessen macht man sich selber, und selbstverständlich Kaffee, wie könnte man sonst so lange aufsitzen. Das alles kenne ich.

Sehr hell wird es in dem Zimmer nicht sein, eine Gardine hängt nicht vor dem Fenster, wozu auch, denn da oben kann einen niemand sehen, wenn man sich auszieht. Es wird sich um eine ausgebaute Dachwohnung handeln, nur ein Zimmer vermutlich, nicht einmal sehr groß, mit einer Kochnische und hoffentlich auch ein Duschraum mit Toilette. Und was die Möbel angeht, was braucht unsereiner schon viele Möbel. Einen Tisch natürlich, um daran zu sitzen, und ein Bett oder wenigstens eine Matratze, alles andre ist unwichtig. Die Möbel stammen sicher von einem Althändler und die Frau des Hausmeisters wird gleich entdeckt haben, wie schäbig das alles ist.

Und sonntags? Die Sonntage sind schlimm, das kenne ich. Man verläßt lieber das Haus nicht, nicht einmal, um sich die Beine zu vertreten. Sonntags macht man sein Zimmer sauber. Dazu war nicht nötig, daß ich gesehen habe, wie Sie das Staubtuch aus dem Fenster ausschlagen, jeden Sonntagvormittag, ja. Meine Tochter hat mich einmal dabei ertappt, wie ich hinüberblickte; ihr entgeht so leicht nichts. ›Kennst du den Menschen?‹ fragte sie.

›Ich passe nur auf, ob die Fenster darunter auch geschlossen sind, damit den Leuten nicht der Staub hineinweht, dann gibt es Krach‹.

›Was du für Sorgen hast.‹

Ja, was für Sorgen ich habe. Die Sorgen eines kaum Dreißigjährigen, denn so alt war ich damals, der seine letzte Hoffnung auf Aporée setzt und Nacht für

Nacht darüber nachsinnt, wie er dorthin gelangen kann. Und bis man es gefunden hat, muß man seinen Beruf ausüben und Weihnachten feiern und was sonst noch dazu gehört. Und nicht zu vergessen die Sonntage, wenn die Läden geschlossen sind und Kirchenglocken läuten. Das sind unvorstellbare Sorgen, immer steht alles auf des Messers Schneide, auch wenn man nur das Staubtuch ausschüttelt. Das sind meine Sorgen, das sind Ihre Sorgen, ich kenne das.

Sorgen, von denen die Leute zu ihrem Glück keine Ahnung haben, denn sie würden sonst das Kapitol in die Luft sprengen, nur um solche Sorgen los zu werden. Der alte Mieter unter mir oder vielmehr seine Frau stellt jedesmal zu Weihnachten... oder tut man das zu Sylvester?!!, bunte Kerze ans Fenster, gottlob elektrische, obwohl es einmal Kurzschluß gegeben hat, doch der war leicht zu beseitigen. Sie muß den Krempel in einer Pappschachtel für das nächste Jahr aufbewahren. Ich habe nichts dagegen, denn die dummen Kerzen da unter mir, von denen profitiere auch ich. In dem Haus wird Weihnachten gefeiert, denken Vorübergehende.

Bei Ihnen gegenüber und bei mir gibt es natürlich keine Kerzen. Bei Ihnen brennt das Licht wie in allen andern Nächten. Kein Sektglas in der Hand und kein Prost-Neujahr-Geschrei, auch bei mir nicht. Höchstens daß man die Fenster rechtzeitig zumachen muß, damit von den Idioten, die auf ihren Balkons stehen, keine Rakete ins Zimmer geschossen wird. Die armen Hunde tun einem leid, denn sie können die Knallerei noch weniger vertragen als wir. Und die halbe Nacht hört man die Sirenen der Unfallwagen. So verlangt es der Kalender.

Über den Brotberuf brauchen wir kein Wort zu verlieren, das gehört nicht zu unsern Sorgen, es ist ganz gleichgültig, wie man seinen Lebensunterhalt verdient, Hauptsache, daß man andren nicht zur Last fällt.
Telefon werden Sie nicht haben. Wer sollte Sie schon anrufen, nicht wahr. Bei mir steht eins herum, solange ich im Ministerium war, mußte ich eins haben. Manchmal wurde es auch abgehört. Na, sollen die Leute ihr Vergnügen haben, wenn ich mit Philadelphia telefonierte und mit meiner Tochter über Wetter und Gesundheit sprach. Über Aporée spricht man nicht am Telefon, das verbietet sich von selbst.
Damit sind wir wieder bei Aporée, glauben Sie bitte nicht, daß ich abschweife. Eines Tages werden Sie begreifen, daß alles, was ich Ihnen hier erzähle, mit Aporée zu tun hat. Mit Ihrem Aporée, ja. Ich habe das in Ihrem Alter zunächst auch nicht einsehen wollen.
Übrigens gab es auch gutwillige Erklärungen dafür, daß bei mir nachts so lange das Licht brannte wie jetzt bei Ihnen. Ein fleißiger junger Mann, hieß es, er nimmt sich Akten mit nach Haus, um sie aufzuarbeiten. Oder: er studiert und will sich fortbilden, um einen besseren Posten zu bekommen. Sehr anerkennenswert, und sicher wird er dann heiraten. Nein, meinten dann andre, der Kerl schreibt Artikel für die Zeitung, seien wir vorsichtig. Natürlich unter einem Pseudonym, das ist klar bei solchen Heimlichtuern, doch wenn er über die Q-Street schreibt, können wir ihn wegen Verleumdung verklagen. Oder sollte er ein Buch schreiben?
Dabei zwinkern sich die Leute zu. Wissen Sie noch, der und der, wie hieß er noch, prahlte uns auch immer die Ohren voll, daß er ein Buch schreiben wolle, aber er hat

es dann trotzdem zu etwas gebracht und ist Fabrikdirektor geworden.
Ein Buch? Besitzen Sie eine Reiseschreibmaschine? Dann würde man Sie tippen hören, selbst wenn Sie einen dicken Filz darunter gelegt haben, um die andern Mieter nicht zu stören. Doch der Hausmeister schleicht bestimmt nachts die Treppe hinauf und horcht an Ihrer Tür. Das kennen wir.
Ein Buch? Damit sind wir tatsächlich bei Aporée, das kann ich gleich vorausschicken. Als ich dort ankam, glaubten die, die dort schon längere Zeit lebten, daß es meine Absicht sei, ein Buch über Aporée zu schreiben. Das war ein ganz dummer Zufall, davon werde ich noch reden, aber die Menschen dort waren nicht davon abzubringen, bis zum Schluß nicht. Und dabei hatte ich, soweit ich mich erinnere, nie vorher daran gedacht, ein Buch zu schreiben, es fehlt mir an Begabung dafür. Notizen wollte ich mir allerdings machen, das ist wahr, doch ich kam schnell davon ab. Die, die dann meine Frau wurde, brachte mich davon ab, davon werde ich noch reden müssen, und sie hatte recht, man macht sich keine Notizen über Aporée.
Ein Buch? Warum sollten Sie da oben in Ihrem Zimmer kein Buch schreiben? Lassen Sie sich nicht durch mich davon abhalten. Nicht um das Buch geht es, sondern um das Schreiben des Buches. Ich könnte mir vorstellen, daß man dabei auf brauchbare Gedanken kommt, und Sie sind ja noch auf der Suche.
Also bitte! Ist noch Kaffee da? Denn wenn wir uns jetzt schon ins Bett legen würden, könnten wir leicht etwas Wichtiges vergessen. Welch ein Segen, daß uns wenigstens die Nacht zum Leben bleibt. Ausruhen können wir uns tagsüber genügend bei den Zahlen und

Bilanzen oder was sonst unser Beruf sein mag. Dabei braucht man nichts von sich selbst.

So wie Sie habe ich auch dagesessen, an meinem Tisch, den einen Ellbogen aufgestützt, und selbstverständlich habe ich geraucht. Dann und wann habe ich zur Tasse gegriffen, um einen Schluck zu nehmen, er ist längst kalt, doch das schadet nichts, nur das Klirren der Tasse, wenn man sie zurückstellt, ist schon beinahe zu viel Geräusch. So sitzen wir da, stundenlang und hellwach.

Könnte uns jemand beobachten, würde er denken, was blickt der Mensch da immer auf die leere Wand? Nicht einmal ein Bild hängt da. Wie hält er das aus, immer nur ins Leere zu blicken?

Ins Leere? Als ob es uns um die Leere geht. Die könnten wir einfacher haben, wir brauchen nur auf die Straße zu gehen oder am Mittagstisch zuzuhören, wie die andern sich über ihre nächsten Ferien unterhalten.

In Aporée war es nicht anders, als ob jemand stundenlang an seinem Tisch sitzt und auf die Wand blickt. Auch da saßen häufig welche von uns jenseits der Hügel, die sich gegen die Küste vorgewälzt hatten, und blickten über die Ebene, wo es nichts zu sehen gab, was sich hätte fotografieren lassen. Sah man einen dort sitzen, ging man leise weiter, um ihn nicht zu stören. Stundenlang saß er dort, oft vergaß er sein Mittagessen, und es kam auch vor, daß manch einer gar nicht wiederkehrte. Was wird er dort alles gesehen haben? War er nicht zu beneiden? Er wird etwas gesehen haben, wie es ursprünglich gedacht war, und wird dahin aufgebrochen sein, der Glückliche. Endlich die Wirklichkeit!

Wo Sie Ihre Wirklichkeit finden werden oder einen Zipfel von ihr, kann Ihnen keiner sagen, auch ich nicht. Nur das Suchen danach bleibt immer das gleiche, alles

andre ist längst historisch geworden, davon läßt sich für einen Heutigen nichts lernen.
Früher, und damit meine ich die Kalenderzeit, stand der Name Aporée sogar noch auf der Landkarte, sozusagen als Warnung. Möglich, daß man im Archiv irgendeiner Bibliothek noch so eine altmodische Landkarte findet, als Kuriosum. Auf so einer Karte habe ich Aporée zuerst entdeckt.
Ich muß damals acht oder zehn Jahre alt gewesen sein. Es ist meine einzige Kindheitserinnerung. Alles andre ist völlig entschwunden, nur der Name blieb haften.
Im Grunde hatte es mir auch weniger der Name angetan, der sagte mir nicht viel, und fremdartige Namen gab es viele auf der Landkarte, sondern mehr die Form des Landes oder Erdteils, der mit Aporée bezeichnet war.
Die Weltkarte hing in der Schule an der Wand. Wo das gewesen ist, kann ich nicht sagen. Sicher nicht hier in Washington, das kann ich mir nicht denken, eher in einer kleineren Stadt, vielleicht im mittleren Westen, wo jetzt die jungen Leute herkommen, über die sich die Polizistin am Mittagstisch so aufregte. Auf der Karte sah man unser Amerika, ein Dreieck, das bis Mexiko herunter auf dem Kopf stand, das war alles klar und übersichtlich. Und darüber, durch eine rote Linie getrennt, gab es Kanada, das von rechts wegen doch zu uns gehörte. Und etwas rechts oben davon war Grönland, wo es sehr kalt ist und nur Eskimos Leben können, weil sie dicke Pelze anhaben. Auch Schlittenhunde haben sie, es muß ein Vergnügen sein, dort Schlitten zu fahren. Und noch etwas weiter nach oben fing denn auch gleich der große weiße Fleck um den Nordpol herum an, wo es so kalt war, daß man dort

unweigerlich erfror. Das alles war jedenfalls leicht zu begreifen.

Ja, und dann gab es noch etwas weiter rechts darunter einen häßlichen gelbbraunen Fleck und quer darüber war Aporée gedruckt. Warum das häßliche Gelbbraun? Unser Amerika war doch hübsch rosa angemalt, und daß der Nordpol weiß war, tat den Augen nicht weh, denn da es da nur Eis gab, konnte man sich ja keine andre Farbe als Weiß denken. Doch mehr als das häßliche Gelbbraun brachte einen die seltsame Form des Landes dazu, vor der Karte zu träumen.

Wer hatte sich nur so ein Land ausgedacht? So als ob sich einer einen Spaß habe machen wollen: nun wollen wir mal ein Land entwerfen, wie es noch nicht existiert und noch nie gegeben hat. Sollen die Leute sehen, was sie damit anstellen. Lauter komische Landzungen und Halbinseln und überall ganz überflüssige Meeresarme und Buchten, nirgends klare Linien wie bei uns. Wenn man das auf der Karte sah, bekam man direkt Lust, mit einem kleinen Boot von einer Bucht zur andren zu fahren, von einer Halbinsel zur nächsten. Wie wollten die Leute da einen Schienenstrang legen oder eine Autobahn bauen? Immer gab es gleich wieder einen Meeresarm. Es muß für die Leute da doch ganz unmöglich gewesen sein, vernünftig miteinander zu verkehren.

Ich fragte die Lehrerin, was dort für Menschen wohnten. Sie war eine nette junge Frau oder auch nur ein Fräulein.

›Dort kann man nicht wohnen‹, sagte sie.

›Ist es da zu kalt?‹

›Das nicht, aber es ist da zu ungesund, es gibt kein Wachstum.‹

›Wie in der Wüste?‹ fragte ich sie und zeigte mit dem Finger auf Afrika und die Sahara.
›Ja, so ähnlich.‹
›Warum schaffen sich dann die Leute keine Kamele an?‹
›Auch Kamele können da nicht leben, heißt es, alles geht da immer gleich zugrunde.‹
›Liegt es an der Luft?‹
›Ja, vielleicht an der Luft.‹
›Und früher haben da auch keine Leute gewohnt?‹
›Davon weiß man nichts.‹
Das arme Mädchen wußte wirklich nichts davon, es stand nichts darüber in ihren Geschichtsbüchern, und beim Examen hatte man sie nicht danach gefragt. Ein Land ohne Wachstum, das war alles, was man ihr beigebracht hatte. Aber ein Land ohne Wachstum, was sollte man darunter verstehn?
Und was war mit Wachstum gemeint? Die Bäume und Blumen im Garten? Oder die Baumwollfelder? Oder das Wachstum der Städte mit neuen Vororten und Slums und riesigen Industrieanlagen? Auch ich selber wuchs ja, ich bekam bald lange Hosen, aber war es das, was mit Wachstum gemeint war?
So blieb mir der Name Aporée schon früh im Gedächtnis und noch mehr als der Name das schmutzige Gelbbraun. Dieser häßliche Fleck auf der Erdkarte wurde mir dann, als es so weit für mich war, eine letzte Zuflucht. Dort in dem großen Schweigen braucht man nicht mehr zu wachsen, wenn die Lehrerin recht hatte mit ihrer Bemerkung, dort darf man endlich ein wahres Wort zu sich sprechen, ohne daß andre über einen herfallen. Oder so ähnlich.

4

Genug davon. Haben Sie keine Angst, daß ich Sie mit dummen Kindheitserinnerungen langweilen werde.
Niemand sprach in Aporée über das, was vorher gewesen war, aufs Schweigen verstand man sich dort. Oder genauer gesagt, aufs Verschweigen. Einige erfanden sogar Geschichten über sich, um sich besser dahinter verschweigen zu können. Nur eine einzige Person sprach von dem, was ihr passiert war, doch sie war eine Hysterikerin und gehörte nicht nach Aporée. Vielleicht erzähle ich noch von ihr, nur um Ihnen eine Vorstellung zu geben.
Was es zu meiner Zeit, und das waren ja die letzten beiden Jahre von Aporée, vor allem zu verschweigen gab, war die Enttäuschung. Früher mag es anders gewesen sein, wenn man den Legenden Glauben schenken darf, es mag sein, daß früher die, die sich für Aporée entschlossen, dort auch gefunden haben, worauf sie hofften, wenigstens einige von ihnen, und man möchte sie darum beneiden. Doch als ich hinkam, fühlten sich schon alle beschwindelt, anders kann man es nicht nennen.
Die Enttäuschung, die ich erlitt als ich in Aporée landete, ist kaum zu schildern, nur bildlich. So als ob Sie denken, nun bin ich endlich gestorben und statt dessen geht alles weiter. Doch davon später, wichtig für Sie ist jetzt nur, daß man mit solchen Enttäuschungen rechnen muß, wie sie zu bestehen sind, das ist schon wieder Privatsache.
Beschwindelt, um bei dem Ausdruck zu bleiben, wurden wir damals von unsern Politikern. Heute ist mir

das alles klar, zumal ich selber mit dem, was man Politik nennt, vierzig Jahre lang zu tun gehabt habe, aber damals konnte das keiner von uns wissen.
Wie konnten wir auch nur ahnen, daß so unbrauchbare Menschen wie wir, Menschen deren ganzes Bestreben es war, sich nicht sinnlos verbrauchen zu lassen, von den Politikern für ihr Spiel doch noch gut zu brauchen waren? Selbst wenn man sich noch so abstrakt zu denken bemüht, auf eine solche Idee kommt man nicht.
Auch wenn es heute keinen gelbbraunen Fleck mehr auf der Landkarte gibt, der Aporée genannt wird, rechnen Sie auf jeden Fall mit der Politik, mit unsrer oder irgendeiner. Darum nur mache ich Sie auf die Gefahr aufmerksam, der wir ausgesetzt sind. Man wird Ihnen zwar sagen, das, was mir in Aporée widerfahren sei, wäre ein einmaliges geschichtliches Ereignis, das noch nie vorgekommen sei und nie wieder vorkommen könne. Sollen sie uns doch mit ihren einmaligen geschichtlichen Ereignissen vom Leibe bleiben, die sich immer wiederholen.
Nochmals, ich warne Sie. Früher hat man solche Leute wie uns ausgestoßen und verhungern lassen, oder man hat sie umgebracht, das war noch einfacher, und nun plötzlich stellen wir einen brauchbaren Wert für sie dar?
Doch um auf Aporée zurückzukommen: es muß sich um einen ganz großen Schock gehandelt haben, einen so großen, wie ihn die Menschheit noch nicht erlebt hatte. Er muß so groß gewesen sein, daß die Politiker von Freund und Feind es mit der Angst bekamen, sie könnten die Macht über ihre Leute verlieren, weil denen wegen des Schocks und aus Verzweiflung alles

gleichgültig geworden war, Gesetze und Geld und Erfolg und Moral und was man sich sonst noch der Ordnung zuliebe ausgedacht hat; das alles drohte dem Schock nicht standzuhalten.
Um die Gefahr ihrer Machtlosigkeit zu bannen, werden sich damals die Politiker von beiden Seiten zusammengesetzt und auf einer Friedenskonferenz, wie sie es nennen, beschlossen haben, das Ereignis, das den Schock verursacht hatte, zu verschweigen. Was für schlaue Köpfe müssen das gewesen sein, denkt man, aber so viel Schlauheit ist gar nicht dazu nötig, wenn es um Macht geht. Man braucht seinen Leuten nur zu verheimlichen, daß ihr Dasein unmöglich geworden ist, dann bleiben sie wieder vergnügt vor den Schaufenstern stehen und freuen sich ihres Lebens.
Nur so läßt es sich erklären, daß man uns, die die Unmöglichkeit des Daseins als ihr natürliches Schicksal akzeptiert hatten, doch noch brauchen konnte. Daß wir die Politiker beim Verschweigen der Wahrheit störten, war nicht zu befürchten.
Es ist mir nicht bekannt, ob der Erdteil auch auf den Landkarten der östlichen Völker mit Aporée bezeichnet wurde. Vermutlich ja, denn das war praktischer und man wird es auf der sogenannten Friedenskonferenz so vereinbart haben. Denn trotz aller Vorsichtsmaßnahmen und Geheimnistuerei sickert ja immer leicht etwas durch, und das hätte unerwünschte Reaktionen geben können. Und ob man bei unsern ehemaligen Feinden auch von einem Land ohne Wachstum sprach, weiß ich ebenfalls nicht. Irgendeine Ausrede, die zu ihrer Mentalität paßte, werden sie auch drüben gefunden haben, daran ist nicht zu zweifeln. Die Macht der Politiker blieb jedenfalls hüben und drüben intakt,

der Alptraum, daß es von nun an in unserem Belieben stand, die Menschheit zu vernichten, war vergessen gemacht.

Daß das Verschweigen so völlig gelungen ist, braucht uns nicht zu verwundern. Wozu haben wir die Massenmedien? Wenn man nur abends einen berühmten Fußballspieler sehen kann und als Zukost ein paar entkleidete Mädchen, wird man sich unmöglich einbilden können, unter einem Schock zu leiden. So einer gehörte in eine Heilanstalt. Aber hat man damals, als der Schock akut zu werden drohte, auch die Bibliotheken gesäubert? Vielleicht nicht von heut auf morgen, doch mit der Zeit bestimmt. Allzu große Eile war dafür nicht nötig, denn wer geht schon in Büchereien, um nach solchen Dingen zu fahnden.

Zufällig kann ich da aus eigener Erfahrung sprechen. Eine an sich ganz nichtssagende Anekdote und nur insofern vielleicht auch für Sie wichtig, weil das unmittelbar vor meinem Aufbruch nach Aporée geschehen sein muß.

In der Tat kommt mir die Anekdote jetzt wie geträumt vor, so deutlich sehe ich mich jungen Mann da zwischen riesigen dorischen Säulen stehen und wundere mich nicht einmal, daß ich da stehe. Oder waren es jonische Säulen? Ich stehe da also zwischen den Säulen, blicke auf irgendwelche Anlagen, die sich am Fuß der großen Freitreppe zwischen zwei Straßen hinziehen, vielleicht spielen da Kinder, das kann sein, und ich weiß nicht recht, was ich anfangen soll. Irgendwas ist mir offenbar mißlungen, das kommt ja vor, nicht nur im Traum.

Die Freitreppe führte zu einer Bibliothek und die protzigen Säulen stützten das Vordach. In welcher Stadt

das gewesen ist? Das vermag ich nicht mehr anzugeben, und es bleibt sich auch gleich. Wir haben ja in den Vereinigten Staaten keinen Mangel an Gebäuden mit riesigen Säulen, hier in Washington schon gar nicht, wenn also jemand Wert auf ein Bild legt, kann er das hier fotografieren. Und ob es dorische oder jonische Säulen sind, bleibt sich auch gleich.
Ich war jedenfalls in der Bibliothek gewesen und hatte nach Büchern über Aporée gefragt. Zuerst war ich lange an den Bücherwänden entlang gestreift und hatte selber unter A nachgesehen, in der Abteilung Geographie, Ethnologie, Politik und so weiter; denn die Bücher waren da nach Sachgebieten geordnet. Doch ich fand nichts, und da es ja sein konnte, daß man für das Buch einen andern Titel gewählt hatte,der nicht mit A anfing, ging ich schließlich zu dem jungen Beamten, der da an einem Pult saß, und erkundigte mich bei ihm.
Er sah mich erstaunt an, so als ob er den Namen Aporée noch nie gehört habe, und hob dann ein großes schweres Buch auf sein Pult, so schwer, daß ich ihm dabei helfen wollte, was er aber ablehnte; vielleicht war es den Besuchern verboten, das Buch zu berühren. Es war ein Katalog von allen Büchern, die es gab oder die sie hatten. Er blätterte lange darin herum und fuhr sogar mit dem Zeigefinger die Spalten entlang. Doch irgendwie merkte ich, daß er das nur mir zu Gefallen tat oder weil er Zeit gewinnen wollte. Nur aus Höflichkeit verkniff ich mir eine Bemerkung und wartete geduldig. Bis er endlich Mut faßte und mit leiser Stimme, damit die andern Leute im Lesesaal es nicht hörten, verkündete, daß es über Aporée keine Veröffentlichung gebe. Ich dankte ihm für seine Bemühungen, setzte meinen

Hut auf und verließ den Saal. Bestimmt sah er mir nach. Ja, und so stand ich nun oben auf der Freitreppe zwischen den Säulen und wußte nicht weiter.
Doch wie kam ich dazu, in die Bibliothek zu gehen, denn das wird kaum meine Gewohnheit gewesen sein, und nach Aporée zu fragen. Mit der lächerlichen Kindheitserinnerung hatte es auf keinen Fall etwas zu tun und in den Zeitungen wurde der Name niemals erwähnt.
Ja, ich hatte in der Nacht davor davon sprechen hören. Und meinetwegen können es auch zwei Nächte vorher gewesen sein, und inzwischen hatte ich wie Sie in meinem Zimmer gesessen und darüber nachgedacht.
Das mit der Kneipe, in der ich davon sprechen hörte, war reiner Zufall, es war eine, in die ich noch nie gegangen war. Nur weil sie auf meinem Weg lag, und ich gerade Hunger hatte, war ich hineingegangen, um einen Bissen zu essen. An der Theke stand ein Seemann und brachte seine Kumpane zum Lachen. Anscheinend hatte er sie eingeladen und vertrank da mit ihnen sein Geld. Aber wieso ein Seemann? Hier in Washington würde man wohl kaum erkennen, daß jemand Seemann ist, und eine Uniform der Kriegsmarine hatte er nicht an. Geschah das alles in einer Hafenstadt?
Jedenfalls muß aus seinen Reden und denen seiner Kumpane, die sich um ihn drängten, hervorgegangen sein, daß er Seemann war, Matrose eines Frachtdampfers. Und dabei fiel der Name Aporée.
Er fiel sogar öfters, da die andern ihm nicht glaubten. Sie dachten, es sei nur das, was man Seemannsgarn nennt, wenn ich nicht irre, und lachten aus vollem Halse. Das wiederum veranlaßte ihn, noch lauter davon zu reden und noch mehr zu trinken. Ja, er war dann ziem-

lich betrunken, aber zum Glück harmlos, so daß es zu keiner Prügelei kam. Ich hörte zu, wenn auch möglichst unauffällig, weil er mich sonst auch noch zum Mittrinken eingeladen hätte, und daran lag mir nichts. Aber ich hörte genau zu, und so kam es wohl, daß der Klang des Namens Aporée wieder in mir lebendig wurde. Wie gesagt, ein reiner Zufall.

›Wir versorgen die Leute da mit Lebensmitteln und dergleichen‹, erzählte er, ›sogar mit Benzinfässern, weiß der Teufel, was sie damit anfangen. Aber glaubt nur ja nicht, daß wir ihnen das selber hinbringen dürfen. Streng verboten! Wir müssen weit draußen vor der Küste liegen bleiben, und wenn wir zu nahe kommen, gibt es einen Warnschuß vor den Bug. Nicht von den Leuten da, die werden wohl kaum Geschütze haben, sondern von einem der Zerstörer, die da herumschwimmen. Ja, lacht nur, ihr Burschen, wir haben da ein paar Kriegschiffe herumliegen. Fragt mich nicht, was es da zu bewachen gibt, denn so ein Land nimmt ein vernünftiger Mensch doch nicht einmal geschenkt. Aber wie ich hier stehe, ich habe da nicht nur Zerstörer gesehen, sondern einmal auch einen Flugzeugträger. Und das alles auf Kosten der Steuerzahler. Na, ihr armseligen Kerle zahlt ja sowieso keine Steuern. Kommt, trinken wir noch eins. Ja, und das Zeug, das wir dorthin transportieren, wird dann auf hoher See in einen Leichter verladen, eine wahre Plage, das kann ich euch sagen; oft müssen wir tagelang auf ruhigen Seegang warten. Und der Leichter wird dann von einem Motorboot der Kriegsmarine an die Küste geschleppt. Meistens hat so ein wichtigtuerischer junger Leutnant das Kommando, aber was glaubt ihr, nicht in Uniform, sondern in einem Schutzanzug, der so schwer ist, daß der Bengel nur mühsam auf seinem Kahn herumstampfen kann. Wirklich zum Lachen. Und warum das alles? Warum die Geheimnistuerei, frage ich euch? Na, so leicht kann man einem alten Matrosen nichts vormachen, wir haben schon andere Dinge gesehen. Wozu denn der Schutzanzug, fragen wir uns, das ist doch sonst nicht Sitte. Wo wird sich denn ein Offizier so etwas anziehen, worin er wie ein Klumpen aussieht? Lacht ihr nur. Aber ob ihr es glaubt oder nicht, in diesem Aporée soll kein Mensch es länger aushalten als ein halbes Jahr, dann ist es aus mit ihm, dann krepiert er. Woran weiß niemand, aber daß es spätestens nach einem halben Jahr aus mit ihm ist, das steht fest. Und darum der Schutzanzug, damit der Bengel sich da nicht ansteckt. Und nun frage ich euch Torfköpfe, wozu leben da überhaupt Leute, wenn sie wissen, daß ihnen nach einem halben Jahr die Puste ausgeht? Mir könnte man noch dazulegen. Und ob es da Schnaps gibt, ihr Lumpen, ist auch nicht sicher. Trotzdem, ihr könnt mir aufs Wort glauben, denn ich fahre lange genug dahin, trotzdem schaffen wir jedesmal ein-zwei Leute auf unserm Dampfer dahin, wohl als Ersatz für die Krepierten. Hin und wieder sogar eine Frau, wenn auch selten. Wir müssen uns den Bauch vor Lachen halten, wenn dieser Offizier in seinem Schutzanzug der Frau vom Fallreep in den Leichter zu helfen versucht. Guter Benimm bis zuletzt, ja! Was will das Frauenzimmer denn da? Bildet sie sich ein, dort einen Kerl zu finden, mit dem sich besser schlafen läßt? Das ist ja eine Beleidigung. Lacht ihr nur, ihr Schweine. Na, soll sie selig werden, es gibt genug Weiber. Wir haben zwei oder drei Extrakabinen auf unserm Pott für die Leute, die wir dorthin schaffen. Es ist uns streng untersagt, mit ihnen zu verkehren, da haben wir wieder diese Geheimnistuerei, aber trotzdem sieht man sie gelegentlich auf Deck spazieren, und auch der Steward, der ihnen das Essen bringt, kann einiges erzählen. Es sind nicht etwa alte Knaben, die sowieso bald abkratzen müssen, das wäre ja nicht weiter schade, sondern alles junge Kerle. Sie nicken mit dem Kopf, wenn man ihnen begegnet, dagegen ist nichts zu sagen, aber unser Eindruck ist doch, daß sie einen kleinen Schlag haben, sozusagen nicht alle Tassen im Schrank. Lacht ihr nur, aber wie blöd ihr auch sein mögt, so blöd doch wohl auch wieder nicht, daß ihr euch in eine Gegend kutschieren laßt, wo man so oder so nach einem halben Jahr ins Gras beißen muß. Dazu gehört schon mehr als ein kleiner Knax. Lieber sauft euch hier tot, das ist wenigstens ein anständiger Tod, und ihr habt etwas davon gehabt. Prost!‹

Das also war es, was mich in die Bibliothek getrieben hatte, um mich da über Aporée zu orientieren. Für Sie ist das alles nicht maßgebend, außer daß man Ihnen in keiner Bibliothek der Welt Auskunft geben kann über das, wonach Sie suchen. Das wird auch für Sie dasselbe sein. Man kommt sich vor wie ein Gestorbener, der aus Versehen noch dableiben muß, weil ihm niemand seine Richtung anzugeben weiß. So ungefähr stand ich da auf der Freitreppe. Wozu rennen die Menschen da auf der Straße hin und her? Was kreischen die Kinder in den Anlagen? Und was will der Polizist da hinten an der Ecke? Hat er schon erkannt, daß ich nicht mehr hierher gehöre, und wird er mich nach meinem Ausweis fragen? Habe ich einen Ausweis? Das kann doch nur ein schlechter Traum sein. Man müßte so schnell wie möglich aufwachen.

Plötzlich berührte mich etwas am Ellbogen und ich fuhr zusammen. Es war ein älterer Mann mit weißem Haar und einer Brille, ohne Hut und Mantel, denn er war mir nachgelaufen. Er entschuldigte sich, daß er mich erschreckt habe, und stellte sich vor. Er war der Hauptbibliothekar oder wie der Titel sonst lautet. Ein netter Mann.

›Verzeihen Sie, daß ich Sie belästige‹, sagte er, ›ich hörte von meinem Assistenten, daß Sie nach Büchern über Aporée gefragt hätten!‹

›Gibt es denn welche?‹

›Nein, gibt es nicht, da hat er Ihnen schon die richtige Auskunft gegeben.‹

›Vielleicht hat es früher welche gegeben und sie sind mit der Zeit verloren gegangen.‹

›Bei uns geht nichts verloren‹, antwortete er gekränkt. ›Ich bin schon über zwanzig Jahre hier tätig. Bücher über Aporée hat es noch nie gegeben, und es hat auch nie jemand danach gefragt, das kann ich Ihnen versichern. Sie sind der Erste.‹

›Der Erste?‹ fragte ich enttäuscht.

›Das kann ich Ihnen beschwören. Verwundert Sie das?‹

›Nehmen Sie es mir nicht übel. Ich dachte, in einer so großen Bibliothek wird es bestimmt Bücher darüber geben. Ja, es verwundert mich, es wird doch sonst über alles geschrieben.‹

›Was sollte man denn darüber schreiben?‹

›Das möchte ich ja gerade wissen. Denn wenn es so ein Land nicht gäbe, dann müßte man es erfinden, das sehen Sie doch ein. Und wenn es erfunden ist, wird auch jemand ein Buch darüber schreiben.‹

›Wozu in Gottesnamen sollte man es erfinden?‹

›Ich habe mich wieder falsch ausgedrückt, ich bin kein

Fachmann. Man braucht es ja gar nicht zu erfinden, es gibt es ja. Der Name steht auf der Landkarte, schon als Kind habe ich ihn gelesen.‹

›Und seitdem?‹

›Wieso seitdem?‹

›Hat seitdem jemand zu Ihnen davon gesprochen?‹

›Es spricht ja niemand darüber, das ist es doch. Deshalb bin ich doch in Ihre Bibliothek gelaufen, weil ich glaubte, man weiß da besser Bescheid. Und nun ist es auch damit nichts. Ich komme mir ganz fremd vor.‹

›Sind Sie fremd hier?‹

›So kann man es nennen. Ich wollte schon den Polizisten da drüben um Auskunft bitten.‹

›Den Polizisten? Was hat der damit zu tun?‹

›Dazu sind doch Polizisten da, wenn man fremd ist.‹

›Lassen wir den Polizisten‹, sagte er und winkte verächtlich mit der Hand ab. ›Der wird Sie nicht einmal verstehen, er wird meinen, daß Sie sich über ihn lustig machen. Sind Sie wirklich fremd hier? Sie sprechen doch unsre Sprache.‹

›Das ist noch ein Glück, so merkt es niemand. Denn man will doch nicht gern als Fremder auffallen.‹

›Haben Sie das Gefühl schon lange?‹

›Welches Gefühl?‹

›Das Gefühl, ein Fremder zu sein.‹

›Das ist doch kein Gefühl, das ist doch eine Tatsache. Man redet nur nicht darüber, denn wen geht es etwas an. Entschuldigen Sie, damit meine ich nicht Sie. Sie sind mir ja freundlicherweise nachgelaufen, deshalb.‹

›Haben Sie denn etwas so Schweres durchgemacht?‹

›Etwas Schweres?‹

›Ja, wie man es so nennt. Ein großes Unglück oder so.‹

›Ein großes Unglück?‹ fragte ich.

›Verzeihen Sie die indiskrete Frage. Ihre Intimitäten gehen mich selbstverständlich nichts an.‹

›Intimitäten?‹ lachte ich. ›Aber ich stehe doch hier auf der Freitreppe und unterhalte mich mit Ihnen. Was ist daran intim? Jeder kann es sehen, auch der Polizist.‹

›Sie weichen mir aus.‹

›Bitte, wohin sollte ich denn ausweichen? Ein Fremder wie ich.‹

›Vielleicht ist Ihnen jemand gestorben?‹

Darauf wußte ich nicht zu antworten, die Frage begriff ich nicht.

›Jemand, der sie liebt‹, fuhr er deshalb fort, ›oder jemand, den Sie lieben.‹

›Wer wird denn einen Fremden lieben? Und wie darf ein Fremder einen Hiesigen lieben, wie Sie es nennen? Das wäre denn doch allzu verantwortungslos.‹

›Hat eine Frau Sie verlassen? Oder eine Freundin?‹

›Das klingt ja wie in einem Roman. Oder wollen Sie damit sagen, daß eine Frau besser über Aporée Auskunft geben kann als Ihre Bibliothek?‹

›Und Eltern haben Sie nicht? Oder sonstige Verwandte?‹

›Kann man denn Eltern mit nach Aporée nehmen?‹ fragte ich dagegen.

Da gab er es auf. Er tat mir beinahe leid, ich hätte ihn lieber zufrieden weggehen sehen, doch es gelang mir nicht, ich war wohl doch schon zu fremd.

›Wenn Sie sich nicht davon abbringen lassen‹, sagte er, ›dann ... ja, warten Sie.‹ Und damit zog er eine Visitenkarte aus seiner Tasche, kritzelte eine Adresse darauf und gab sie mir. ›Was soll ich mit einem Anwalt?‹ fragte ich, als ich die Adresse gelesen hatte, ›ich brauche keinen.‹

›Soweit mir bekannt ist, wird dort jemand sein, der Ihnen etwas über Aporée sagen kann. Mehr weiß ich davon auch nicht. Sie scheinen ja entschlossen zu sein, und so wünsche ich Ihnen . . .‹ Glück wollte er wohl sagen, doch es gelang ihm nicht, das Wort über die Lippe zu bringen. Er drückte mir die Hand und sah mich bekümmert an. Wie schon gesagt, der alte Mann tat mir leid, aber wie sollte ich ihm helfen. Ich dankte ihm für seine Mühe und ging dann die Freitreppe hinunter. Sicher sah er mir nach, ob ich auch in Richtung der Adresse ging, die er mir aufgeschrieben hatte, darum winkte ich zurück. Das war das Letzte, was ich von ihm sah, auch von den großen Säulen.

Ob ich sofort zu der Adresse ging, kann ich nicht sagen. Soweit ich mich kenne, bin ich vorher noch durch die Straßen geschlendert, um einen Entschluß zu fassen, und vielleicht habe ich auch noch eine Nacht darüber hingehen lassen. Bei der Anwaltsfirma war alles so, wie es bei Anwälten sein muß: eine Schranke und dahinter ein Mann, der nach den Wünschen fragte, und Stühle für die Klienten, wenn sie warten mußten, und aus einer offenen Tür hörte man das Klappern von Schreibmaschinen. Ich gab dem Mann die Visitenkarte des Bibliothekars, er bat mich, Platz zu nehmen, und es dauerte eine ganze Weile, bis ich hinter die Schranke gelassen wurde. Solche Anwälte sind vielbeschäftigte Leute, dachte ich, dauernd Prozesse und dergleichen. Es rannten auch hinter der Schranke Männer mit Akten unter dem Arm von Tür zu Tür, jedesmal blickten sie zu mir hin, als wollten sie sich ein Bild von mir machen, und so war es denn auch. Die Akten, die sie herumtrugen, waren nämlich gar nicht wichtig.

Um es kurz zu machen, es stellte sich, wenn auch nicht

gleich, heraus, daß die Anwälte da nichts als eine Tarnfirma waren und daß es sich um den Geheimdienst handelte. Lachen Sie nicht, ich weiß selber, so etwas gibt es nur in Kriminalromanen; wann kommt schon ein gewöhnlicher Sterblicher mit dem Geheimdienst in Berührung. Schließlich hatte ich dafür genau so wenig Verwendung wie für Anwälte. Eigentlich hätte mich das auf den Verdacht bringen müssen, daß man Schindluder mit mir treiben wollte. Denn wie kommt ein sogenannter Geheimdienst dazu, sich um einen zu kümmern, der seine Existenz aufgeben wollte, dahinter mußte doch etwas stecken. Aber es stand damals schon so mit mir, daß ich es zu einer so einfachen Überlegung nicht mehr brachte. Hauptsache, daß sie mich nach Aporée schafften, mehr wollte ich nicht.

Unsereiner denkt, so etwas ließe sich mit einem Federstrich erledigen, aber nein, es dauerte Monate. Wieviele, kann ich nicht sagen, ich zählte schon lange nicht mehr, ich war völlig willenlos. Man reichte mich von einer Stelle zur andern, überall wurde ich auf Herz und Nieren geprüft, immer dieselben Fragen, meine Antworten genügten ihnen nicht, ja Fragen, auf die ich keine Antwort wußte, weil ich nie etwas damit zu tun gehabt hatte. Bestimmt ließ man mich auch in der Zwischenzeit nicht aus den Augen und belauerte jeden meiner Schritte, bis ich schließlich sogar interniert wurde, in einer Art Klinik weit draußen auf dem Lande, oder sagen wir lieber, in einer Heilanstalt. Ärzte in weißen Mänteln stellten mir da wieder dumme Fragen, das war ihr Beruf, doch es ist zu langweilig, davon zu erzählen. Sogar Eisengitter waren vor den Fenstern der Klinik, damit ich nicht ausreißen konnte.

Wozu all die Vorsichtsmaßnahmen wegen eines Lan-

des ohne Wachstum? Als ob jemand, der im Sterben liegt, erst die Erlaubnis dafür bei einer Behörde einholen muß, um mich bildlich auszudrücken.
Heute läßt sich das alles leicht begreifen. Während ich da interniert war, forschten sie in allen Ecken der Vereinigten Staaten nach, ob ich sie nicht belöge und irgendwelche staatsgefährlichen Absichten habe, jeden Stein drehten sie um und um. Sie forschten in meiner Vergangenheit, also ausgerechnet in dem, was ich verlassen wollte. Und was sie alles interessierte, darauf kann selbst ein Witzbold nicht kommen. Ob ich schon einmal ›gesessen‹ hätte, ob ich Steuerhinterziehungen begangen hätte, ob ich Schulden hätte und die Gläubiger betrügen wollte. Auch nach einer Frau wurde natürlich gefragt und nach Kindern, die von mir zu ernähren waren. Und nach Eltern und Großeltern, denen gegenüber ich verpflichtet war, und ob ich Vermögen hätte. Schließlich wollten sie eine Vollmacht von mir haben. Warum denn nicht, wenn ihnen so sehr daran gelegen ist? Her mit dem Papier! Wo soll ich unterschreiben? Sollten sie doch endlich die ganze sogenannte Vergangenheit haben und in ihren Akten aufheben, dann braucht unsereiner sich nicht mehr damit abzugeben, und so war es denn auch, meine Geduld hat sich gelohnt.
Eins wird wenigstens aus all diesen Lächerlichkeiten klar: der Begriff Strafkolonie für Aporée ist mehr als absurd. Eher könnte man sagen, wenn sich die Behörden monatelang so viel Mühe um einen geben, dann können es doch nur Bevorzugte sein, denen man gestattet, nach Aporée auszuwandern. Für Sie dürfte an all dem Unsinn nur wichtig sein, mag Ihr Schicksal noch so anders sein, daß Sie auf jeden Fall mit den Be-

hörden zu rechnen haben werden. Machen Sie sich darauf gefaßt, und lassen Sie sich dadurch nicht aus der Fassung bringen. Das passiert jedem, der seine Vergangenheit verläßt.

Was mich betrifft, was vorher war, wenn vorher etwas war, das gehört nicht mehr mir, das gehört den Akten. Oder hinter die Säulen der Bibliothek. Darum sind mir diese Säulen im Gedächtnis geblieben. In dem Moment, da ich die Freitreppe hinabging, war ich der Mühe enthoben, mich selber umzubringen, um meine Vergangenheit loszuwerden. Ich kam wie aus dem Nichts, und auf einmal war ich da, aus diesem Nichts, das sich nicht einmal träumen läßt. Ein ganz großes Glück, das ich auch Ihnen wünsche. Immun gegen das, was die andern Menschen Unglück nennen. Das ist dann nicht mehr für Sie als ein Bronchialkatarrh. Auch in Aporée hustete man manchmal, dagegen ist kein Kraut gewachsen.

Auch einen neuen Namen bekam ich, meinen alten behielten sie für ihre Akten. Einen Computer-Namen. Schwer auszusprechen, darum redeten wir uns in Aporée mit Spitznamen an, die treffender waren. Den neuen Namen hat man mir dann gelassen, als sie mich von Aporée in dies elende Nest in Maine zurücktransportierten, es war wohl einfacher für die Behörden, statt den alten Namen aus den Akten auszugraben. Oder auch wegen meiner Tochter, die ja angeblich in dem Nest geboren war.

Kurz und gut, man gab mir damals einen neuen Namen. Von jetzt an heißen Sie so und so, bitte unterschreiben Sie. Aber tun Sie das mal, im Paß zum Beispiel, denn auch einen richtigen amerikanischen Paß mit Bild und Stempeln händigte man mir aus. Da stellt man sich wie ein Kind in der ersten Schreibstunde an, wenn man mit so einem neuen Namen unterschreiben soll, man malt jeden Buchstaben ungeschickt hin, um nur ja keinen Fehler zu machen. Na, im Laufe der vierzig oder fünfundvierzig Jahre habe ich es zu einigen beachtlichen Schnörkeln in meiner Unterschrift gebracht. Wenigstens etwas.

5

In Aporée hatte niemand eine Vergangenheit. Das ist wichtig für Sie zu wissen, auch wenn es Aporée nicht mehr gibt, denn auch da, wohin Sie aufbrechen werden, wird niemand eine Vergangenheit haben dürfen.

Möglich daß Einzelne noch hin und wieder an ihre Vergangenheit dachten, aber reden tat niemand darüber. Damit hätte er sich lächerlich gemacht, die andern hätten sich gelangweilt abgewendet: Was will der Kerl, will er, daß man Mitleid mit ihm hat? Mitleid? Das ist doch das Schlimmste, was einem passieren kann, wenn jemand sich anmaßt, Mitleid mit einem zu haben. Darum erfanden sie in Aporée lieber komische Geschichten, damit nur ja niemand auf die Idee kommen könnte, es könnte da noch so etwas wie eine Vergangenheit geben. Ein paar von solchen komischen Erfindungen werde ich Ihnen vielleicht noch erzählen, nur um Ihnen einen ungefähren Eindruck zu geben, wie man sich dort verschwieg.

Nur eine Frau sprach von ihrer Vergangenheit, es war unglaublich lästig. Später sagte mir der Doktor eines Nachts . . . ja, derselbe Doktor, auf den meine Tochter so schlecht zu sprechen ist, weil er ihre Mutter nicht gerettet hat. Ich war manchmal nachts bei ihm, wenn ich nicht schlafen konnte, doch davon später . . ., er sagte von der Frau: ›Lassen Sie sie doch, das ist doch ihr ganz großes Glück, daß sie so ein Ugnlück gehabt hat. Nun kann sie damit prahlen, daß sie ein schwereres Schicksal gehabt hat als alle andern.‹ Das mag sein, doch für uns war die Person unerträglich.

Sie erzählte ihre Geschichte immer wieder und immer mit den gleichen Worten, jeder kannte sie schon auswendig und wehrte ab: Schon gut! Schon gut! Doch sie war nicht zu bremsen, sie bekam dabei rote Flecken auf den Backen, und ihre Augen schillerten dann grünlich. Nach Möglichkeit ging man ihr aus dem Weg, wie die paar andern Frauen sich verhielten, mit denen sie zusammen wohnte, kann ich nicht sagen.
Ihre bevorzugte Beute waren natürlich die Neuankömmlinge. Sie wartete immer schon an der Landungsstelle der Bucht, wo wir angesiedelt waren, und stürzte sich auf jeden Neuen, der aus dem Leichter ausstieg, um sofort mit ihrer Geschichte zu beginnen. Auch mir ging es so, kaum hatte ich den Fuß an Land gesetzt, hielt sie mich auch schon fest und redete auf mich ein. Sie können sich denken, wie verwundert ich war; enttäuscht war ich sowieso, doch davon später. Gerade dachte ich, es endlich geschafft zu haben und daß nun die Wirklichkeit für mich anfange, da erzählt mir dies Frauenzimmer eine Geschichte, die mich nichts angeht. Dazu war ich nicht nach Aporée gekommen, dann hätte ich mir ja drüben nur eine Zeitung zu kaufen brauchen.
Aber einer, der beim Ausladen des Leichters half, zwinkerte mir zu und tippte mit dem Zeigefinger an seine Stirn. Da hielt ich still. Es gibt hier also auch Verrückte, dachte ich, wer hätte das ahnen können. Und dann befreite mich ein andrer von der Hysterikerin.
Die Geschichte will ich Ihnen trotzdem erzählen, wenn ich sie auch nicht für typisch für Aporée halte; ich habe sie nachher noch ein paar Mal anhören müssen. Wenn die Geschichte stimmte ... und ich glaube sogar

wegen einiger Kleinigkeiten in der Erzählung, daß sie stimmte. Zum Beispiel erwähnte die Frau ein Paar Schuhe ihres Mannes, über die sie fast gestolpert wäre. Solche Kleinigkeiten lassen sich nicht erfinden, dazu fehlte es der Frau an Phantasie ... wenn die Geschichte stimmte, muß man zugeben, daß ihr etwas außerordentlich Schweres zugestoßen war, nur eben daß sie damit prahlte, machte die Sache unglaubhaft. Es war ein Fehler der Behörden, so eine nach Aporée zu lassen, sie gehörte da nicht hin, sie hätte viel eher in eine Heilanstalt mit Gittern an den Fenstern gehört.

Ja, wie alt mag sie gewesen sein? Durch ihr ewiges Geschwätz war ihr Gesicht ganz verzerrt, und überhaupt war in Aporée das Alter schwer zu schätzen. Doch als ihr die Geschichte passierte, kann sie noch nicht alt gewesen sein. Sie war erst zwei oder drei Jahre verheiratet, erzählte sie. Ihr Mann war Angestellter und sie selbst war irgendwo Verkäuferin. Das ist für die Geschichte insofern ausschlaggebend, als ihr Mann früher nach Hause kam als sie; sein Büro machte schon um fünf Uhr Schluß, während sie erst gegen sieben frei war. Das alles wurde genauestens von ihr erzählt.

Sie hatten eine kleine Wohnung und führten ein ordentliches Leben, überaus ordentlich, möchte ich sagen, fast pedantisch. Sie gönnten sich nichts, und um eine Kleinigkeit zu erwähnen, die die Geschichte glaubhaft macht, die Frau sagte: ›Wir sparten auch Licht. Mein Mann meinte, wozu soll man sein Geld dem Elektrizitätswerk schenken.‹ Wie finden Sie das? Etwas Ähnliches muß er wirklich gesagt haben, so was läßt sich nicht ausdenken.

Sie sparten also. Sie wollten sich hocharbeiten, um später, wenn genug Geld beisammen war, ein Rasthaus an der Autobahn zu kaufen. Das war ihr Ziel. Und sie hätten es bestimmt geschafft, wenn ihnen nicht etwas dazwischen gekommen wäre, und zwar etwas so Seltenes, wie es in Millionen oder Hundertmillionen Fällen kaum einmal vorkommt. In der Hinsicht hatte die Frau recht, ihr Schicksal war tatsächlich einzigartig.

Dieser ordentliche Angestellte mit festem Monatsgehalt und Aussicht auf eine Weihnachtsgratifikation ließ sich eines Tages von den Kollegen im Büro dazu verleiten, ein Lotterielos zu kaufen. Oder war es ein Wettschein im Fußballtoto? Ganz gleich, von selber wäre er nie auf den Gedanken gekommen, das wäre ja geradezu Betrug an seiner Frau und dem Rasthaus gewesen. Aber die Kollegen sagten: Versuch es doch einmal, die Anfänger haben meistens Glück, und so ließ er sich überreden. Seiner Frau sagte er nichts davon, er genierte sich wohl, so leichtsinnig zu sein. Wenn er mir doch nur etwas gesagt hätte, meinte sie, dann wäre alles gut gewesen, aber nachher war es zu spät.

Und was glauben Sie, der arme Bursche hatte Glück, auf sein Los oder seinen Wettschein fiel einer der Hauptgewinne. Die Summe wurde auch jedesmal von der Frau genannt, mit Heller und Pfennig, immer die gleiche Summe, aber ich möchte mich nicht festlegen, ich habe ein schlechtes Zahlengedächtnis. Auf jeden Fall eine beträchtliche Summe, die bei weitem genügte, um das Rasthaus zu kaufen.

Und was nun? Der junge Mann kommt also eines Abends nach Haus, wie gesagt eine Stunde vor seiner Frau. Er deckte dann immer schon den Tisch und bereitete das Abendessen vor, was sie nicht zu erwähnen vergaß. Und da liegt auf dem Fußboden ein Brief, der durch den Briefkastenschlitz geworfen ist, ein längli-

cher Umschlag, wie die Frau ihn schilderte; sie muß den Umschlag später in die Finger bekommen haben, der junge Mann hatte ihn nicht weggeworfen.
Da liegt also der Brief. Was kann das nur sein? Viel Post werden die beiden Leutchen bestimmt nicht bekommen haben, nur Reklame und zu Neujahr ein paar vorgedruckte Karten. In dem Brief wurde ihm mitgeteilt, daß der Hauptgewinn auf sein Los gefallen sei.
An diesem Punkt glaube ich, daß die Frau sich irrte, da sie nichts von dem Vorgang verstand, so wie ich übrigens auch nicht. Ich kann mir nicht denken, daß die Gesellschaften solche Briefe schreiben. Woher sollen sie denn wissen, wer das Los hat? Gewöhnlich geht es doch so vor sich, das habe ich bei meinen Kollegen vom Ministerium beobachtet, daß man in einer Liste nachsieht und vergleicht die Gewinn-Nummern mit seinem Wettschein oder Los. Danach kann man dann hingehen und seinen Gewinn kassieren.
Doch ganz gleich, der Briefkastenschlitz gefällt mir, auch der längliche Umschlag. Wahrscheinlich war ein Scheck darin, so große Beträge werden einem wohl kaum in bar in die Hand gedrückt. Laut Aussage seiner Kollegen im Büro, die nachher verhört wurden, soll der junge Mann behauptet haben, daß er nichts gewonnen habe; als sie sein Los sehen wollten, um die Nummer zu prüfen, sagte er, daß es zu Haus in der Schublade liege. Auch eine falsche Nummer gab er an. Klar, er wollte den Kollegen nicht verraten, daß er gewonnen habe und noch dazu so viel. Wie schon gesagt, wir in Aporée haben die Geschichte so oft anhören müssen, daß wir sie wörtlich wiedergeben können. Wir hätten die Frau korrigieren können, wenn sie sich in einem Wort vergriffen hätte.

Was nun mehr interessiert, Sie und mich, und gerade davon wußte die Frau nichts zu berichten: Was hat der Mann während der Stunde gemacht, als er zu Haus auf sie wartete. Auf diese Stunde allein kommt es doch an. Hat er den Tisch gedeckt und das Essen vorbereitet wie sonst? Ist er in der kleinen Wohnung umhergelaufen und hat sich die Möbel angeguckt, die seit Jahren an derselben Stelle standen? Hat er einen Gegenstand in die Hand genommen, sagen wir eine Porzellanfigur, die man den beiden zur Hochzeit geschenkt hatte, und ihn dann gelangweilt wieder hingestellt? Oder hat er die ganze Stunde am Fenster gestanden, etwa am Küchenfenster nach hinten hinaus und in den Garten geblickt, wenn es da einen Garten gab, und hat, wenn es zufällig Herbst war, die Blätter beobachtet, wie sie kreiselnd, so als ob sie möglichst lange in der Luft bleiben wollen, von den Bäumen fallen und hat sie gezählt und auszurechnen versucht, wieviel Blätter in der Minute hinunterfielen und wie lange es noch dauern würde, bis der Baum endlich leer wäre. Das scheint uns das wahrscheinlichste, nicht wahr, dies Zählen und Nachrechnen kennen wir nur zu gut; nichts hilft besser, wenn einer warten muß und sich nicht entscheiden kann. Doch davon wußte die Frau nichts, sie hatte sich auch nie den Kopf darüber zerbrochen.
Als er dann endlich den Schlüssel in der Wohnungstür hörte ... nein, falsch! Darin war die Frau wieder sehr genau, sie erzählte: ›Ich läutete immer viermal, dann wußte er, daß ich es war und machte die Tür auf, damit ich nicht erst den Schlüssel aus meiner Handtasche holen mußte, dabei verliert man immer leicht etwas. Der junge Mann machte also seiner Frau wie immer die Tür auf. Den Brief hatte er in die Tasche gesteckt.

Vielleicht mußte er den länglichen Umschlag umknikken, damit nicht eine Ecke oben aus der Brusttasche hervorlugte und die Frau dann gleich gefragt hätte, was er denn da habe. Ob er ihr noch aus dem Mantel half, weiß man nicht, lange jedenfalls dürfte er nicht gezögert haben, dann sagte er zu ihr: ›Ich habe mich im Büro für acht Tage krank gemeldet.‹

›Du hast dich . . . Fehlt dir denn etwas?‹

›Mir fehlt nicht das geringste, mach dir keine Sorgen.‹

›Aber . . . wirst du nicht deine Stellung verlieren, wenn sie es rauskriegen?‹

›Dann werde ich mir eben eine andre Stellung suchen, mach dir keine Sorgen.‹

›Jetzt bei der Arbeitslosigkeit? Alle Welt redet davon und daß sie noch zunehmen wird. Erst gestern sagte eine der Verkäuferinnen, die sich nicht wohl fühlte, ich werde mich lieber nicht krank melden, dann schmeißt man mich gleich raus.‹

Da hätten wir nebenbei einen Anhaltspunkt. Das alles muß zu einer Zeit der Arbeitslosigkeit vor sich gegangen sein. Doch das ist unwichtig, und es gibt ja auch alle zehn Jahre solche Perioden.

›Ja, und wozu denn?‹ fragte sie ihn.

›Ich muß über etwas nachdenken, deshalb, über unsre Zukunft.‹

›Über unsre . . .?‹

›Ja, mach dir keine Sorgen.‹

Jedes zweite Wort lautete: Mach dir keine Sorgen, erzählte die Frau. Und wie soll sich da einer keine Sorgen machen, fügte sie immer hinzu. Und dann kam es endlich, denn dies alles war nur eine Art Einleitung. Ihr Mann sagte zu ihr: ›Es tut mir leid, du mußt heute allein essen; ich habe alles hingestellt. Mach dir keine

Sorgen. Ich werde für acht Tage woanders hinziehen, um in aller Ruhe nachdenken zu können.‹

Ich fiel wie aus allen Wolken, erzählte die Frau, und das kann man ihr nachfühlen. Gott verzeih mir die Sünde, sagte sie, ja wörtlich so, ich hielt ihn für verrückt und bekam es sogar mit der Angst. Auch das kann man verstehen.

Da kommt sie nach Haus wie jeden Abend, sie hätten zusammen gegessen und sich erzählt, was tagsüber passiert war, alles wie immer. Dann hätten sie noch eine Weile herumgesessen, nachdem das Geschirr aufgewaschen war, und vielleicht Zeitung gelesen, falls sie sich eine Zeitung hielten; doch es kann durchaus sein, daß er oder sie eine mitbrachte, die jemand im Büro liegen gelassen hatte. Alles wie immer. Und bestimmt werden sie früh zu Bett gegangen sein, um am nächsten Tag ausgeschlafen zu sein oder auch um Licht zu sparen. Möglich, daß sie sich im Bett noch liebten, wie man es nennt, das gehört ja dazu, doch bestimmt werden sie gut aufgepaßt haben, daß keine Kinder kommen, denn das hätte ja den Plan mit dem Rasthaus über den Haufen geworfen. Alles wie immer. Morgen mußt du ein andres Hemd anziehen, dies hat schon einen Rand am Kragen, was sollen die Leute denken. Alles wie immer.

Und da sagt einem plötzlich jemand, daß er für acht Tage woanders hinziehen müsse, um nachzudenken, und man solle sich keine Sorgen machen. Worüber denn nachdenken? Es ist doch alles wie immer. Und wenn er schon nachdenken will, warum denn woanders hinziehen, das kann er doch zu Haus, und ich werde ihn nicht dabei stören.

›Wohin denn?‹ fragte ich ihn.

›Es wird sich schon ein billiges Zimmer finden, viel Geld wird es nicht kosten. Mach dir keine Sorgen.‹

›Fehlt dir auch wirklich nichts, du kannst es mir doch sagen, ich bin doch deine Frau.‹

›Was soll mir fehlen, im Gegenteil. Es ist nur für acht Tage, verlaß dich darauf.‹

›Willst du nicht wenigstens noch etwas essen?‹

›Danke nein, ich habe keinen Appetit. Also in acht Tagen! Mach dir keine Sorgen, das ist nicht nötig. Im Gegenteil.‹

Und damit ging er. Ich war so konsterniert, erzählte sie, daß ich nicht wußte, wie ich ihn zurückhalten sollte. Ich sah ihm aus dem Fenster nach, wie er unten aus der Haustür kam und die Straße entlang ging. Er hatte nur seine Aktentasche bei sich, eine ziemlich alte Tasche und schon sehr abgeschabt; noch aus seiner Junggesellenzeit. Darin war seine Zahnbürste, die hatte er mitgenommen, das stellte ich fest, als ich auf dem Waschtisch nachsah. Auch den blauen Schlafanzug hatte er mitgenommen; er hatte ihn unter der Bettdecke hervorgezogen, das sah ich, weil die Decke nicht ordentlich lag. Mehr nicht, das war alles, was fehlte. Ich zog die Gardine vor das Fenster. Die Nachbarn brauchten nicht zu wissen, daß er fortgegangen war. Es sollte so aussehen wie immer. Und ich? Nicht einmal weinen konnte ich, das konnte ich erst später. Und gegessen habe ich auch nichts, ich hätte mich sonst übergeben müssen.

Wenn die Frau mit ihrer Erzählung so weit gekommen war, dachte natürlich jeder von uns: Na, bekannte Sache! Kommt in jedem Roman vor. Da ist so ein Bursche unversehens zu Geld gekommen und denkt sich: Nun kann ich mir eine bessere Frau anschaffen, eine,

die mehr herzeigt, mit Nerz und Ohrringen. Machs gut, Liebling! Oder, denn auch das soll vorkommen, wenn auch sehr viel seltener, der Knabe läßt das ganze Geld zurück für seine Frau und für die Kinder, falls welche da sind, und haut einfach ab, ohne einen Cent in der Tasche. Er hat ja seine Pflicht getan, Geld genug ist ja da für die Frau, was will sie denn sonst noch. Niemand kann ihm einen Vorwurf machen, und so verschwindet der Schlingel von der Bildfläche, geht auf die Walze und wird Strolch oder Vagabund. So wird es in Romanen erzählt. Der Leser schmunzelt heimlich und die Leserinnen sagen: So sind die Männer.
Doch nichts dergleichen in diesem Fall. Der junge Mann mietete sich tatsächlich ein kleines Zimmer in einem obskuren Hotel. Wie seine Frau die Adresse herausbekam, ob er ihr eine Postkarte geschrieben hatte, damit sie sich nicht unnötig aufregte, oder was sonst, erzählte sie nicht. Jedenfalls suchte sie ihn nach zwei oder drei Tagen dort auf. Vorher erkundigte sie sich aber lieber bei der Hotelwirtin oder Hausmeisterin, was er mache und so. Inzwischen war ihr nämlich, wenn sie abends allein in der Wohnung war, der Verdacht gekommen, daß es sich um eine andre Frau handle, das ist ja immer das Nächstliegende. ›Dabei gab er nichts um andre Frauen, er war immer ganz zufrieden, aber wer weiß das so genau.‹ Oder eine der Kolleginnen, der sie ihren Kummer anvertraute, hatte ihr gesagt: Natürlich handelt es sich um ein andres Mädchen, sei doch nicht so naiv. Das mit dem Nachdenken ist Schwindel, typisch für Männer.
Doch was die Hausmeisterin erzählte, war ganz anders. Er gehe nur mittags für kaum eine halbe Stunde da in die Imbißstube gleich nebenan, sie habe ihm

nachgesehen, und die ganze übrige Zeit hocke er da in seinem Zimmer und man wisse nicht, was er dort mache. ›Kein Laut, stellen Sie sich das vor. Wenn ich die Treppen sauber machte, habe ich gehorcht. Nicht der geringste Laut, das ist doch unheimlich. Und kein Besuch, kein Mädchen, immer nur allein und kein Laut. Was soll ich machen? Die Miete hat er für acht Tage vorausbezahlt. Hat er etwas angestellt? Ich habe nicht gern mit der Polizei zu tun, das müssen Sie verstehen. Sie sind wohl mit ihm verwandt, Fräulein? Dann gehen Sie nur hinauf. Mir fällt ein Stein vom Herzen.‹

So stieg die junge Frau die drei oder vier Treppen hinauf und klopfte an seiner Zimmertür. Und da niemand Herein rief, klopfte sie noch einmal, und da immer noch niemand antwortete, dachte sie, er schläft vielleicht, und drückte den Türdrücker herunter. Und die Tür war nicht einmal abgeschlossen, nicht einmal das, so gleichgültig war es ihm, ob jemand hereinkam. Im Zimmer war es dunkel, er hatte den Vorhang vors Fenster gezogen.

›Da ich ihn nicht sehen konnte‹, erzählte sie, › und er rührte sich auch nicht, sagte ich: Ich bin es.‹

Da kam seine Stimme vom Bett, das auf der rechten Seite ganz in der Ecke stand. ›Ich dachte, es sei die Hausmeisterin. Eine lästige Person, dauernd will sie sauber machen.‹

›Ich bin nur gekommen, weil du vielleicht etwas brauchst.‹

›Was soll ich denn brauchen?‹

›Wäsche zum Wechseln vielleicht. Ich kann sie dir bringen.‹

›Wozu noch Wäsche zum Wechseln? Es ist ja nur für acht Tage. Sonst noch etwas?‹

›Ißt du auch richtig?‹
›Ja, mach dir keine Sorgen.‹
Ich stand da mitten im Zimmer, er hatte mich nicht aufgefordert, mich zu setzen, einen Stuhl sah ich im Dunkeln nicht. Und aufs Bett zu ihm wollte ich mich nicht setzen, vielleicht war es ihm unangenehm. Vom Bett her kam immer nur seine Stimme und sagte, daß ich mir keine Sorgen machen solle. Er fragte mich nicht, wie es mir ging. Da weiß man nicht, was man noch sagen soll.
›Liegst du hier immer im Dunkeln?‹
›Zum Nachdenken braucht man kein Licht, es blendet nur.‹
›Dann soll ich wohl lieber wieder gehen?‹
›Ganz wie du willst.‹
›Und . . . und . . .?‹
›Ist noch etwas?‹
›Brauchst du Geld?‹
›Was soll ich mit Geld. Mach dir keine Sorgen.‹
Ich trat einen Schritt zurück und wäre beinahe gestolpert, seine Schuhe standen da. Und dann ging ich, weil er nichts sagte, und ich nicht wußte, was ich noch sagen sollte. Nicht einmal Auf Wiedersehen! sagte er, so ließ ich ihn da auf dem Bett im Dunkeln liegen. Die Tür machte ich leise hinter mir zu, sie war die ganze Zeit offen geblieben.
Die Hausmeisterin unten fragte: ›Na Fräulein, haben Sie sich ausgesprochen?‹ Ich sagte ihr, daß es ihm gut gehe und daß sie sich keine Sorgen zu machen brauche, genau so wie er, und daß er sich nur acht Tage ausruhen wolle. Vom Nachdenken sagte ich nichts.
Ich ging wie betäubt nach Haus und wartete, daß die acht Tage vorübergingen. Ich legte schon einen saube-

ren Schlafanzug unter sein Kopfkissen. Sollte ich etwas besonders Gutes zum Essen kaufen für den Abend, wenn er zurückkam?
Aber er kam nicht zurück. Nach ein paar Tagen hörte ich Schritte auf der Treppe und glaubte schon er wäre es, deshalb machte ich die Tür gleich auf. Aber es war jemand von der Polizei, er bat mich mitzukommen. ›Ist etwas passiert?‹ fragte ich ihn, doch er log, er sagte nur, daß es ihm nicht gut gehe. Vielleicht ist das Vorschrift, damit die Frau nicht zu schreien anfängt. Er war sonst sehr höflich, er hielt mir die Autotür auf und half mir sogar in den Wagen.
Vor dem kleinen Hotel stand ein Ambulanzwagen, auch viele Leute lungerten da herum. Die Hausmeisterin sah ich nicht, sie wurde wohl gerade verhört. So brachten sie mich in sein Zimmer hinauf. Einer von ihnen stützte mich auf der Treppe. Den Fenstervorhang hatten sie aufgezogen. Das erste, was ich sah, waren seine Schuhe, die noch genau so dastanden.‹
Kurz, der junge Mann hatte sich umgebracht. Wie? Das wurde nicht erzählt. Mit Schlaftabletten? Doch wohl kaum, denn dazu braucht man ein Rezept. Vermutlich hat er sich aufgehängt, doch so oder so, er war mit dem Nachdenken nicht zurande gekommen, das lange Herumliegen hatte nichts genützt. Er hat eben kein Glück gehabt, der arme Junge.
Doch den länglichen Umschlag mit dem Scheck hatte er sichtbar hingelegt und darauf geschrieben: Für meine Frau, und dann nur sein Name. Den Scheck hatte er nicht angerührt, er war noch genau so, wie er ihn von der Lotterie-Gesellschaft erhalten hatte. Die Miete für das kleine Zimmer und was er sonst noch während der acht Tage brauchte, muß er von seinem

Taschengeld bezahlt haben, denn als man seine Taschen untersuchte, fanden sich kaum drei Dollar, und gestohlen kann man ihm nichts haben, obwohl die Tür immer unabgeschlossen war. ›Ich wußte doch, daß er nicht viel bei sich haben konnte, wir wußten immer genau, wieviel jeder von uns hatte. Er muß die ganzen Tage kaum etwas gegessen haben‹, schloß die Frau ihren Bericht. Das heißt, sie prahlte dann noch mit dem vielen Geld, das sie nun hatte, aber das interessiert nicht.

Sie und mich interessieren an der Geschichte ja nur die acht Tage oder genauer gesagt, das Nachdenken, wie der junge Mann es nannte. Nach allem hätte er viel eher nach Aporée gehört als seine Frau. Wie gesagt, er hatte eben kein Glück.

6

Damit sind wir endlich wieder bei Aporée, wo niemand über seine Vergangenheit sprach. Auch der junge Mann der Geschichte, die seine Frau erzählte, würde nicht über seine acht Tage gesprochen haben, wenn es ihm geglückt wäre, nach Aporée zu kommen. Was gibt es davon auch schon zu erzählen? Jeder von uns kennt doch solche acht Tage, man hat sie hinter sich gebracht und damit gut. Wenn man noch Worte darüber machen kann, beweist das höchstens, daß man sie nicht hinter sich gebracht hat.

Worte! Ja, Worte sind gefährlich. Manchmal sagt irgendeiner, ohne sich viel dabei zu denken, ein Wort, und das klingt in einem nach so wie eine Glocke nachklingt, auch wenn der Klöppel längst zur Ruhe gekommen ist. Das kann auch Ihnen da oben in Ihrem Zimmer passieren, davor müssen Sie sich hüten. Wir sprachen ja in Aporée unser gutes altes Amerikanisch, da kann schon leicht ein Wort mit unterlaufen, daß einem die Vergangenheit wieder vortäuschen will. Auch ich war der Gefahr ausgesetzt wegen der furchtbaren Enttäuschung, die ich bei meiner Ankunft erfuhr. Aber deshalb waren wir nicht nach Aporée gekommen, um unsrer kleinen privaten Vergangenheit nachzutrauern, das kann man hier in Washington viel besser. In Aporée zählte so eine Vergangenheit nicht, man könnte es darum geradezu das Land ohne Vergangenheit nennen, nur es klingt etwas zu großartig für so eine Selbstverständlichkeit. Unsre sogenannte Vergangenheit ist nichts als ein dummer Traum, den man morgens abschüttelt.

Nur darum, ich meine, wenn sie das Nachklingen eines zufälligen Wortes belästigte, erfanden einige Geschichten, von denen jeder, der sie sich anhörte, wußte, daß sie nichts mit dem Betreffenden zu tun hatten. Was sich wohl der junge Mann, von dem seine hysterische Frau erzählte, für eine Geschichte ausgedacht hätte. Es lohnt sich, sie zu erfinden, vielleicht werde ich das eines Nachts auch tun, aber nicht jetzt. Wenn wir noch Zeit haben, werde ich Ihnen noch ein paar solcher erfundenen Geschichten erzählen, sie sind ganz amüsant.
Viele von uns, erwähnte ich das nicht schon?, saßen auch jenseits der Hügel und blickten über die Ebene; das ersparte einem, Geschichten zu erfinden. Auch ich habe da häufig gesessen, in den ersten Monaten wenigstens, schon der Enttäuschung wegen.
Wie weit die Ebene war, läßt sich nicht sagen. Einige redeten von vielen tausend Meilen, aber wer will das wissen. Wenn man dort saß und in die Weite blickte, kam man nicht auf den Gedanken, daß es da irgendwo auf der andern Seite auch eine Begrenzung geben könne. Das war das Wohltuende, man wurde gesund davon. Man sagte sich, dort in der Leere wird das wirkliche Aporée sein, denn die Bucht und unsre Ansiedlung, die so geannt wurde, ist höchstens etwas Vorläufiges, nicht mehr als ein Landungsplatz. Aber da in der Ebene, die übrigens gar keine Ebene in unserm Sinne war, sondern ein welliges Land, doch seit jeher wurde in Aporée nur von ›der Ebene‹ gesprochen, ich nehme an wegen der Weite und großen Leere, dort in der Ebene, sagte man sich, wenn man tagelang darüber hinblickte, werde ich endlich allein sein können und das finden, wonach ich suche, nur dort. Es ist sehr schwer, davon zu sprechen, bitte haben Sie Nachsicht.

Manche von denen, die dort oft saßen, brachen denn auch dahin auf und wurden nie wieder gesehen. Aber davon später.

Der, die dann meine Frau wurde, gefiel es nicht, daß ich dort häufig saß, es beunruhigte sie. Darum ließ ich es dann, aber der Blick über die Ebene läßt sich nicht vergessen.

Manchmal machte jemand Andeutungen über die Vergangenheit eines andren, aber niemand nahm sie ernst. Zum Beispiel die Schauspielerin schien mehr über die andren zu wissen als sonst jemand. Die Schauspielerin? Das war ihr Spitzname. Wir alle hatten einen Spitznamen, man bekam ihn gleich bei der Ankunft. Und wenn Sie so wollen, mußte man schon deswegen eine Geschichte erfinden, die zu dem Spitznamen paßte.

Mich hatte man gleich den ›Archivar‹ genannt, und darunter war ich dann bekannt. Wenn jemand etwas von mir wollte, fragte er : Wo ist der Archivar? Zu dem Spitznamen war es auf folgende Weise gekommen, denn ich habe meines Wissens nie etwas mit Archiven zu schaffen gehabt, jedenfalls nicht bevor ich ins Ministerium kam. Wie kann sich auch jemand mit etwas so Unlebendigem abgeben. Den Spitznamen erhielt ich wegen der Hefte, die ich bei meiner Ankunft in der Hand hielt, zwei richtige Schulhefte, die man mir auf dem Dampfer gegeben hatte, weil sie da nichts andres hatten. Beinahe hätte ich wegen dieser Wachstuchkladden den Spitznamen ›Schuljunge‹ erhalten, dagegen hätte sich auch nichts sagen lassen. Einer, der die Hefte in meiner Hand sah, fragte nämlich: Was willst du Schuljunge denn hier? und da ich antwortete, ich wolle mir Notizen machen von dem, was hier pas-

siert, nannte man mich dann Archivar. Man hatte mich sogar in Verdacht, daß ich den Auftrag für solche Notizen erhalten hätte, deswegen wurde ich bis zuletzt von den andern verspottet.
Ob die Schauspielerin früher Schauspielerin gewesen war, weiß ich nicht. Vielleicht spielte sie nur die Schauspielerin, das ist möglich. Sie war schon seit langem in Aporée, alle mochten sie gern, auch ich. Eine ältere Frau mit zerknittertem schmalem Gesicht, das Haar fiel ihr ungepflegt und ziemlich fettig auf die Schulter, es wird früher dunkel gewesen sein, doch jetzt voller weißer Strähnen. Wen interessierte es schon, ob sie Schauspielerin gewesen war.
Ja, ich mochte sie gern. Ich war oft bei ihr. Sie hat auch später bei der Geburt meiner Tochter geholfen. Wenn man so will, hat Aggie ihr das Leben zu verdanken, aber das darf man nicht laut sagen, dann würde Aggie sich als Medizinerin wieder beleidigt fühlen. Die Schauspielerin verstand nämlich etwas davon. Auch bei den Tieren kommt es hin und wieder vor, daß sie mit der Geburt nicht allein fertig werden und ihnen dabei geholfen werden muß. Die Schauspielerin hatte nämlich die Oberaufsicht über die Schaf- und Ziegenherden. Selbstverständlich gab es auch Männer, die ihr dabei halfen, doch sie war sozusagen die Oberhirtin, den Rang machte ihr niemand streitig. Sie hauste allein in einer Hütte im Süden der Bucht, es war ein ziemlich weiter Weg dorthin, über eine Stunde, aber das machte nichts aus. Auch die Frauen, die es in Aporée gab, gingen oft zu ihr und ließen sich beraten, wenn ihnen etwas wehtat; sie verstand eben etwas davon. Meistens jedoch bekam so eine Frau die grobe Antwort: ›Stell dich nicht an, du dumme Liese, das

überlaß nur den Männern.‹ Ich habe das selbst einmal gehört. Und daß sie da im Süden so weit weg hauste, war wegen der Herden nötig; es gab da weniger Felsen, und das Weideland war besser.

Ja, die Herden. Damit sind wir bei meiner Enttäuschung. Ich habe das so lange hinausgeschoben, weil ich nicht auch Sie enttäuschen möchte, aber es läßt sich nicht vermeiden. Ja, es gab da Schaf- und Ziegenherden. Genau so gut hätten da Kamele weiden können, wonach ich meine Lehrerin gefragt hatte. Es war also alles erstunken und erlogen, was von Aporée erzählt wurde. Nichts da von einem Land ohne Wachstum.

Können Sie sich vorstellen, wie enttäuscht ich war, als ich von dem Leichter aus, der mich vom Dampfer nach Aporée brachte, zum ersten Mal die Küste zu Gesicht bekam? Während der ganzen Überfahrt hatte ich gedacht, nun kommst du endlich in deine Heimat, verzeihen Sie den sentimentalen Ausdruck. Ich war ja damals so alt wie Sie, erst achtundzwanzig, da sehnt man sich noch nach etwas, wo man hingehört, nach einem Leben in der Nachbarschaft des Todes, den man bei uns weggeleugnet hat, so daß das Leben ganz unecht geworden ist. Und statt des schmutzigen Gelbbrauns, das ich von der alten Landkarte her zu finden hoffte, sehe ich rechts im Süden nur grüne Hügel, und selbst auf den Felsen, auf die wir zusteuern, wachsen Latschenkiefern und sogar Birken. Am liebsten wäre ich vor Enttäuschung ins Wasser gesprungen.

›Das kann doch nicht Aporée sein‹, rief ich, denn ich dachte, daß der Geheimdienst mich bemogelt und woanders hin transportiert hätte.

›Was denn sonst?‹ sagte ein Matrose, der mich gehört hatte.

›Aber das ist doch unmöglich.‹

›Du wirst dich noch an manches gewöhnen müssen, mein Junge.‹

Es war also alles erlogen. Nicht einmal hier hatte der Tod eine Wirklichkeit. Doch was sollte ich anfangen? Ich hatte ja unterschrieben, daß ich nie zurückkehren wollte, ich hatte mich festgelegt. Ich weiß nicht, wie es mit den andren stand, über so etwas sprach man natürlich nicht. Die meisten waren auch schon mehrere Jahre in Aporée, doch es kann auch deshalb gewesen sein, weil sie oft jenseits der Hügel saßen und in die leere Ebene blickten, das tröstete ein wenig.

Bei mir kam dann noch die Hysterikerin dazu, die mir ihre Geschichte erzählen wollte, als ich an Land kam, und auch der andre Kerl, der mich von ihr befreite und der den Spitznamen ›Der Makler‹ hatte, war eine unsympathische Figur.

Ich war so deprimiert, daß ich meinen Seesack über die Schulter nahm ... ja, man hatte uns auf dem Dampfer eine Art Seesack mitgegeben mit Kleidung und Decken und einem Schlafsack darin, sogar eine Stange Zigaretten war dabei. Solche Seesäcke hatten sie wohl immer für die Neulinge parat, um sie nicht erst im letzten Moment packen zu müssen ... ich nahm also meinen Seesack und verdrückte mich von der Anlegestelle. Es hielt mich auch niemand zurück, sie waren viel zu sehr mit dem Ausladen des Leichters beschäftigt. Ich ging nach links, weil es da weniger grün war und keine Hütten da standen. Ich fand auch bald eine Schlucht oder Klamm, die ganz steinig und ohne viel Wachstum war, nur etwas Unkraut, eine Schlucht, die durch das Vorgebirge zu der großen Ebene führte, das wußte ich natürlich noch nicht. Und mein Glück

wollte, daß ich da auf halber Höhe auch eine Art Unterstand entdeckte. Er schien künstlich angelegt zu sein, das sah man, und es mußte auch vor nicht allzulanger Zeit jemand dort gehaust haben, denn es lagen da verrostete Blechbüchsen und andrer Unrat herum. Vielleicht war da auch so einer untergekrochen, der wie ich lieber allein sein wollte. Hier findet dich niemand, bildete ich mir ein, und legte mich in meinen Schlafsack. Ich wollte nichts mehr sehen und hören.
Und prompt wurde ich krank. Es war eine Krankheit, die jeder zuerst in Aporée bekam, das hörte ich nachher. Eine Art Durchfall mit Verlaub zu sagen. Das Wasser floß einem nur so aus dem Leib. Und was meinen Sie, ich war froh über die dumme Krankheit. Ich blieb zwei Tage da ruhig liegen. Nun kannst du hier wenigstens krepieren, ohne das dich jemand dabei stört. So ungefähr.
Doch daraus wurde nichts. Die, die dann meine Frau wurde, fand mich da. Sie hatte nach mir gesucht, sie hatte den Auftrag bekommen, nach mir zu suchen, denn der Doktor hatte mich bei meiner Ankunft durch seinen Feldstecher beobachtet, und sie, die dann meine Frau wurde, war sozusagen Krankenschwester in Aporée. Sie hatte auch gleich Medizin gegen den Durchfall mitgebracht. Doch darüber können wir immer noch reden, wenn es sein muß.
Was für ein Dummkopf ich war, mich nach einer alten Landkarte zu richten. Zum mindesten hätte ich wissen müssen, daß von einem Land, für das die Behörden so viel Interesse zeigten, daß sie mich monatelang überprüften, nichts für unsereinen zu erhoffen ist. Merken Sie sich bitte, sowie diese Leute und die vom Fernsehen so etwas wie Aporée, um bei dem Namen

zu bleiben, in die Finger bekommen, machen sie flugs ein Newropa daraus, und aus ist es mit dem großen Schweigen. Das können wir besser in unsrer Q-Street finden, wo es den Leuten entgeht, man kann es überall finden, wenn man gut hinhört. Selbst in New Orleans habe ich es überdeutlich gehört und fühlte mich gleich wie zu Haus. Ich zeigte meiner Tochter das Französische Viertel, und da ist genug Betrieb oder Fremdenindustrie. Aggie war begeistert von dem Rummel, sie war damals noch ein Teenager. In einem der Lokale spielte eine Negerkapelle ›Sweet Emma‹, das war ein Lied, das damals in Mode war, Aggie kannte es natürlich vom College her. Ein alter weißhaariger Neger signierte hinterher Grammophonplatten, auch Aggie kaufte eine. Als der alte Mann die Platte signierte, sahen wir uns kurz an. ›Na, wir kennen uns, Bruder‹, dachte ich, und er wird es auch gedacht haben.
Aber ich wollte ja von der Schauspielerin reden, ich alter Knabe schweife immer ab. Es ist unmöglich, so etwas der Reihe nach zu erzählen, denn bitte, wo fängt die Reihe an und wo hört sie auf? Eines Tages also machte ich mich zu der Schauspielerin auf. War es Zufall oder hatte ich etwas mit ihr zu besprechen? Nein, zu besprechen hatte ich erst später manchmal etwas mit ihr, als ich mich um die Vorräte und das Magazin kümmerte. Die Herden versorgten uns ja mit Fleisch, ja, und stellen Sie sich das vor, man hatte sogar das Verfahren entdeckt, wie man Schafs- oder Ziegenkäse herstellt, und das Zeug schmeckte verdammt gut, das kann ich Ihnen versichern. Versuchen Sie doch mal hier in Washington Schafskäse zu kaufen, man wird sie auslachen.
Nein, das erste Mal, daß ich mit der Schauspielerin

zusammen war, wird ein Zufall gewesen sein. Oder hatte die, die dann meine Frau wurde, mich zu ihr geschickt? In der Erinnerung will es mir scheinen, als ob es bald nach meiner Wiederherstellung gewesen sei. Später und vor allem zuletzt war ich oft bei ihr und fiel ihr sogar zur Last; sie jagte mich mit groben Worten weg, doch ich blieb, da ich mir Sorgen wegen des Zustands meiner Frau machte. Selbstverständlich war mir inzwischen bekannt, daß in Aporée noch nie ein Kind lebendig geboren war, das war kein Geheimnis. Insofern stimmte es mit dem Land ohne Wachstum. Natürlich geriet dann und wann doch eine Frau in andre Umstände, nur daß es immer nach zwei oder drei Monaten zu einer Fehlgeburt kam, zu einem Abort, wie Aggie es nennt, doch ich kann den Ausdruck nicht leiden. Und immer gingen die Frauen dabei zugrunde, sie verbluteten, wenn ich nicht irre. Dagegen war noch kein Kraut gewachsen, auch die Schauspielerin war machtlos.

Doch ich schweife schon wieder ab. Immer wieder komme ich auf rein private Dinge, die für Sie ohne jedes Interesse sind. Es liegt wohl daran, daß ich hier im Dunkeln sitze. Da meint man, es sieht keiner, daß man sich privaten Gefühlen hingibt, und man läßt sich gehen.

Ich saß da also bei der Schauspielerin vor ihrer Hütte, und plötzlich kam der Clown dazu. Clown war sein Spitzname, sein Computer-Name war glaube ich Renstac, aber wer kann das schon aussprechen, alle nannten ihn Clown. Warum, kann ich nicht sagen, denn nie habe ich an ihm etwas bemerkt, was an einen Clown erinnert. Ich war ja später viel mit ihm zusammen, er wollte mich zu seinem Nachfolger erziehen. Er hatte nämlich eine verhältnismäßig wichtige Tätigkeit, er hatte das Gemeinschaftshaus unter sich. Gemeinschaftshaus? Eine viel zu protzige Bezeichnung. Das war nichts als eine elende finstere Scheune mit Wellblechdach, gleich gegenüber der Landungsstelle. Da aßen die meisten von uns und hockten auch sonst da herum. Hinten im Hof gab es drei Kochkessel, solche Feldküchen, wissen Sie, wie man sie vom Militär her kennt. Eine davon war immer in Betrieb, denn es waren ja an die hundert Menschen zu versorgen. Es war bequemer, dort zu essen als sich selber etwas zu kochen, allein das Feuer anzumachen, was für eine Mühe, bis man alles beieinander gehabt hätte.

Nur dem Doktor wurde sein Essen gebracht, er verließ sein weißes Häuschen da oben nie, das Klinik genannt wurde, weil es da tatsächlich drei Betten für Kranke gab. Die, die dann meine Frau wurde, trug ihm das Essen hinauf, es war kein weiter Weg, nur etwas steil bergauf, aber sie war ja noch jung. Auch Bimbuck, der Funker, blieb mittags zuweilen an seinem Apparat, obwohl das kaum nötig war, denn wer sollte uns schon einen Funkspruch senden. Ja, wir hatten eine Funkstation, habe ich das noch nicht erwähnt? Keine große Sache, aber sie reichte aus, um zur Not einem der Kriegsschiffe Mitteilungen zu machen. Wie das denn zuletzt ja auch in meinem Fall geschah ... aber davon wollen wir jetzt nicht reden. Und was das Mittagessen betrifft, selbstverständlich kamen die Schauspielerin und die Hirten auch nicht zu der Scheune, das wäre zu weit gewesen. Sie kochten sich ihr Essen wohl irgendwie selber.

Um das alles kümmerte sich der Clown, er hatte genug zu tun. Er mußte vorsorgen, daß genügend Fleisch da war und was sonst noch dazu gehört. Und wenn etwas fehlte, was bei uns nicht wuchs, mußte der Funker rechtzeitig funken, daß man es uns das nächste Mal schickte. Bei den Kochkesseln halfen dem Clown zwei oder drei Männer. Komischerweise keine Frauen, so viele gab es da ja auch nicht. Nur in einer andern Baracke nicht weit davon, die allgemein das Waschhaus genannt wurde, war eine Frau tätig, eine unmäßig dicke Frau, die komischerweise ›Die Schlange‹ genannt wurde, wohl wegen ihrer Krampfadern. Sie sehen, man hatte Humor in Aporée. Doch an den Kochkesseln habe ich immer nur den Clown stehen sehen, wenn er die Brühe abschmeckte.

Und um auch das gleich zu erzählen, weil es mir gerade einfällt: das erste Mal, als ich in dies sogenannte Gemeinschaftshaus ging, um dort zu essen ... das war also nach meiner Krankheit, die ja nicht lange dauerte, die Medizin hatte sofort gewirkt, nur etwas klapperig auf den Beinen war ich noch. Und die, die dann meine Frau wurde, hatte mir geraten, lieber in dem Gemeinschaftshaus zu essen, das sei praktischer ... als ich zum ersten Mal dorthin kam, passierte mir etwas Unangenehmes. Ich paßte genau auf, um alles so zu machen wie die andern.Man mußte an der Feldkücke Schlange stehen, und als man mir meinen Blechnapf vollgefüllt hatte ... so ein Blechnapf und ein Eßbesteck hatte man uns im Seesack mitgegeben, sie hatten wirklich an alles gedacht, da läßt sich nichts sagen ... da griff ich in die Tasche meines Overalls und wollte dafür bezahlen, anders konnte ich es mir nicht denken. Und der Clown rief laut: ›Hier will einer sein Geld loswerden‹, und es gab ein großes Gelächter. Beinahe hätte ich die Suppe verschüttet, so peinlich war es. Und ich hatte mir doch fest vorgenommen, nicht aufzufallen.

Wozu hatte man uns denn Geld mitgegeben, als wir den Dampfer verließen, der Schiffsoffizier hatte sogar eine Quittung dafür verlangt. Frische neue Scheine, waschechte Dollars. Möglich daß ein unsichtbares Wasserzeichen darauf war, bei ihrer Geheimnistuerei war ihnen das zuzutrauen, doch wozu überhaupt Geld, wenn man in Aporée nichts zu bezahlen brauchte?

Ich setzte mich dann zu einem älteren Mann, weil da gerade Platz war. Er wurde ›Fritz‹ genannt, obwohl er alles andre als ein Deutscher war, sondern ein New Yorker, ein Taxifahrer, wie es hieß, aber das braucht nicht zu stimmen. Er war ein verbitterter Mann, das sah man gleich, wie er zornig seine Suppe löffelte. Bei uns betätigte er sich als Zimmermann, das heißt, er setzte die Baracken, die uns als Fertighäuser geliefert wurden, zusammen. Wenn es irgendwie ging, ließ er sich nicht dabei helfen, doch oft brauchte er natürlich trotzdem ein paar Arme, die ihm die Bretter zureichten. Statt ein Wort zu verlieren, hämmerte er lieber so laut es ging Nägel ins Dachgestühl.

›Muß man denn nicht dafür bezahlen?‹ fragte ich ihn leise, denn das hatte ich wenigstens begriffen, daß es beim Mittagessen nicht Sitte war, sich laut zu unterhalten. Alle löffelten schweigend ihre Suppe.

›Haben Sie immer noch nicht genug bezahlt?‹ knurrte dieser Fritz zurück. Mich als Neuling hatte er schon gar nicht auf der Rechnung.

›Was soll ich denn mit dem Geld anfangen?‹

›Wischen Sie sich den Hintern damit‹, kam es zurück. Er stand wütend auf und ließ mich allein sitzen.

Das mit dem Geld war wirklich eine raffinierte Idee von unsern Politikern, Hut ab! So konnten sie auf ihren Friedenskonferenzen immer behaupten: Dies Aporée gehört zu uns, dort wohnen nur echte Amerikaner, die mit Dollars bezahlen, und wir haben eine Demokratie, oder was sonst noch für schöne Redensarten bei solchen Gelegenheiten üblich sind. Und in der Tat, die paar Dollars, die sie uns mitgaben, haben sich dann ja auch bezahlt gemacht, nun haben sie ihr Newropa.

Jedenfalls konnte man in Aporée für Geld nichts kaufen. Was die andern damit machten, weiß ich nicht. Ich hob das Päckchen auf und gab es dann der, die meine Frau wurde. Es war noch unter ihren Sachen, als sie starb, und man hat es mir ausgehändigt. Ich nahm das Päckchen sogar mit nach Amerika, als ich zurückfliegen durfte, und hob es für alle Fälle auf. Es wird der kleinen Aggie zugute kommen, dachte ich, doch das war sehr viel später.

Ich saß da also bei der Schauspielerin und besprach etwas mit ihr. Wenn es nichts zu besprechen gab, saßen wir einfach so da und blickten auf das Wasser. Und da kam von der Bucht her, wie gesagt, der Clown, um mit ihr wegen des Schlachtviehs zu sprechen. Ich blieb ruhig sitzen.

Erst als er wieder wegging, den Hügel zur Bucht hinunter, fragte ich die Schauspielerin: ›Ob er wohl wirklich Clown gewesen ist?‹

Wie kam ich nur zu einer für Aporée so ungewöhnlichen Frage. Hatte ich zu lange aufs Meer geblickt?

Die Schauspielerin sah ihm lange und aufmerksam nach, wie er sich da entfernte, und meinte schließlich: ›Seinem Gang nach könnte er es gewesen sein.‹

›Sieht man so etwas am Gang?‹

›Unter Umständen ja. Sie lassen meistens jeden Schritt von der Ferse bis zur Fußspitze abrollen.‹

Dazu konnte ich nichts sagen, sie verstand wohl mehr

davon. Doch als der Clown hinter dem Hügel verschwunden war, stellte ich noch eine Frage. ›Wie wird einer nur Clown?‹
Sie sah mich von der Seite an und stand auf. ›Du willst mich wohl auf den Arm nehmen, du Oberclown. Bilde dir nur nicht ein, daß du hier damit durchkommst.‹
Damit ging sie in ihre Hütte. Offenbar war sie verärgert. Wieder hatte ich etwas verkehrt gemacht.
Aber was meinte sie damit? Warum hatte sie mich Oberclown genannt? Auf dem Rückweg mußte ich darüber nachdenken. Wie benimmt sich ein Clown zu Haus, wenn er Frau und Kinder hat. Er kann doch seine Frau nicht bei Tisch über sich lachen machen, das geht nicht, das läßt sich keine Frau gefallen. Und auch die Kinder genieren sich, wenn der Vater sich absichtlich ungeschickt benimmt, damit man über ihn lacht. Sie wollen ja gar nicht über ihn lachen, sie wollen ihn ernst nehmen.

7

Haben Sie das heute mittag erlebt? Achso, ich vergesse immer, daß Sie ja mittags nicht zu Haus sind, entschuldigen Sie. Es gab eine Hochzeit in unsrer Straße, noch dazu aus Ihrem Haus, ich weiß nicht aus welchem Stockwerk. Die halbe Q-Street war auf den Beinen, ich dachte schon, es sei ein Unglück passiert, als ich von meinem Drugstore zurückkomme und das Gedränge sehe. Eine Kutsche mit weißen Pferden steht vor dem Haus, alles wie es sich gehört, und dann die Braut in ihrem weißen Kleid. Die Verwandten fuhren in ihren Wagen hinterher, im ersten Gang, der Motor wird hübsch heiß geworden sein. Und Ihre Hauswartsfrau steht an der Gartenpforte und heult wie ein Schloßhund. Sie weiß doch bestimmt Bescheid über die Jungfrau da mit ihrem weißen Schleier und den Orangenblüten, aber geheult wird trotzdem. Na, das ist nicht unsre Sache, und Ihnen ist ja auch das Theater erspart geblieben. Als Aggie heiratete, war es genau dasselbe, das ist klar, und hinterher ein Festessen im Georgetown-Inn; ich hatte den kleinen Saal gemietet. Nur daß die Hauswartsfrau nicht heulte, die gab es damals noch nicht, dafür weinte Tante Minnie, das war ihr gutes Recht. Das junge Paar flog dann zu den Bermudas, alles wie es sich gehört. Aggie kann mir nichts vorwerfen.

Letzte Nacht sind Sie übrigens länger aufgeblieben als sonst, hoffentlich bin ich nicht daran schuld. Und denken Sie bitte nicht, daß ich Sie kontrolliere, ich habe es ganz zufällig bemerkt, und zuerst dachte ich, Sie hätten das Licht brennen lassen. Ich konnte nämlich selber nicht einschlafen und bin noch einmal aufgestanden. Das kommt davon, wenn man zuviel mit sich redet. Eine schlechte Angewohnheit von Aporée her, nehme ich an.

Dort redeten die meisten mit sich. Nicht laut, um Himmelswillen, das wäre ja lächerlich gewesen, aber man merkte es eben, und mußte dann gleich so tun, als ob man nichts gemerkt habe. Und meistens erfand der Andre schnell irgendeine Geschichte, das erleichterte es beiden. Vor allem die, die jenseits der Hügel saßen und stundenlang über die Ebene blickten, als gäbe es da etwas Interessantes zu sehen, werden viel mit sich geredet haben. Wenn man so etwas auf Band aufnehmen könnte, das wäre sehr aufschlußreich, doch zum Glück hat man das noch nicht erfunden, und auf die Weise bleiben nur die erfundenen Geschichten übrig. Aber auch der Doktor in seiner sogenannten Klinik wird viel mit sich geredet haben, ich habe ihn aus Versehen einmal dabei beobachtet. Und ebenso der Funker Bimbuck, wenn er vor seinem Apparat hockte und vergeblich auf einen Funkspruch von draußen wartete.

Ich selber habe in den ersten Monaten auch viel jenseits der Hügel gesessen, später, wie schon gesagt, ließ ich es. Den Weg dahin hatte ich selber entdeckt, niemand hatte ihn mir gezeigt. Das war auch nicht Sitte in Aporée, jeder sollte tun, was ihm Spaß machte. Wie durfte man jemand dabei raten. Der Weg führte durch eine steinige Schlucht, oder sagen wir lieber durch eine Art Riß im Vorgebirge, ja, wie wenn einer mit der Axt einen Spalt hineingeschlagen hätte. Vielleicht war da früher ein Bachbett gewesen. Alles voller Felsbrocken, ein recht mühsamer Weg, und die Schuhe wurden nicht besser davon. Aber man hatte uns ja feste Schuhe mitgegeben, und wenn sie kaputt waren, konnte man sich im Magazin neue geben lassen. Manchmal machte der Clown Einwendungen, er besah sich die alten Schuhe und sagte: Na, die können Sie ruhig noch ein paar Wochen tragen, wir sind hier kein Luxusbad. Auch die armen Frauen mußten dicke, eisenbeschlagene Schuhe tragen, auf Stöckelschuhen hätten sie sich gleich die Fußgelenke gebrochen. Tatsächlich kam eine mit Stöckelschuhen, das habe ich selbst gesehen, sogar einen Sonnenschirm hatte sie mitgebracht, man denke, einen Sonnenschirm, es sah unglaublich komisch aus. Doch schon nach einer halben Stunde hatte sie sich feste Schuhe angezogen.

Etwas weiterhin in der Schlucht gab es auch einen Steinbruch, er war schon ganz zugewachsen, aber man sah doch noch, daß es vor langer Zeit ein Steinbruch gewesen sein mußte. Dieser Steinbruch hatte seine Geschichte, sie ist insofern interessant, als das alles ganz zu Anfang passiert sein muß, ich weiß das nur vom Hörensagen, und die, die es erzählten, hatten es wiederum von ihren Vorgängern. Aber die Legende hielt sich. Jemand hatte dort auch eine kleine Figur gefunden und bewahrte sie auf, nicht viel größer als eine Faust und ganz aus Stein. Doch davon später, erinnern Sie mich bitte daran.

Auf der andern Seite der Schlucht war es nicht so steinig, das Gelände fiel sanft zur Ebene hin ab. Die Leere und Weite nach Osten hin war eine Verführung, der sich kaum widerstehen ließ, das kann ich bestätigen. Manchmal verschwand einer, der dort lange gesessen hatte, dorthin, das erwähnte ich schon. Ohne sich zu verabschieden natürlich und wohl auch ohne jede Vorbereitung. Keiner von uns verschwendete einen Gedanken an so einen Verschwundenen. Man wartete ein paar Tage, dann wurde gefunkt, daß wieder einer weniger da sei und daß sie Ersatz schicken könnten.

Die Verführung war enorm groß, in die Ebene aufzubrechen, auch für mich, das gebe ich zu, weil mich Aporée so schwer enttäuscht hatte. Was dachte einer, der da stundenlang hockte und nach Osten blickte? Nach so langer Zeit und nachdem ich vierzig Jahre den braven Beamten gespielt habe, ist das schwer in Worte zu fassen. Wer garantiert mir, daß es wirklich meine damaligen Gedanken waren? Trotzdem, ich will es Ihretwegen versuchen. Ich glaube auch, wir können ohne jede Überheblichkeit annehmen, daß die andren, die dort in die leere Weite nach Osten blickten, dieselben Gedanken hatten wie ich, ganz gleich in welche abgenutzten Worte sie ihre Gedanken gekleidet hätten. Man konnte da eigentlich nichts andres denken.

Um es übrigens gleich vorauszuschicken, wenn ich von Osten rede, ist damit kein abstrakter politischer Begriff gemeint, wie das heute üblich ist, sondern nur eine Himmelsrichtung. Ich habe zwar immer nur von der grenzenlosen Weite gesprochen, die uns faszinierte, aber dennoch konnte es nicht ausbleiben, daß man an die Menschen dachte, die da jenseits der grenzenlosen Weite viele tausend Meilen entfernt zu leben versuchten. Es handelte sich ja um einen zerstörten Erdteil, das war bekannt, wenn auch verschwiegen wurde, wodurch er zerstört war. Selbst dann, wenn man denen im Osten die Ursache genau so verschwieg wie uns, sie sind doch Menschen wie wir und müssen die Katastrophe genau so erlebt haben wie wir. Vor allem gab es da zwischen ihnen und uns das Land ohne Wachstum, wie

es genannt wurde, auf jeden Fall früher, denn zu meiner Zeit grünte die Ebene ja schon wieder.
Ob da drüben im Osten auch Freiwillige an der Grenze angesiedelt wurden? Das wußte niemand von uns, aber wir nahmen es stillschweigend an. Waren es auch Freiwillige, die man bewachte, damit sie nicht in ihr Land zurückkehrten? Kriegsschiffe wie bei uns konnten sie dort dafür nicht brauchen, weil es da kein Meer gab, doch bewacht wird man sie bestimmt haben, das ist überall so Brauch. Wozu gibt es Panzer und Bombenflugzeuge.
An die unbekannten Brüder, an die Freiwilligen da drüben, dachte man, wenn man über die Ebene blickte. Man unterhielt sich sozusagen mit ihnen. Mögen sie auch eine andre Sprache gesprochen und andre Kostüme getragen haben, das sind doch nur Äußerlichkeiten, sie sprechen trotzdem unsre Sprache. Sie haben sich da in ihrem Aporée genau so wie wir ansiedeln lassen, weil man in ihrem Land nichts mehr mit ihnen anzufangen wußte und weil sie nicht mehr dazugehörten. Es würde mich nicht wundern, wenn auch bei denen die Bezeichnung ›Strafkolonie‹ dafür aufgekommen wäre, das ist ein handlicher Begriff für Politiker aller Schattierung, er macht sich gut in der Zeitung und im Fernsehen. Aber was ging das uns und was ging das die Freiwilligen da drüben an.
An sie dachten wir, wenn wir über die Ebene blickten, man konnte nicht genug davon bekommen. Und drüben saß genau so einer am Rande der Leere und dachte dasselbe, nur daß er von Osten nach Westen blickte. Er dachte: Ich weiß, daß du da drüben sitzt und nach mir Ausschau hältst, mach dir keine Sorge, ich lasse dich nicht im Stich, wir gehören zusammen.

Das war die große Verführung. Wer ließe sich nicht gern von einem so großen Glück verführen. Und so kam es denn, daß manch einer von uns aufbrach und in die Ebene verschwand. Wer hätte ihn daran hindern mögen? Das wäre ja unmenschlich gewesen. Eher beneidete man ihn. Und bei denen da drüben wird es um nichts anders gewesen sein. Wenn es ihm sinnlos erschien, da noch weiter zu hocken, wird er sich auf den Weg gemacht haben, um mir entgegenzugehen. Die vielen tausend Meilen spielen doch gar keine Rolle, man wird sich schon treffen. Wer daran zweifelt, sollte lieber gar nicht erst aufbrechen. Unterwegs sein zu dürfen, ist ja schon an sich ein großes Glück. Man braucht nur die Richtung nach Osten einzuhalten und der da drüben nach Westen, einen Kompaß braucht man dazu nicht, dann wird man sich begegnen, das kann gar nicht ausbleiben; in einer so leeren Ebene, wo sonst nichts ist, nimmt man sich schon von Weitem wahr. Und wenn man sich dann endlich trifft, ach, das ist nicht vorstellbar, das läßt sich nicht einmal träumen, es ist eine zu große Wirklichkeit.

Ob sich jemals zwei auf diese Weise begegnet sind, darüber gibt es keinen Bericht. Wer sollte auch darüber berichten? Von den beiden bestimmt keiner. So wie ich die Verhältnisse in Aporée kenne, möchte man eine solche Begegnung für unmöglich halten. Doch was sagt schon ›unmöglich‹? Das ist doch nur eine faule Entschuldigung für die, die den Aufbruch nicht riskieren. Und was weiß ich schon von einem, der in die Ebene verschwunden ist.

›Ihre Gebeine werden da irgendwo bleichen‹, hieß es in Aporée, ›und wenn dann eines Tages die Wissenschaftler kommen, wird sich nicht entscheiden lassen, ob der

Mann von Westen oder von Osten gekommen ist. Das ist doch etwas.‹ Darin muß ich den Leuten von Aporée recht geben, die Gebeine sind nichts als eine Art Wegzeichen, man kann getrost in der Richtung weitergehen. Auch Sie sollten ihr Augenmerk auf solche verläßlichen Wegzeichen richten. Wonach soll sich unsereiner denn sonst richten? Nur darum habe ich die Gebeine erwähnt.

Was ich früher einmal von dem Matrosen in der Kneipe gehört zu haben glaubte, damit dürfte es an sich seine Richtigkeit gehabt haben. Nur daß er von Dingen sprach, die lange vor seiner Geburt geschehen waren, die er also nur vom Hörensagen wissen konnte. Und auch lange vor meiner Zeit, denn wie ich schon sagte, als ich dort ankam, waren die Hügel grün, es wuchsen Bäume, es gab da Herden und auf ein baldiges Sterben wartete man vergeblich. Es waren die letzten beiden Jahre von Aporée, bevor sie Newropa daraus machten. Es war schon nicht mehr das richtige Aporée. Wenn Sie so wollen, habe ich gar kein Recht, etwas Gültiges darüber auszusagen. Aber die Legenden hielten sich dort, niemand zweifelte an ihrer Wahrheit, darum beherrschten sie die Stimmung oder Atmosphäre von Aporée oder wie man es sonst nennen will.

Nachdem ich die erste Enttäuschung überwunden hatte oder vielmehr mich damit abfand, erkundigte ich mich bei andren. Sehr vorsichtig natürlich, um nicht neugierig zu erscheinen, und es gab auch nur wenige, mit denen man über so etwas sprechen konnte. Auch sie, das fand ich schnell heraus, waren in ihren Erwartungen getäuscht worden und hatten sich nun aufs Durchhalten gelegt, ohne allzugroße Bitterkeit, eher mit einem Achselzucken. Das was ich von ihnen erfuhr, stimmte ziemlich genau mit dem überein, wovon der Matrose in der Kneipe herumprahlte. Nicht jeder wußte jedes, doch wenn man es zusammensetzte, was da so mehr nebenbei geäußert wurde, ergab sich ein einigermaßen deutliches Bild von dem ursprünglichen Aporée. Nicht daß sich daraus eine Geschichte von Aporée konstruieren ließe, nichts wäre lächerlicher, als eine Geschichte von Aporée schreiben zu wollen. Es gab ja nicht einmal eine Zeitrechnung, wie soll man da von Geschichte reden dürfen. Das was früher einmal gewesen war, auch wenn es nur erzählt wurde, war genau so bestimmend für uns, genau so maßgebend, wie das was uns passierte. Ich weiß nicht, ob ich mich richtig ausdrücke. Was schon jede sogenannte Geschichtsschreibung unmöglich machte oder auch nur ein Gefühl für Geschichte, war ja schon allein die Tatsache, daß niemand etwas Genaues über die Katastrophe wußte, der Aporée seine Existenz zu verdanken hatte. Wenn Sie so wollen, war Aporée genauso ohne Herkunft wie wir.

Ich erkundigte mich zum Beispiel bei dem Doktor, denn er war ja Fachmann. Und auch bei der, die dann meine Frau wurde, obwohl sie nicht viel darüber wußte, denn sie war noch nicht lange da, sie war etwa ein Jahr vor mir angekommen. Doch vor allem sprach ich mit Ramsic über solche Dinge. Sein Spitzname war ›Der Farmer‹. Er paßte nicht recht zu ihm, darum habe ich seinen Computer-Namen Ramsic behalten und nannte ihn auch nur so. Er war es übrigens, der die kleine Steinfigur gefunden hatte, eine Statuette einer Frau mit überdimensionalen Brüsten und einem betont großen Schoß. ›Was für ein abscheuliches Ding‹, meinte die, die dann meine Frau wurde. Die Figur war

nicht aus dem Stein hergestellt, aus dem der Steinbruch bestand. Ramsic, der etwas davon zu verstehen schien, sagte, daß sie uralt sein müsse, doch wie sie zu uns geraten war, blieb unerklärlich.
Ramsic war es auch, der mir die Geschichte des Steinbruchs erzählte. Die Geschichte muß zu den Anfängen von Aporée gehören, als man noch nicht genügend Erfahrung hatte. Es handelte sich um ein leicht spaltbares Gestein, so wie Schiefer, nur nicht blauschwarz, sondern fast weiß und in dem Weiß überall zarte rosa Pünktchen wie unter der Haut. Die ersten Ankömmlinge hatten das entdeckt, und Proben davon waren nach Amerika gekommen. Irgendein Schlaukopf, der davon gehört hatte, vielleicht einer vom Bundesfinanzhof hier bei uns, das sähe ihm ähnlich, kam auf die Idee, daß sich die ungeheuren Kosten, die dies verfluchte Aporée verursachte, dadurch verringern ließen, wenn man dies Gestein von Aporée nach Amerika exportierte; denn etwas andres gab es von da noch nicht zu exportieren. Die Gesteinsplatten ließen sich nämlich unschwer als Kacheln verwenden, für Badezimmer und Hotellhallen oder wo man sonst noch Kacheln braucht. Ein so gekacheltes Badezimmer sah dann zweifellos recht gefällig aus, und außerdem war es etwas Neues. So wurden denn auch ein paar Ladungen dieser Gesteinsplatten in den Leichter verfrachtet und von da in den Dampfer. Doch die Herrlichkeit dauerte nicht lange. Die Leute und auch Kinder, die in einem so gekachelten Badezimmer gebadet hatten, wurden krank und viele starben daran, ohne daß es ein Heilmittel dagegen gab. Auch die Plattenleger, und die ganz besonders, wurden davon krank. Es hieß dann, die Kacheln sendeten giftige Strahlen aus, auch ein

kompliziertes Fremdwort erfand man dafür, jedenfalls war Schluß mit dem Export, es kam ein strenger Befehl, so als ob wir schuld daran wären, und so blieb der Steinbruch liegen und wuchs zu; denn in Aporée brauchte man keine Kacheln.

Der Doktor bestätigte mir, daß die Menschen in Aporée zu Anfang tatsächlich sehr bald gestorben seien, länger als ein halbes Jahr habe es kaum jemand ausgehalten. Er wußte das aus alten Krankheitsgeschichten, die seine Vorgänger vor dreißig oder wieviel Jahren angelegt hatten. Auch von roten Pünktchen unter der Haut, besonders auf der Bauchdecke, soll darin schon die Rede gewesen sein. Es muß sich um Blutzersetzung gehandelt haben, meinte der Doktor, doch warum es sich zersetzte, wußte er auch nicht. Er war schon etliche Zeit in Aporée, es sei ihm nur ein einziger Fall unterlaufen, der Ähnlichkeit damit gehabt habe. Noch dazu bei einem Verrückten, wie er ihn nannte, einem Kerl, der sich für einen Geologen ausgab und behauptete: Hier muß es Öl geben. Er machte sich ganz allein, nur mit Hacke und Spaten bewaffnet, daran, da hinter den Hügeln ein tiefes Loch zu graben, um nach seinem Öl zu suchen. Alles lachte ihn aus. Schließlich schlief er sogar in seinem Loch, um nur ja keine Zeit bei seiner Suche zu verlieren oder weil er Angst hatte, ein andrer würde ihm zuvorkommen. Schließlich mußten wir ihn halbtot herausziehen und er starb dann auch bald. An einer Art Leukämie, meinte der Doktor, aber er wollte sich nicht darauf festlegen. Und was für Ärger wir damit hatten, das Loch wieder zuzuschütten, schloß er seinen Bericht. Er war übrigens süchtig, Morphinist oder etwas derartiges, das wußten wir alle. Auch die, die dann meine Frau wurde, wußte es natürlich, da sie mehr mit ihm zu tun hatte als wir andren. Der arme Mann, sagte sie immer nur, was bleibt ihm denn andres übrig.

So also scheint es zu Anfang gewesen zu sein, als es in Aporée noch so gelbbraun war wie auf der Landkarte. Ramsic, das ist der, den sie den ›Farmer‹ nannten, erklärte mir, daß das Land durch eine unvorstellbar große Hitze zerstört worden sein müsse, tausend Grad und mehr, jedenfalls unvorstellbar, so daß alles davon zerschmolzen sei, nicht nur Städte und Häuser und was sonst noch über der Erde war, sondern auch die Erde selbst bis über einen Meter tief, das lasse sich an einigen Stellen noch nachweisen. Wie eine Art Lavaschicht habe sich da gebildet, daher auch das Gelbbraun. Erst ganz allmählich und im Laufe von Jahrzehnten sei diese Lavaschicht zerbröckelt, und die Erde darunter bekam wieder Luft. Das und dazu der Staub, der überall hinwehte, hätten dann wieder ein bescheidenes Wachstum ermöglicht. Irgendeiner, das muß vor Ramsics Zeit gewesen sein, hatte denn auch die Erde unter der Schicht ausgegraben und darauf eine Art Küchengarten angelegt, der gut gedieh. ›Wir erzeugen unsre eigenen Vitamine‹, hieß es voller Stolz in Aporée.

Ob diese Erklärung stimmt, kann ich nicht sagen, es ist ja auch nicht allzuviel damit gewonnen. Nur daß die unvorstellbare Hitze oder was immer es war, ein solcher Schock für die damalige Menschheit gewesen sein muß, daß sie sogar Frieden schlossen, und das will etwas heißen.

Übrigens sah es die, die dann meine Frau wurde, nicht gern, daß ich in meinem Unterstand hauste, sie hielt es für ungesund und schlug mir allerhand andre Unterkünfte vor. Doch ich blieb da wohnen, wenn man

das so nennen darf, und später zog sie dann ja auch selber zu mir.
Auch sie sprach nie von dem, was vorher für sie gewesen war. Sie war doch einmal ein Kind und ein junges Mädchen gewesen, aber davon war nie zwischen uns die Rede, obwohl sie mir doch näher stand als sonst einer in Aporée. Sie wurde allgemein nur ›Schwester‹ genannt, ein Spitzname war für sie nicht nötig, doch ich weiß nicht einmal, ob sie schon vorher eine ausgebildete Krankenschwester gewesen war oder ob sie sich erst bei uns die notwendigen Handgriffe vom Doktor abgesehen hatte. Denn natürlich kamen Verletzungen und Knochenbrüche vor, von landläufigen Erkältungen und Lungenentzündungen gar nicht zu reden.
Ihrer Stimme nach ... ja, ihre Stimme ist mir unverlierbar im Gedächtnis geblieben, ich höre sie auch jetzt noch, wenn ich hier nachts am Fenster sitze und auf die Straße blicke. Ihre Stimme könnte ich Ihnen genauer schildern als ihr Gesicht oder wie sie aussah. Fotografien von ihr gibt es natürlich nicht, in Aporée fotografierte man nicht. Meine Tochter legt mir das immer als Lieblosigkeit aus, daß ich keine Bilder von ihrer Mutter aufgehoben habe, aber es hat keinen Sinn, das Aggie erklären zu wollen. Es kann ja sein, daß es gar nicht möglich gewesen wäre, in Aporée zu fotografieren, und daß die Filme schwarz geworden wären, davon verstehe ich zu wenig, aber ich habe eher den Eindruck, daß jeder von uns dachte: Wozu Bilder und sie noch obendrein aufheben, das haben wir hier doch gar nicht nötig. Doch die Stimme ... wir waren ja meistens nur nachts in meinem Unterstand zusammen, verstehen Sie, und in dem Unterstand war es dunkel, deshalb die Stimme. Dem Tonfall oder ihrer Ausspra-

che nach mußte meine Frau aus den Südstaaten stammen, so etwas hört man ja, aus Texas oder auch nicht ganz so weit südlich, vielleicht aus Arkansas oder Oklahoma, doch das bleibt sich gleich, über so etwas sprach man nicht. Ich höre noch ihre Stimme, wenn sie morgens fortging, zum Doktor oder was sonst gerade vorlag, und zu mir sagte: ›Bleib nur liegen.‹ So etwas vergißt man nicht. Auch das nicht, was man so nachts zueinander sagt, wenn man da im Dunkeln zusammenliegt.

Und noch etwas, manchmal weinte sie. Ich spreche ungern davon, es ist schon gar zu privat und beinahe wie ein Verrat, aber nur, damit Sie sich ein Bild machen können, wie es in Aporée war, und womit sie unter Umständen rechnen müssen, verzeihen Sie.

Selbstverständlich weinte sie nicht tagsüber, so daß jemand es sehen konnte, sondern nur nachts und auch dann nur, wenn sie meinte, daß ich schlief, und auch nur ganz leise. Aber ich merkte, daß ihre Wangen naß waren, so war es. Und wenn ich dann fragte: ›Warum weinst du denn?‹, sagte sie jedesmal: ›Ach, nur so aus alter Gewohnheit. Mach dir keine Gedanken deswegen‹, und natürlich fragte ich nicht mehr.

Was kann denn ein Mann tun, wenn eine Frau still neben ihm weint? Er kann sie nur in die Arme nehmen.

Nochmals, verzeihen Sie daß ich überhaupt davon rede.

8

Ich kann nicht oft genug wiederholen, daß alles, was sonst einer von seinem Vorher erzählte, nichts als reine Erfindung war. Manchmal recht gute Erfindungen, so daß man sich beim Zuhören sagte: Das könnte auch mir passiert sein, aber Erfindungen waren es trotzdem. Oder wenn Sie so wollen, es war wie ein Traum, den man gehabt hat, darum konnte der Betreffende so deutlich davon reden.

Meistens wurden solche Geschichten in der Scheune erzählt, die wir Gemeinschaftshaus nannten. Vielleicht nur, um die Zeit zu vertreiben und wenn es schon gar zu langweilig war. Um Ihnen ein Beispiel zu geben, wie so etwas erzählt wurde, da fällt mir gerade eine solche Geschichte ein, die mir damals gut gefiel, ich weiß nicht warum. Erzählt wurde sie von einem, der bei uns ›Der Passagier‹ genannt wurde. Ursprünglich soll er ›Der blinde Passagier‹ geheißen haben, doch das ›blind‹ hatte man bald weggelassen, weil das für einen Namen zu lang war. Was er sonst noch machte, habe ich vergessen, ich kam kaum mit ihm in Berührung. Das war so in Aporée, obwohl wir höchstens hundert Seelen waren und jeder jeden von Ansehen kannte, verkehrte man nur mit den Wenigen, mit denen einen der Zufall zusammengebracht hatte.

Der Mann erzählte also: ›Zum Glück hatte ich eine Fahrkarte, das war das erste, wonach ich suchte. Ich faßte gleich in meine rechte Jackentasche, wo ich meine Fahrkarten aufzuheben pflegte, um sie immer zur Hand zu haben, mit dem Feuerzeug zusammen. Eine Fahrkarte hatte ich also, das beruhigte mich etwas. So brauchte ich wenigstens keine Strafe zu zahlen, wenn der Schaffner kam und die Fahrkarten kontrollierte. Ein blinder Passagier war ich also nicht, das habt ihr Witzbolde euch ausgedacht. Doch das war auch alles, was ich vorzuweisen hatte. Fragt mich nicht, woher ich die Fahrkarte hatte. Hatte sie mir jemand heimlich zugesteckt? Ich war ganz allein in dem Abteil des Zuges, es war keiner da, den ich hätte fragen können, und wahrscheinlich hätte ich gar nicht gefragt, um nicht von den Leuten dumm angesehen zu werden. Doch es war niemand da und der Zug stand, davon war ich aufgewacht. So wunderte ich mich über die Fahrkarte. Ich muß sie doch am Schalter irgendeines Bahnhofes gekauft haben, denn geschenkt bekommt man Fahrkarten ja nicht. Oder hatte ich sie gefunden? Jemand hatte sie verloren, und ich hatte sie aufgehoben und war dann einfach in den betreffenden Zug gestiegen. Ich kannte einen großen Bahnhof, einen Kopfbahnhof, wie man es nennt, mit zehn oder zwölf Bahnsteigen, zu denen man auf einer Rolltreppe hinunterfuhr. Der Bahnhof war mir gut bekannt, das ist wahr; ich mußte da zuweilen jemand abholen. Eine Frau? Das könnte euch so passen, ihr Wüstlinge. Ich kannte auch das Bahnhofsrestaurant, ich trank da manchmal ein Bier, wenn ich warten mußte. Hatte ich die Fahrkarte dort gefunden? Vielleicht lag sie unter dem Tisch; es kann einem ja passieren, daß, wenn man das Geld herauszieht, um den Ober zu bezahlen, einem dabei die Fahrkarte herausfliegt. Doch warum habe ich sie dann nicht abgegeben? Das tut doch jeder ordentliche Mensch. Und warum habe ich nicht auf das Mädchen gewartet? Denn ihr Brüder wollt ja durchaus, daß ich da ein Mädchen abholte, das mich zum

Wochenende besuchte. Hast du schon gegessen? hätte ich sie gefragt und sie dann ins Restaurant geführt. Warum bin ich statt dessen mit meiner Fahrkarte in den Zug gestiegen? War es überhaupt der richtige Zug? Und Gepäck hatte ich auch nicht bei mir, ich sah sofort im Gepäcknetz nach, aber alles war leer. Oder hatte man mir mein Gepäck gestohlen, auch den Mantel? In der Bahn wird ja häufig gestohlen, die Schlingel hängen sich einen fremden Mantel über den Arm und steigen an einer kleinen Station aus. Und wenn sie ertappt werden, heißt es: Entschuldigen Sie vielmals, ich habe den falschen Mantel genommen. Was läßt sich da schon machen? Und man kann unmöglich bei jeder kleinen Station aufpassen, diese kleinen Stationen sind schon gar zu langweilig, man wundert sich immer, daß da überhaupt jemand wohnen kann. Oder hatte ich den Mantel im Bahnhofsrestaurant hängen lassen? Ihr wißt schon, an so einem Garderobenständer mit dem Schild daran: Für abhanden gekommene Garderobe übernehmen wir keine Garantie. Die Kerle machen es sich leicht, das kann man wohl sagen. Wenn ich eine Handtasche bei mir hatte, stellte ich sie immer so, daß ich sie mit meinem Fuß berührte, auf die Weise hätte ich es gemerkt, wenn jemand sich mit der Tasche davonmachen wollte, aber einen Mantel kann man nicht dauernd im Auge behalten. Man trinkt einen Schluck Bier oder löffelt seine Suppe, und schon ist der Mantel futsch. – Übrigens brauchte ich gar keinen Mantel, mich fror nicht, als ich aufwachte, doch einen Regenmantel nimmt man vorsichtshalber ja meistens mit, auf das Wetter ist kein Verlaß. Ich wachte davon auf, weil der verfluchte Zug hielt. Ich lag der Länge nach auf der Polsterbank, sogar mit meinen Stiefeln auf der Polsterrolle, was sich schon gar nicht gehört, weil sich der Nächste dann den Hosenboden vollschmiert. Wie gesagt, der Zug hielt, davon würde jeder von euch aufwachen, und ich fragte mich erstaunt: Wie komme ich denn hierher? Ich muß die ganze Fahrt geschlafen haben, ich werde mich gleich in dem großen Bahnhof hingelegt haben, weil alles frei war, denn aus dem Fenster habe ich nicht gesehen, um die Landschaft zu betrachten und die Kühe auf den Weiden und was sonst so aus dem Zugfenster zu sehen ist. Manchmal steht ja auch ein Reh am Waldrand, doch nicht oft, es gibt zu viele Jäger. Ich muß fest geschlafen haben, das gleichmäßige Geräusch des Zuges macht einen ja müde. Nur wenn er über eine Brücke fährt, donnert es etwas, und ehe er in einen Tunnel einfährt, pfeift die Lokomotive. Sowie aber der Zug stehen bleibt, ist es aus mit dem Schlafen. Aber bitte, wie lange hatte ich geschlafen? Wie lang ist die Fahrt gewesen? Wie soll man das herauskriegen, wenn man trotz der Fahrkarte nicht einmal mehr weiß, warum man in den blöden Zug gestiegen ist? Man kommt sich ganz dumm vor, oder verloren, wenn ihr das lieber wollt, und außerdem ist es peinlich. Jeden Augenblick kann ein Eisenbahnbeamter kommen und schnauzt einen an: Was machen Sie hier noch? Scheren Sie sich gefälligst raus. Denn daß ich da noch ganz allein in dem Zug war, hatte ich gleich gemerkt. War ich an eine Endstation geraten, während ich schlief? Vorsichtig sah ich mich um. Aus dem einen Fenster sah man nichts als ein weites Rangiergelände, es standen viele alte Güterwaggons da herum. Das war also nicht die richtige Seite für mich. Und auf der andern Seite? Ein oder zwei kleine Bahnsteige, das war schon richtiger, und einer dieser elenden Provinzbahnhöfe, es muß Zehntausende davon geben, Serienfabrikat sozusagen. So einer mit einem Glasdach auf gußeisernen Säulen, versteht ihr. Kurz, so wie überall, das war schon vertrauenerweckender. Ich verrenkte mir den Kopf, um das Schild mit dem Namen der Station zu entdecken, und was meint ihr? Ich sehe ein Schild mit einem Pfeil darauf und da steht ›Zu den Toiletten‹. Das kann doch nicht sein, sage ich mir, und beuge mich noch weiter aus dem Fenster, obwohl man mich leicht dabei hätte erwischen können. Und tatsächlich ist da noch ein andres Schild, ein größeres sogar, aber ohne Pfeil, und darauf steht ›Güterabfertigung‹. Stellt euch das vor, diese elende Station hält es nicht einmal für nötig, einen Namen zu haben, die Toiletten und die Güterabfertigung genügen ihr. Ich hatte ja gar keine Güter abzufertigen. Auf die Toilette mußte ich vielleicht, nach so einem Schlaf hat man oft das Bedürfnis, lacht ihr nur, und das Zugklosett soll man ja nicht benutzen, wenn der Zug hält, das steht überall zu lesen, damit die Gleise nicht von euch verstunken werden. Trotzdem, ich raffe mich auf. Einen Wartesaal werden sie doch da wenigstens haben, sage ich mir. Zum Glück war die Tür des Waggons nicht abgeschlossen, so stieg ich denn aus und machte die Tür so leise wie möglich hinter mir zu, um nicht gleich eine Horde von Beamten zu alarmieren. Oft ist ja auch einer unter dem Zug versteckt und kontrolliert mit einem riesigen Schraubenschlüssel die Räder und Bindungen. Gegen so einen Schraubenschlüssel ist man wehrlos. Na, es ging alles gut, und natürlich mußte ich noch durch eine Unterführung, um zu dem Bahnhof zu gelangen, dreizehn Stufen hinab und dreizehn wieder hinauf, ich habe gezählt, aber das hat nichts zu sagen, ich bin nicht abergläubisch. Doch einen Wartesaal gab es auf der andern Seite tatsächlich. Ich mußte allerdings da, wo das Schild mit Güterabfertigung hing, um das Bahnhofsgebäude herumgehen, und auf dem Platz vor dem Bahnhof standen zwei große weiße Autobusse, aber leer, auch die Fahrer saßen nicht drin. Eine Firma stand nicht auf den Wagen, und auf die Nummernschilder habe ich nicht geachtet, weil ich zu überrascht war, denn was wollte eine Reisegesellschaft hier. Da fand ich also den Wartesaal oder was sich so nannte, und was meint ihr, dieser sogenannte Wartesaal war gerammelt voll, wer hätte das in einer so elenden Station erwartet. An all den kleinen Tischen mit Marmorplatte saßen drei oder vier Leute und tranken Mineralwasser und Coca Cola. Dabei unterhielten sie sich flüsternd miteinander, und weil es so viele waren, schlug einem das wie ein großes Gemurmel entgegen. Und die Hauptsache, es waren alles alte Leute, Männer und Frauen, doch alt waren sie alle. Ich blieb vor Überraschung an der Tür stehen. Du mußt dich verirrt haben, sagte ich mir, und ich wurde auch gar nicht erst hineingelassen. Ein Kerl in einer Lederjacke blockierte den Eingang und fragte, was ich hier wolle. Ich zeigte ihm meine Fahrkarte, doch er winkte verächtlich ab, er sah sie sich gar nicht erst an, und rief noch einen zweiten Kerl in Lederjacke herbei. Kellner konnten es nicht sein, denn Kellner tragen keine Lederjacken, vielleicht waren es die Fahrer von den Autobussen draußen. Der Kerl hatte mich zwar auf Englisch gefragt, was ich wolle, aber nur in so einem angelernten Englisch. Sie diskutierten denn auch über mich in einer fremden Sprache, der erste zeigte dabei immer mit dem Finger auf mich. Die alten Leute an ihren Tischen nahmen keine Notiz von mir, sie murmelten weiter miteinander. Ja, was mag das für eine Sprache gewesen sein? Französisch war es nicht und Spanisch auch nicht. Irgendeine ganz schwere Sprache. Vielleicht Ungarisch, das soll ja eine besonders schwere Sprache sein, obwohl die Ungarn behaupten, sie sei nicht schwer, schon die kleinen Kinder bei ihnen sprächen sie, doch die Ungarn können uns viel erzählen. Außerdem, wie sollte ich denn nach Ungarn geraten sein, auch wenn ich noch so lange geschlafen hatte, so schnell geht das nun auch wieder nicht, und mit der Bahn kann man erst recht nicht von uns nach Ungarn fahren. Während die beiden über mich diskutierten, blickte ich auf die Uhr, die über dem Büffet hing, bis zu einer Uhr hatten sie es auf dieser elenden Station wenigstens gebracht, eine große weiße Uhr, vielleicht elektrisch betrieben, und sie zeigte denn auch, daß es fünf nach zwölf war. Nun gut, fünf nach zwölf also, und ob damit zwölf Uhr Mittag oder zwölf Uhr Mitternacht gemeint war, interessiert einen, der so lange geschlafen hat, schon gar nicht. Und endlich hatten die Lederjacken auch einen Entschluß meinetwegen gefaßt. Der, der mich nicht in den Wartesaal gelassen hatte, sagte in seinem gebrochenen Englisch zu mir: ›Wir dürfen Sie leider nicht mitnehmen, Sie gehören nicht zu uns. Es tut uns wirklich sehr leid.‹ Er sagte ›leider‹, er bemühte sich, höflich zu sein, und das ist schwer in einer fremden Sprache. Daß ich nicht dazugehörte, wußte ich längst, doch vorsichtshalber hatte ich die Fahrkarte in der Hand behalten und zeigte sie ihnen noch einmal. ›Ja, wo gehöre ich denn hin?‹ und da sahen sich die beiden endlich die Fahrkarte an und diskutierten wieder in ihrer Sprache. ›Die Fahrkarte geht uns nichts an‹, sagte der erste, ›damit haben wir nichts zu tun. Vielleicht gibt es hier eine Auskunft, wo Sie sich erkundigen können. Wir müssen nämlich jetzt fahren.‹ Damit sah er auf die Uhr über dem Büffet und klatschte so laut in die Hände, daß es einem in den Ohren wehtat. Er klatschte noch einmal, möglich daß die alten Leute schwerhörig waren, doch endlich standen sie gehorsam auf, schurrten mit den Stühlen und reihten sich ein, das heißt in die Schlange, die sich zur Tür des Wartesaals und zum Ausgang des Bahnhofs hin bewegte. Das ging natürlich nur langsam, es waren ja alte Leute, die beiden Lederjacken aber standen jeder an einer Seite der Tür und zählten. Es war also doch eine Reisegesellschaft, wie ich vermutet hatte, vielleicht die Idee eines Altersheims, um den alten Leuten etwas Abwechslung zu verschaffen. Warum man sich dafür eine so trostlose Gegend ausgesucht hatte, ist unverständlich, denn mit der Gegend da verglichen, leben wir hier in Aporée wie im Paradies. Ich blieb auch bei der Tür stehen und ließ alle an mir vorbeigehen. Hin und wieder hörte ich einen Gesprächsfetzen, die alten Leute sprachen richtiges Englisch. Eine Alte sagte zu der Frau neben ihr: ›Ich habe die ganze Nacht nicht geschlafen, die rücksichtslose Person über mir hat die ganze Zeit über meinem Kopf herumgetrampelt.‹ Und ein alter Mann sagte zu einem eben so alten: ›Das Mineralwasser taugt auch nicht mehr so viel wie zu unsrer Zeit. Das reinste Gift, dies synthetische Zeug.‹ Schließlich war die ganze Herde draußen, auch die beiden Fahrer verließen ihren Posten. Der, der mich nicht hineingelassen hatte, sagte beim Weggehen zu mir: ›Na also, nun haben Sie den Wartesaal für sich‹, und winkte mir zum Abschied mit der Hand zu. Höfliche Leute, das muß man ihnen lassen. Von draußen hörte ich dann, wie die Autobusse angelassen wurden und wegfuhren, denn ich ging nicht gleich in den Wartesaal, auf ein paar Minuten mehr oder weniger kam es ja nicht an. Ja, da hatte ich also meinen Wartesaal für mich. Ein Ober mit weißer Schürze oder auch ganz in Weiß stellte die Stühle wieder zurecht und räumte Flaschen und Gläser von den Tischen. Er konnte sich Zeit dabei lassen, außer mir war niemand da; ich hatte den Wartesaal ganz für mich, das stimmte. Nur um etwas zu sagen, fragte ich den Ober: ›Haben die denn ihre Zeche bezahlt?‹ Eine natürliche Frage, denn ich hatte niemand bezahlen sehen. ›Das ist alles im Preis mit drin‹, antwortete er über die Schulter, er ließ sich durch mich nicht stören. Zufällig blickte ich wieder auf die Uhr über dem Büffet. Nach meiner Schätzung mußte mindestens eine halbe Stunde vergangen sein, doch die Uhr zeigte immer noch fünf nach zwölf. War ihnen auf ihrer elenden Station der Strom ausgegangen? ›Geht die Uhr nicht?‹ fragte ich den Ober. Er warf nur einen kurzen Blick zu ihr hin und sagte: ›Doch, das ist die richtige Zeit.‹ Und dann war es ihm wohl doch lästig, daß ich da an der Tür des leeren Wartesaals herumstand, und er fragte: ›Wünschen Sie etwas?‹ Da mußte ich mich entscheiden, auf so eine Frage eines Obers muß man antworten, und Mineralwasser oder Coca Cola wollte ich nicht trinken. Ich erzählte ihm, daß ich die ganze Fahrt über geschlafen hätte und nun nach der Auskunft suche, das hätten mir die Fahrer geraten. ›Na, dann suchen Sie nur mit Gott nach Ihrer Auskunft‹, meinte er und räumte weiter ab. Es ist kaum zu glauben, er sagte tatsächlich ›Mit Gott‹. Was bleibt einem da andres übrig? Ich verließ den Wartesaal und den Bahnhof, aber wohin sollte ich mich wenden? Sollte ich wieder in meinen alten Zug klettern und da weiterschlafen? Meine Fahrkarte war keine Rückfahrkarte, und wer sagte mir, ob der Zug überhaupt zurückfuhr? Womöglich fuhr er in eine Reparaturwerkstatt, und dann hatte ich das Nachsehen. Darum bin ich lieber nicht in den Zug gestiegen; wenn ich das getan hätte, würde ich da heute noch liegen und schlafen. Ich ging wieder durch die Unterführung, dreizehn Stufen hinab und dreizehn hinauf, nur daß ich diesmal bis zum letzten Bahnsteig ging, bei dem das Rangiergelände anfing. Und da sprang ich auf das Geleise hinab und machte mich auf den Weg. Nur fort von dieser elenden Station! Aber immer in Angst, daß mich die Bahnpolizei erwischen könnte oder daß eine Lokomotive von irgendwo angebraust käme, um mich zu überfahren. Und wie leicht kann man auf die Nase fallen, wenn man über Schienen und Schwellen stolpert. Weiß der Himmel, es gibt bequemere Wege. Doch irgendwie habe ich es geschafft, und so ist euch Brüdern das Glück zuteil geworden, mich in euren Kreis aufnehmen zu dürfen.‹

Das war das Märchen vom ›Blinden Passagier‹. Märchen nenne ich es, weil für Sie kaum etwas daraus zu lernen ist, aber gut erzählt war die Geschichte. So vertrieb man sich die Zeit in Aporée, vielleicht fallen mir noch mehr solche Geschichten ein.

Es erzählten jedoch keineswegs alle solche Geschichten, das waren nur ein paar wenige, die andren schwiegen lieber. Ramsic zum Beispiel erzählte höchstens, daß er es satt gehabt hätte, die Pünktchen auf dem Schlips seines Schwiegervaters oder Chefs zu zählen, wenn er ihm gegenüber saß, und deshalb sei er nach Aporée gekommen.

Die, die dann meine Frau wurde, hielt nichts von solchen Geschichten, im Gegenteil, von dem ›Passagier‹ und seiner Geschichte meinte sie nur: ›Er lügt.‹
›Er lügt?‹
›Weshalb erzählt er nicht, warum er in den großen Bahnhof gegangen ist, wo er die Fahrkarte fand? Das wäre doch wichtiger als der Wartesaal und das Rangiergelände.‹
›Er wird es vergessen haben.‹
›So etwas vergißt man nicht‹, meinte sie streng, ›und wenn man es vergessen hat, hält man besser den Mund als Lügen zu erfinden.‹
Das beunruhigte mich etwas, doch Sie brauchen nicht zu denken, daß wir häufig über solche Dinge sprachen. Im Gegenteil, wir vermieden es sogar. Wir sprachen überhaupt nicht viel miteinander, wenn wir zusammen waren, nur das Notwendige, das heißt, was tagsüber passiert war, wenn wir nicht zusammen waren und jeder seiner Beschäftigung nachging, sie als Krankenschwester und ich . . . wir redeten uns übrigens mit Namen an, es wäre albern gewesen, wenn ich sie ›Schwester‹ und sie mich ›Archivar‹ genannt hätte. Und wann wir anfingen, uns zu duzen, weiß ich nicht mehr genau, es ergab sich wohl von selbst. Man pflegte sich nämlich bei uns nur mit Sie anzureden, ein Du wäre viel zu vertraulich gewesen, und vor Vertraulichkeit mußte man sich in Aporée hüten. Nur die Schauspielerin nannte alle Du, wenn sie uns ausschimpfte.
Sicher werden Sie nun fragen, ob auch ich eine solche Geschichte für mich erfunden hatte und dort erzählte. Einer übrigens erzählte von irgendwelchen Spuren, die er im Wald oder in der Wüste entdeckt hätte und denen er neugierig gefolgt wäre, um herauszufinden, wer

da vor ihm entlang gegangen sei und wohin die Spuren führten, und so sei er nach Aporée gelangt. ›Spuren‹ ist nicht schlecht, doch der Mann, ich habe vergessen wer es war, erzählte die Geschichte so langweilig, daß mir nur das Wort Spuren im Gedächtnis geblieben ist. Was mich betrifft, so kann ich Ihnen keine präzise Antwort auf Ihre Frage geben. Nicht weil es da etwas zu verheimlichen gäbe, doch über sich selbst kann man ja nicht so genau Auskunft geben wie über andre. Versucht man es, sagt man sich schon nach ein paar Worten: Das ist doch Schwindel, mein Lieber, du posierst. Möglich, daß auch ich eine Geschichte in Aporée erzählt habe, sei es auch nur, um nicht aus dem Rahmen zu fallen. Vielleicht die Geschichte mit der Landkarte von Aporée und was die Lehrerin gesagt hatte. Das war zwar keine erfundene Geschichte, aber es war ungefährlich, sie zu erzählen. Von dem Matrosen in der Kneipe und von den Säulen in der Bibliothek werde ich bestimmt nicht gesprochen haben, das wäre schon zu bedenklich gewesen, das erzähle ich nur Ihnen. Sicher werden ja auch Sie da oben in Ihrem Zimmer sich manches ausdenken, und siehe da!, oft zeigt es sich dann, daß das Ausgedachte viel mehr Wirklichkeit hat als das, was einem so tagsüber zustößt. Die Professoren können natürlich nichts mit dem Ausgedachten anfangen. Was wissen sie zum Beispiel schon von dem, was einer, der von einem Auto überfahren wird, im letzten Moment gedacht hat. Nicht einmal die Zeugen des Unfalls haben eine Ahnung davon, und gerade auf diesen Moment, und was einer dann denkt, käme es doch wohl vor allem an.

Auf eines kann ich Ihnen jedoch antworten: Frauen habe ich in Aporée nie solche Geschichten erzählen hören. Es gab ja nicht sehr viele Frauen bei uns, höchstens zehn Prozent, und wenn Sie meine Meinung wissen wollen, es war ein Fehler von der amerikanischen Staatspolizei, daß sie überhaupt Frauen nach Aporée ließen. Ob die Leute im Osten das auch taten, kann ich nicht sagen. Für Frauen eignete sich Aporée nicht. Ich sage das nicht aus der üblichen männlichen Selbstüberhebung; wenn man in Aporée ist, überhebt man sich nicht mehr, da braucht man nicht mehr großzutun, ich sage es, weil einem die Frauen leid taten.

Wie gesagt, keine Frau, ob jung oder alt, dick oder dünn, erzählte dort erfundene Geschichten wie wir. Die Hysterikerin zählte nicht, denn sie erzählte ja ihre wirkliche Geschichte, die niemand hören wollte. Ich habe die, die dann meine Frau wurde, gefragt, ob sich die Frauen, wenn sie unter sich wären, Geschichten erzählten. Sie lachte mich beinahe aus, so komisch kam ihr die Frage vor. Natürlich lachte sie nicht wirklich, ich habe sie nie lachen gehört; niemand lachte in Aporée laut. ›Das ist Männersache‹, sagte sie und das war wie ein Auslachen.

›Aber wieso? Sie werden sich doch über irgend etwas unterhalten?‹

›Sie reden über das Wetter und daß sie wieder schlecht geschlafen hätten. Und über Rheuma und Hühneraugen oder was für ein Wehweh sie sonst haben. Und ob nicht endlich neue Wolldecken kommen, die besser sind als die alten. Und daß der Clown das Essen zu scharf würze, das sei ungesund. Doch ich bin ja nur mit ihnen zusammen, wenn es beruflich nötig ist. Sicher reden sie auch über mich, das ist klar, und auch über die Männer wird natürlich geredet. Sicher wissen sie längst, daß wir zusammen schlafen, ein unerschöpfliches Thema für sie. Was er bloß an ihr findet, wird es heißen. Doch wenn sie mir begegnen, säuseln sie zärtlich: Sie werden immer jünger, meine Liebe, wie machen Sie das nur? Aber Geschichten, wie ihr sie erzählt, nein. Sie sind doch alle keine Unschuldslämmer und kennen sich aus. Nein, Geschichten sind Männersache.‹

Sollte ich etwa meiner Tochter, wenn sie nach ihrer Mutter fragte, sagen, daß ich sie nie hätte lachen hören? Dann hätte das Kind doch nur gedacht, daß ich schuld daran sei und ihre Mutter nicht glücklich gemacht habe. Auch Tante Minnie hätte das gedacht, solche Gedanken kommen den Frauen doch immer. Aber was sollte ich dem Kind sonst von ihrer Mutter erzählen? Daß sie dunkelblond und schlank war, vielleicht ein paar Zentimeter größer als du, aber du wirst ja noch wachsen, und daß sie große Augen und eine angenehme Stimme gehabt habe? Doch was ist schon damit gesagt, es gibt unzählige dunkelblonde Frauen mit großen Augen. Auch wenn ich hinzugefügt hätte, daß ihr Haar sehr weich war, hätte Aggie sich höchstens über das Haarpflegemittel den Kopf zerbrochen.

Später fragte sie auch nicht mehr, sie befürchtete wohl, daß ich etwas erzählen könnte, was sie nicht hören wollte. Damals hatten wir noch einen Wagen, das ist klar. Keine großartige Sache, nur einen Chevrolet; er stand immer vor dem Haus, die Garage habe ich ja erst später einbauen lassen. Aggie hätte lieber einen Cadillac mit viel Chrom gehabt, um vor ihren Freundinnen damit anzugeben, doch ich ließ mich nicht darauf ein. Ich sagte ihr, daß wir erst die Hypotheken abzahlen müßten, die noch auf dem Haus lasteten; ob sie es begriffen hat, kann ich nicht sagen. Den Wagen überließ ich meistens Tante Minnie für das Einkaufen und so weiter, ich selbst nahm den Autobus nach Arlington, wo mein Büro war. Nur wenn es sehr regnete, holten mich Tante Minnie und Aggie nachmittags ab, aber nicht oft, ich hatte es nicht gern. Wenn es nicht regnete und nicht zu heiß war, ging ich lieber zu Fuß nach Haus; man soll sich ja Bewegung schaffen. Man kriegt dabei auch allerhand zu sehen, mehr als wenn man im Wagen sitzt. Ich blieb dann meistens auf der Scott Key Brücke stehen und blickte auf den Potomac hinab. Manchmal blieb ich zu lange dort stehen, und zu Haus hieß es dann, das Essen wäre beinahe angebrannt. Ich gehe auch jetzt noch zuweilen auf die Brücke, wenn ich mich danach fühle. So auf den Fluß zu blicken, ist angenehm, man vergißt die Zeit dabei. Sie sollten es auch einmal probieren, es tut sehr wohl. Zu Haus entschuldigte ich mich, daß zu viel zu tun gewesen wäre, und dann hieß es, du hättest doch telefonieren können.

Aber davon wollten wir ja nicht reden. Ja, was sollte ich dem Kinde sagen, wenn es nach seiner Mutter fragte? Ich habe mir dann angewöhnt, ihr zu antworten: ›Wir konnten ohne einander nicht auskommen, so wie ich ohne dich nicht auskommen kann, so sehr haben wir uns geliebt.‹

Das klingt furchtbar romantisch, doch es wird immer gern gehört, und Aggie konnte ihren Freundinnen im College wenigstens erzählen, daß ihre Eltern sich geliebt hätten. Selbst eine Medizin-Studentin dürfte kaum etwas dagegen einzuwenden haben.

Auch Tante Minnie hörte es gern. Sie sagte dann zu dem Kinde: ›Was habe ich dir gesagt? Es war eine ganz große Liebe.‹

Solche Gespräche fanden meistens sonntags statt,

wenn wir zu dritt in die Umgegend fuhren, um irgendwo zu essen. Tante Minnie sollte sonntags nichts mit den Essenvorbereitungen zu tun haben.
Nochmals, entschuldigen Sie, das alles ist für Sie uninteressant, es hat nichts mit Aporée zu tun.

9

Besser ich spreche nur von den andren und nicht von mir. Wenn man von sich redet, verfällt man unweigerlich privaten Gefühlen, und das ergibt ein falsches Bild. Also . . .

Nein, warten Sie, von den beiden Heften, die ich bei meiner Ankunft in der Hand trug, muß ich doch noch reden. Richtige Schulhefte mit kleinen Quadraten für die Rechenaufgaben, so etwas hatten die Leute da noch nicht gesehen. Nichts schien überflüssiger zu sein, und warum ich sie mir auf dem Dampfer hatte geben lassen und was ich damit vorhatte, kann ich auch nicht mehr genau sagen. Wenn es Kinder in Aporée gegeben hätte, würden mich die Leute vermutlich ›Schulmeister‹ getauft haben, aber da es keine Kinder gab, nannte man mich ›Archivar‹. Später benutzte ich dann die Hefte im Magazin, sozusagen zur Buchführung über unsre Vorräte. Wie schon erzählt, ich half da dem Clown. Er ermahnte mich immer, mich nicht beschwindeln zu lassen; ich sollte mich selber davon überzeugen, ob der alte Schlafsack nicht doch noch brauchbar war, wenn jemand einen neuen verlangte. Der Clown war sehr sparsam, obwohl es doch nicht sein Geld war, sondern das der amerikanischen Steuerzahler, und niemand hätte ihn wegen eines zuviel ausgegebenen Schlafsacks zur Rechenschaft gezogen. Aber das war später.

Die Idee mit den Heften muß mir im allerletzten Moment auf dem Dampfer gekommen sein. Auch der Dritte Offizier, den ich darum bat, war ganz verwundert. Solche Ideen kommen einem wohl immer erst im letzten Augenblick, man weiß nicht woher. Was wollte ich mir denn notieren? Ich war doch nicht nach Aporée gekommen, um mir etwas zu notieren; denn daß es da nichts zu notieren gab, konnte ich ja nicht wissen. Doch ganz gleich, vielleicht bat ich auch nur um die Hefte, um es dem Dritten Offizier leichter zu machen und so den letzten Augenblick zu überbrücken, das kann sein.

Es war so. Nach dem Mittagessen, das etwas üppiger zu sein schien, als die Tage vorher, so eine Art Abschiedsmahl, kommt der Steward in meine Kabine und sagt: ›Sie möchten zum Dritten kommen.‹

›Jetzt gleich?‹ fragte ich.

›Ja.‹

Er geht voran und ich folge ihm. Ist es mit den Schereien immer noch nicht vorbei, denke ich. Sie haben sich doch wochenlang mit der Überprüfung meiner Person beschäftigt und es schien doch alles klar zu sein. Heute nehme ich an, daß die für Aporée verantwortlichen Stellen übervorsichtig waren. Darum wurden wir auch nicht dorthin geflogen, was doch viel schneller gegangen wäre, sondern in einem langsamen Frachtdampfer dahin transportiert, um uns während der sieben oder acht Tage Überfahrt Zeit zu lassen, alles noch einmal zu überlegen. Diese Behörden wollten sich keine Vorwürfe machen lassen.

Der Dritte Offizier ist ein junger Mensch, jünger als ich. Ich kannte ihn schon; jeden Tag ist er zu mir gekommen und hat sich erkundigt, ob mir auch nichts fehle, anscheinend gehörte das zu seinen Aufgaben. Ich habe ihm jedesmal gedankt, denn was sollte mir schon fehlen. Immer blieb er dann noch einen Augenblick an der Tür stehen und sah sich verlegen in meiner

Kajüte um. Wenn er dann nichts sah, was sich mir zu Gefallen hätte abändern lassen, gab er sich einen Ruck: ›Bitte lassen Sie es mich sofort wissen, wenn Ihnen etwas fehlt, dafür bin ich da‹, sagte er, während er rückwärts auf den Gang hinausging. So besorgt war man auf dem Dampfer um uns.

Der Raum, in den ich jetzt geführt werde, liegt im Vorderschiff, er ist größer als eine Kajüte, vermutlich ein Messeraum. Der Steward läßt mich hinein, er selbst bleibt aber draußen.

›Bitte setzen Sie sich, Herr ...‹ Der Dritte Offizier stockt, weil ihm mein Name nicht geläufig ist. Ich kann ihm nicht dabei helfen, denn auch mir ist der Name, den man mir gegeben hat, nicht geläufig. Er blättert in den Papieren, die vor ihm liegen, doch auch das hilft ihm nicht so schnell wie er möchte. Er ist kein gewandter Mann, eher groß und schwerfällig. Schließlich räuspert er sich und wiederholt: ›Bitte nehmen Sie doch Platz.‹ Dabei weist er mit seiner roten Hand auf einen Stuhl. Tatsächlich steht da schon ein Stuhl für mich bereit.

Während ich mich setze, merke ich, daß noch jemand im Raum ist, das heißt, ich rieche es eigentlich nur. Links hinter mir in der Ecke raucht jemand eine Zigarette. Ich drehe mich jedoch absichtlich nicht um, sondern sehe den Dritten an. Er hat sich hinter dem Tisch auf eine Bank längs der Schiffswand gesetzt, zwischen zwei Bullaugen. ›Also, weshalb ich Sie hergebeten habe, Herr Soundso‹, beginnt er; inzwischen hat er meinen Namen in den Papieren gefunden. ›Wir sind nämlich am Ziel.‹

Aus Höflichkeit sagt er ›wir‹. Dabei sieht er mich mit seinen hellblauen Augen an. Er möchte gern autoritativ

wirken, doch dazu ist ihm die Prozedur viel zu peinlich. Es ist unrecht, daß sie einen so jungen Menschen mit der Erledigung einer solchen Angelegenheit betrauen; das kann ihn unter Umständen fürs ganze Leben in Verwirrung bringen. Warum drückt sich der Kapitän darum herum? Kommt er sich zu fein vor?
›Ja, wie gesagt, wir sind am Ziel‹, wiederholt der Dritte, die Phrase macht ihm etwas Mut. ›Ich habe ... ich bin ..., kurz, es sind noch einige Formalitäten zu erledigen. Ich bin damit beauftragt, Sie zu fragen, und zwar in Gegenwart eines Zeugen ... Der Herr Leutnant ist so liebenswürdig, uns als Zeuge zu dienen ...‹ Er macht mit dem Kopf eine Bewegung zu der Ecke hin, wo der andre sitzt, doch ich halte es für besser, keine Neugier zu zeigen. ›Und dann müssen wir alle drei dies Formular unterschreiben.‹ Er schlägt mit der Hand, viel kräftiger als es nötig ist, auf ein Papier, das vor ihm liegt. ›Zu unsrer Entlastung‹, fügt er hinzu. Offenbar ist er nur zu froh, seinen Spruch vorschriftsmäßig hinter sich gebracht zu haben.
Ich rücke sofort mit dem Stuhl an den Tisch heran, um die gewünschte Unterschrift zu leisten. Ich will ihm damit die Sache erleichtern, aber da bin ich im Irrtum.
›Halt nein!‹ ruft er gekränkt, ›so geht das nicht. Ich muß Ihnen vorher eine Frage stellen, und zwar vor Zeugen. Erst dann, ja, wenn Sie mir die Frage beantwortet haben, können wir dies Papier ... So lautet die Vorschrift, nicht wahr?‹ fragt er zur Ecke hin.
So rücke ich meinen Stuhl wieder zurück und warte. Ich möchte ihn nicht aus dem Konzept bringen, dann dauert alles nur noch länger. Erst räuspert er sich wieder umständlich, dann richtet er sich straff auf; er bemüht sich, eine behördliche Haltung einzunehmen.

›Ich habe Sie zu fragen, ob Sie Ihre Meinung geändert haben‹, beginnt er mit strenger Stimme.
›Meine Meinung?‹ rufe ich überrascht. Was für eine Meinung soll ich denn noch haben? Aber er winkt mit der Hand ab. Offenbar steht das, was er mich zu fragen hat, vorgedruckt auf dem Formular.
›Falls Sie Ihre Meinung geändert haben sollten, und das kann jetzt noch geschehen, hier vor mir und dem anwesenden Zeugen, so bin ich beauftragt Ihnen mitzuteilen, daß wir, das heißt die Schiffsleitung, verpflichtet sind, Sie in Ihren Ausgangshafen zurückzubringen und dort wieder abzuliefern.‹
Er macht eine kleine Pause und blickt auf, um sich zu überzeugen, ob ich ihn auch richtig verstanden habe. Dann erst fährt er fort, seinen Text abzulesen. ›Sollten Sie jedoch auf Ihrer Absicht bestehen, hier ausgebootet zu werden, so soll ich Sie, bevor Sie sich durch ein Ja oder Nein entscheiden, darauf aufmerksam machen, daß Sie uns durch Ihre Unterschrift ausdrücklich bestätigen müssen, daß Sie Ihre Entscheidung freiwillig und ohne Zwang getroffen haben, sowie ferner, daß Sie niemanden, weder die Schiffsleitung noch sonst eine amerikanische Behörde für Ihre Ausbootung in dieser Gegend jemals verantwortlich machen können. Ja, und schließlich, daß Sie damit ein für alle Mal auf das Recht der Rückkehr verzichten.‹
Wieder blickt er auf. ›Ist das klar?‹ fragt er, und ich nicke mit dem Kopf. Er seufzt erleichtert auf, er scheint nur zu froh, daß alles heraus ist. Das Papier schiebt er mir über den Tisch zu.
›Sie brauchen sich mit Ihrer Antwort nicht zu übereilen. Wir können Ihnen zehn Minuten zum Nachdenken geben, ja, wenn es sein muß, auch eine Viertel-

stunde.‹ Er blickt auf seine Armbanduhr und sieht fragend zu dem andern hin. ›Sagen wir also eine Viertelstunde. Länger geht es nicht. Wir müssen uns nach der Strömung richten, sie ändert sich hier rasch und das würde Ihre Landung erschweren. Darum, wie gesagt ... aber bitte, nehmen Sie sich Zeit.‹

Ich könnte ihm die Frage natürlich sofort beantworten, sie mir noch einmal mit so viel Wichtigkeit vorzulegen ist völlig überflüssig, es ist ja alles längst entschieden. Doch wahrscheinlich gehört das zu ›ihrer Entlastung‹, und es kann ja auch sein, daß sie schlechte Erfahrungen gemacht haben. Trotzdem antworte ich nicht sofort und tue so, als ob ich ernstlich nachdenke. Ich weiß von früher her, daß es die Menschen kränkt, wenn man gar zu leicht auf etwas verzichtet, was ihnen selbstverständlich ist. Ich will den jungen Mann nicht unnötig irre machen. Was weiß er überhaupt von mir? Gibt es irgendwelche Akten mich betreffend, und hat man den Dritten darin Einblick nehmen lassen?

Darum lasse ich zwei oder drei Minuten verstreichen und sage dann endlich: ›Nein, ich habe meine Absicht nicht geändert.‹

›Ah, sehr gut‹, sagt er, verbessert sich aber sofort. ›Ganz wie Sie wollen. Dann können wir ja ... dann wären wir ja so weit. Wollen Sie bitte ... würden Sie die Güte haben, dies hier zu unterschreiben.‹

Er reicht mir einen Füllfederhalter und zeigt mit dem Finger auf die Stelle, wo ich das Formular unterschreiben soll.

Wieder rücke ich an den Tisch und will den Wisch schon unterschreiben, ohne ihn erst durchzulesen, da fällt mir etwas ein und ich zögere.

›Sind Sie sich doch noch nicht schlüssig geworden?‹ fragt mein Gegenüber besorgt.
›Das schon, aber mit welchem Namen soll ich unterschreiben?‹
›Mit welchem Namen?‹
Seine Überraschung ist echt, das merke ich. Sogar der Andre da in seiner Ecke scheint überrascht zu sein, denn er bewegt sich unruhig hin und her. Das bestätigt mir, daß die beiden nichts von mir und was vorher war, wissen. ›Entschuldigen Sie die dumme Frage‹, sage ich schnell, ›ich bin etwas konfus, das werden Sie verstehen.‹
Zum Glück ist mir der Name wieder eingefallen, den man mir vor der Abfahrt gegeben und mit dem ich mich einverstanden erklärt hatte. Aber man behalte mal so einen neuen Namen im Kopf. Vorsichtshalber sehe ich in dem Ausweis nach, den man mir ausgestellt hat, um den Namen auch richtig zu schreiben. Ich will möglichst flüssig unterschreiben, doch das gelingt mir nicht, es spritzt ein wenig Tinte neben dem Namen aus. Der Dritte nimmt mir das Papier und den Füllfederhalter aus der Hand, trocknet meine Unterschrift sorgfältig mit einem Löscher ab und unterschreibt dann selber sehr umständlich. Seine Unterschrift nimmt viel mehr Platz ein als meine. Und nun endlich kommt auch der Andre aus seiner Ecke hervor, er rutscht auf der Bank hinter dem Tisch bis zum Dritten, um seinerseits zu unterschreiben. Ich betrachte ihn unauffällig. Er trägt die Uniform der Kriegsmarine. Wie er auf unser Schiff gekommen ist, weiß ich nicht, das ist ja auch nicht meine Sache.
Er unterschreibt mit einem flotten Schnörkel, ohne Tinte zu verspritzen. Er ist ebenfalls jung, aber sehr

viel kleiner als der Dritte. Er gibt sich selbstsicher und beinahe elegant. Er hat ein nichtssagendes hübsches Gesichtchen mit einem winzigen Schnurrbart unter der Nase. Als er unterschrieben hat, begegnen sich unsre Augen. Er hat freche dunkle Mausaugen.

›Das hätten wir also‹, sagt der Dritte und wischt sich die Stirn mit einem karierten Taschentuch. Es ist in der Tat ziemlich warm in dem Raum. Der kleine Leutnant greift in die Tasche und holt ein Päckchen Zigaretten hervor, das er seinem Nachbarn hinhält. Der will schon eine Zigarette nehmen, besinnt sich dann aber und fragt mich: ›Rauchen Sie?‹

›Nein danke, jetzt nicht‹, sage ich, da ich noch wachsam bleiben möchte. Der Trick mit der Zigarette ist ja allzu bekannt. Die beiden zünden sich ihre Zigaretten an.

›Das hätten wir also‹, wiederholt der Dritte nach einem tiefen Zug, ›und nun überreiche ich Ihnen hiermit Ihren Paß.‹

›Meinen was?‹

›Ihren Paß. Hier bitte.‹

›Braucht man denn dort einen Paß?‹

›Ob man dort...? Warum soll man da keinen Paß brauchen? Den braucht man doch überall. Das heißt, wir wissen... ich weiß darüber nichts. Aber es ist so Brauch, und ich muß mich an die Vorschrift halten.‹

Ich betrachte mir den Paß. Er ist mit einem Lichtbild versehen. Das soll ich sein? Wann ist es denn aufgenommen? Gibt es noch irgendwo in der Welt Menschen, die so an mich denken, wie ich auf dem Foto aussehe? Aber Paßbilder sind ja nie sehr ähnlich, nur das Ohr ist das gleiche, das Ohr scheint ihnen das Wichtigste zu sein. Und neben dem Bild die Personalien: der Name, derselbe, mit dem ich unterschrieben habe, und darunter: Neunundzwanzig Jahre. Das mag ungefähr stimmen. Und dann Größe, Gewicht, Haarfarbe und so weiter. Besondere Kennzeichen: Kreuzartige Narbe am linken Unterarm. Sieh mal an, die Narbe am linken Unterarm. Sieh mal an, die Narbe hatten sie also entdeckt. Als Junge lehnte ich nichtsahnend an einem Lastwagen, und schon hing mir der Wachthund, ein Spitz, am Arm. Der Fahrer regte sich furchtbar auf und verband die Wunde; dabei hatte der Hund doch nur seine Pflicht getan.

›Schön‹, sagte ich und stecke den Paß in die Tasche.

›Ja, und dann . . .‹

›Noch etwas?‹

›Ja, ich habe Ihnen hier diese fünfhundert Dollar auszuhändigen.‹ Damit schiebt mir der Dritte ein Bündel Papiergeld bis nah an die Tischkante auf meiner Seite.

Geld geben sie mir? Wozu Geld? Was soll ich dort mit Geld anfangen? Über Geld hatte ich mir überhaupt noch keine Gedanken gemacht.

›Bitte zählen Sie doch nach‹, ermahnt mich der Dritte. ›Sie haben nämlich schon dafür quittiert.‹

Ich nehme das Bündel und lasse die Scheine einmal durch meine Finger gleiten. Es sind ganz neue Scheine, frisch aus der Druckerpresse. Dann stecke ich das Paket in die Tasche. ›Danke‹, sagte ich, ›ja vielen Dank.‹

›Sie haben mir nicht zu danken‹, wehrt er ab, ›ich habe ja nur den Auftrag. Es soll wohl Anfangskapital sein.‹

Anfangskapital? Das Wort hätte mich stutzig machen müssen. Wenn sie noch Endkapital gesagt hätten.

›Anfangskapital, ganz recht‹, plappere ich ihm nach. ›Trotzdem, vielen Dank. Wem soll ich denn sonst danken.‹

Diese Äußerung scheint die jungen Leute zu erfreuen. Es gefällt ihnen, daß ich wenigstens das Geld anerkenne.
›Und dann gebe ich Ihnen noch diesen Schlüssel.‹
›Was soll ich denn damit?‹
›Stecken Sie ihn gut weg. Der Schlüssel ist für Ihren Seesack. Es steht Ihnen nämlich noch ein Seesack zu, ich weiß nicht, was er enthält, wohl Kleidung und dergleichen.‹ Er sieht den Leutnant fragend an, doch auch der scheint nicht zu wissen, was in dem Seesack ist. ›Ich habe ihn schon in den Leichter schaffen lassen, damit Sie ihn nicht zu schleppen brauchen. Es hängt ein Schild mit Ihrem Namen daran. Hier bitte der Schlüssel.‹
Ich bedanke mich und nehme den kleinen Messingschlüssel an mich. ›Noch etwas?‹ frage ich.
›Nein, leider nicht. Das wäre alles. Damit wären wir so weit.‹
Da er Anstalten macht aufzustehen, stehe auch ich auf. Doch für mich ist das leichter als für ihn. Der Tisch ist am Boden festgeschroben und steht sehr nahe an der Bank. Die Kante der Bank preßt sich dem Dritten in die Kniekehlen, so daß er nicht aufrecht stehen kann und sich mit den Händen auf den Tisch stützen muß. Der kleine Leutnant macht es richtiger, er rutscht auf der Bank bis zum Tischende und stellt sich da auf.
Ich warte, ob noch etwas von mir verlangt wird. Und ob man mir die Hand zum Abschied geben will oder ob das nicht mit den Vorschriften vereinbar ist. Es scheint so, als sei sich der Dritte darüber auch nicht im klaren. Wie peinlich ist das alles für den armen Jungen.
›Ja, Herr Soundso, es bliebe nun noch ... wie gesagt, wir haben nicht viel Zeit wegen der Strömung und in

der Bucht können wir keine Zuflucht nehmen, sie ist völlig versandet, darum der Leichter. Wir haben ja auch nur den Auftrag, Sie hier... Glauben Sie mir bitte, es hängt nicht von mir ab, nicht von mir. Sonst wie gesagt, wir werden uns ja noch oben am Fallreep sehen.‹
Fast hätte er etwas von einer ›traurigen Pflicht‹ herausgestottert, wie man das bei Beerdigungen tut, wenn man den Leidtragenden die Hand drückt. Auch dann findet man ja nie die richtigen Worte und kommt sich schäbig vor.
›Aber wenn Sie mir doch noch eine Frage erlauben.‹
›Bitte.‹
›Mißverstehen Sie mich nicht, ich bin nicht dazu beauftragt, das alles ist erledigt. Ich frage nur so von mir aus. Und selbstverständlich will ich mich nicht in Ihre Angelegenheiten mischen. Vielleicht ist es nicht einmal erlaubt. Oder?‹ Er blickt wieder kurz zu dem kleinen Leutnant hin, doch den scheint das nicht zu interessieren. Er hat bereits seine Mütze aufgesetzt, er hat es eilig. ›Immerhin, unter den besonderen Umständen, ich meine unter den Umständen, unter denen Sie uns verlassen, darf man wohl... ist es sicher verständlich ... denn wenn ich mich in Ihre Lage versetze ... natürlich geht mich das alles nichts an, das ist wahr, aber es könnte ja sein, und wenn ich die Möglichkeit dazu habe... ich glaube, auch der Herr Leutnant wird nichts dagegen haben, nicht wahr.‹
›Sie wollen mich fragen, ob ich noch einen Wunsch habe‹, helfe ich ihm aus.
›Ja‹, ruft er wie erlöst. Dabei verliert er das Gleichgewicht und sackt auf die Bank zurück. Er richtet sich aber sofort wieder auf und entschuldigt sich. ›Ja, das

ist es. Vielleicht haben Sie einen Wunsch. Ich jedenfalls in Ihrer Lage ... Ja, haben Sie einen Wunsch?‹
Ich überlege, um was ich ihn bitten kann, ich möchte ihm gern die Freude bereiten, mir einen Wunsch zu erfüllen, irgendeine Kleinigkeit. Doch leider fällt mir nichts ein. ›Ich habe wirklich keine Ahnung, was man dort braucht‹, sage ich, ›sonst würde ich Sie darum bitten.‹
›Nein, was man dort braucht, das geht mich nichts an‹, unterbricht er mich. ›Dafür sorgen die Behörden, und das habe ich auch nicht gemeint. Ich habe gemeint, weil es doch sozusagen das letzte Mal für Sie ist ... nicht sozusagen, verzeihen Sie, sondern es ist ja nun einmal so ... ja, es ist die letzte Gelegenheit, soweit ich es beurteilen kann, und darum möchten Sie vielleicht, daß ich ... ganz privat natürlich, ja, nur als Privatmann, und ob es erlaubt ist, darüber müßte man sich erkundigen, ich bin hier ja nur Angestellter. Doch immerhin, ich könnte ... und Sie dürfen sich auf mich verlassen, das verspreche ich Ihnen, auch der Herr Leutnant wird nicht darüber reden, nicht wahr. Nun, sehen Sie. Also wenn ich für Sie eine kleine Nachricht, einen kleinen Gruß oder so ... Sie brauchen mir nur den Namen und die Adresse ...‹
›Das wird nicht erlaubt sein‹, sage ich.
›O, das lassen Sie nur meine Sorge sein‹, sagt er gekränkt, daß ich ihm nicht zutraue, die Vorschriften zu umgehen. ›Auch wenn es nicht erlaubt sein sollte, Herr ... Herr ..., entschuldigen Sie, ich vergesse Ihren Namen immer ... selbst wenn, ja, man ist doch Mensch, und es gibt Mittel und Wege, Ihre Angehörigen ... und für Sie ist es die letzte Gelegenheit, deshalb.‹
Wiederum zögere ich, nicht meinetwegen, sondern sei-

netwegen. Er kann es sich doch nicht anders denken, als daß irgendwo in der Welt eine Mutter oder ein Mädchen auf einen wartet. Wenn ich ihm sage, daß ich unter anderm auch wegen der sogenannten Angehörigen, denen man ja gar nicht angehört und die nur alles darauf anlegen, daß man ihnen angehört, nach Aporée aufgebrochen bin, wird er mich für einen kaltschnäuzigen Unhold halten.
›Ich weiß gar nicht, wie ich Ihnen danken soll‹, sagte ich, ›so viel Warmherzigkeit habe ich nicht erwartet. Doch ich wüßte nicht, wem ich einen Gruß senden sollte, wirklich nicht, sie sind alle dahingegangen.‹
›Ja, dann ...‹ Er rafft sich auf. ›Soll ich Ihnen den Steward schicken, damit er Ihnen beim Kofferpacken hilft?‹
›Ich habe die paar Sachen schon gepackt, Zahnbürste und das bißchen Wäsche. Die Pappschachtel liegt fertig auf meinem Bett.Ich kann in einer Minute oben sein.‹
Ich gehe bis zur Tür des Messeraums und habe schon den Drücker in der Hand, da fällt mir etwas ein. Als ich mich umdrehe, sehe ich, daß die beiden, auch der Leutnant mit den frechen Äuglein, mir nachgeschaut haben. Was sie wohl über mich reden werden, wenn ich erst draußen bin?
›Ich habe doch noch einen Wunsch‹, sage ich und trete einen Schritt zurück. Der Dritte starrt mich beinahe erschrocken an. ›Haben Sie vielleicht etwas Papier für mich?‹
›Papier?‹ rufen sie beide.
›Ja, zum Schreiben. Ein kleines Heft oder auch nur einzelne Bogen, ich mache mir dann selber ein Heft daraus.‹

Der Dritte ist so konsterniert, daß er zum ersten Mal den Leutnant reden läßt.

›Ja, wieso denn schreiben?‹ fragt der, ›das hat doch gar keinen Zweck.‹

›Da haben Sie recht, Zweck wird es wohl nicht haben.‹

›Und es dürfte Ihnen doch wohl bekannt sein, daß keine Briefe von hier befördert werden.‹

›Briefe! Wer denkt denn an Briefe? Nein, nur um mir ein paar Notizen zu machen.‹

›Aber wozu denn? Das wird doch niemand lesen.‹

›Es ist ja auch nicht zum Lesen gedacht, nur so zum Zeitvertreib, wenn ich mich mal langweile. Vielleicht lasse ich es auch, es ist nur so eine dumme Idee von mir. Und wenn es nicht geht, das mit den Papieren meine ich, ist es auch nicht weiter schlimm, so wichtig ist das nicht.‹

›Haben Sie denn einen Federhalter?‹ fragt endlich der Dritte.‹

›Einen Kugelschreiber‹, sagte ich. Ich hole den Stift aus der linken Brusttasche und zeige ihn ihnen, ein hellblauer Kugelschreiber mit einer Reklame darauf. Die beiden sehen sich an, und da der Leutnant mit den Schultern zuckt ... ein hoffnungsloser Fall, will er wohl sagen ..., geht der Dritte zu einem Wandschränkchen, in dem Bücher und Zeitschriften zu liegen scheinen. Im obersten Bord findet sich tatsächlich Schreibmaterial, Briefpapier, Umschläge, Karten und dergleichen mehr. Und zu seinem eigenen Erstaunen findet der Dritte da drei Wachstuchkladden, die wohl für irgendwelche Eintragungen der Schiffsleitung gedacht sind. Er blättert alle drei Hefte durch und legt das eine zurück, da auf der ersten Seite schon etwas geschrieben ist. Dann fühlt er mit der Hand im obersten

Bord nach, und wirklich, es bleibt ein ganz neuer, noch nicht angespitzter Bleistift zwischen seinen Fingern, ein kantiger dunkelroter Stift. ›Da‹, sagt er und reicht mir die Sachen. Dabei wendet er das Gesicht ab wie ein ungezogenes Kind, das von den Erwachsenen zu einer ihm unsinnig erscheinenden Handlung gezwungen wird.

›Vielen Dank‹, sage ich. ›Und noch eine Frage: Stimmt das da?‹ Ich zeige auf den Umsteckkalender, der an der Wand hängt. Die beiden folgen gespannt meinem Zeigefinger und nicken mit dem Kopf. So gehe ich zum Tisch zurück, hole meinen Kugelschreiber hervor und notiere auf die erste Seite der einen Kladde, oben rechts: 29. Januar. Die Jahreszahl nicht, die Jahreszahl ist unwichtig.

›Mein neuer Geburtstag‹, sagte ich, ›nur so zum Spaß. Und jetzt hole ich meine Pappschachtel und bin gleich oben.‹ Damit gehe ich hinaus. Auf dem Gang steht der Steward nicht mehr, er hat also nicht gewartet. Doch ich kann meinen Weg auch allein finden, den Gang entlang und dann eine Treppe hinunter. Was die beiden jungen Leute wohl machen? Wahrscheinlich werden sie einen Schnaps trinken, um sich von der schweren Aufgabe zu erholen. Bestimmt werden in einem andern Wandschränkchen Flaschen und Gläser stehen.

Unten an der Treppe wird mir bewußt, daß die Maschine schon wieder läuft. Sie haben es also wirklich eilig. Und dann weiß ich plötzlich nicht mehr, ob es vorhin zwei Treppen waren oder nur eine, und bleibe ratlos stehen. Zum Glück kommt ein junger Kerl im Monteuranzug herauf, er nimmt zwei Stufen der eisernen Stiege auf einmal und singt dabei. Er singt einen Schlager und natürlich von Liebe. Ich frage ihn, wo die Kabinen der Passagiere sich befinden. Ich sage ›Passagiere‹, und er wundert sich auch nicht. Er zeigt auf den Gang neben mir und verschwindet nach oben.

In meiner Kabine ist alles wie vorher, der Pappkoffer liegt auf dem Bett, niemand hat darin herumgewühlt. Die eine Kladde werfe ich hinein, die andre behalte ich in der Hand, obwohl es lästig ist, doch vielleicht gibt es ja gleich etwas zu notieren. So brauche ich nur noch meinen Mantel anzuziehen. Ich fühle die Taschen ab, ob alles darin ist, ich zögere es etwas hinaus, nach oben zu gehen. Habe ich auch nichts vergessen? Auf dem Klapptisch neben dem Bett liegt eine Taschenbibel. In dem Alten Testament, wie sie es nennen, habe ich manchmal gelesen. Nicht uninteressant. Die Leute damals haben eine blutrünstige Phantasie gehabt.

Auf einmal höre ich das klagende, langgezogene Aufheulen einer Schiffssirene und fahre zusammen. Gilt das mir? Es heult noch einmal auf. Das kann nicht von unserm Dampfer kommen und ich stürze zum Bullauge. Meine Kabine liegt zur Seeseite hin, es ist nichts zu sehen als das Grau des Wassers. Die See ist nicht sehr bewegt, nur leichte zärtliche Wellen. Ich will schon zurücktreten, doch wie ich mich dabei nach links beuge, um mir den Kopf nicht zu stoßen, sehe ich in einiger Entfernung einen Zerstörer liegen. Vielleicht ist es auch ein Minensucher, ich kenne mich in den Schiffstypen nicht aus. Der Bug ist viel höher als das Heck und der Schornstein liegt schräg nach hinten.

Als ich an Deck komme, fällt ein feiner Sprühregen. Es ist nicht kalt, die Luft ist eher lau. Ich bin auf der Landseite, kann aber nichts sehen und schaue auch nicht hin. Unter meinen Füßen quietscht es leise, das ist unangenehm; denn gerade jetzt möchte man nicht gern auffallen. Das Quietschen kommt von den Gummisohlen.

Vorne sind die Ladebäume noch ausgeschwungen und es wird etwas über die Bordwand hinabgelassen. Dort dürfte wohl auch das Fallreep sein, und so ist es auch. Ich sehe den Dritten Offizier dort stehen, er hat sich einen Ölmantel umgehängt und seine Mütze aufgesetzt. Ich freue mich richtig, ihn wiederzusehen, wie einen alten Bekannten.

›Ah, das sind Sie ja‹, sagt er.

›Haben die da meinetwegen gepfiffen?‹ frage ich und weise auf den Zerstörer hin.

›Nein, wo denken Sie hin‹, lacht er, ›aber wir müssen fort, es ist höchste Zeit. Haben Sie keinen Hut?‹

›Nur eine Kappe‹, sage ich und klopfe auf die linke Manteltasche, in der die Kappe steckt.

›Dann wäre ja alles . . .‹, er reicht mir die Hand. Seine Hand ist groß und warm.

›Ich wünsche Ihnen eine gute Heimfahrt‹, sage ich.

›Danke, auch ich . . . das heißt, alles Gute!‹ Er blickt lieber schnell weg, er muß ja auf die Ladung aufpassen.

Ich steige das Fallreep hinab, ich muß sehr achtgeben, daß ich nicht ausrutsche. Die verfluchten Gummisohlen erweisen sich als sehr unpraktisch. Ich trage die Pappschachtel und das Heft in der rechten Hand und halte mich mit der linken am Drahtseil fest.

Unten liegt der Leichter, von dem so viel die Rede war, ziemlich zerbeult und verrostet, jedenfalls im Vergleich mit dem blankgeputzten Dampfer. Ein paar Leute darin sind damit beschäftigt, die Güter, die am Ladebaum schaukeln, in Empfang zu nehmen und zu verstauen. Und vor dem Leichter liegt eine graugestri-

chene Barkasse. Der Motor läuft und pufft. Sonst ist alles ruhig.
Als ich an einem der Bullaugen vorbeikomme, sehe ich ein Gesicht dahinter. Es grinst, als unsre Blicke sich treffen, es grinst ganz verzerrt. Oder liegt es an dem Glas? Ich steige schnell tiefer. Sie trauen einem wohl bis zum letzten Augenblick nicht. Oder sollte es einer sein, der sich zurücktransportieren läßt, wie der Dritte das einem anheim stellte? Was wird man dann wohl mit ihm anfangen?
Zwischen Schiffswand und Leichter ist eine Spalte von etwa einem Meter und man sieht das dunkle Wasser. Das macht mich unsicher, ich möchte nicht dazwischen fallen und zerquetscht werden. Und dazu noch die dummen Gummisohlen, und schließlich bin ich kein Seemann. Ohne die Hand vom Drahtseil zu lassen, taste ich mit einem Fuß vor, um den Rand des Leichters zu berühren, aber der Leichter hebt und senkt sich. Es ist niemand da, der mir helfen könnte. Die im Leichter sind beschäftigt, und mich umschauen, ob sich jemand über die Reling beugt, möchte ich nicht. Ich kann zu keinem Entschluß kommen.
Da sehe ich vorne auf der Barkasse den kleinen Leutnant stehen. Seine hübsche Uniform hat er nicht mehr an, sondern einen plumpen Schutzanzug. Auch die weiße Mütze hat er nicht auf, statt dessen eine Art Kapuze mit Visier. Trotzdem erkenne ich ihn, er hat das Visier hochgeschoben und raucht. An der Art wie er raucht, erkenne ich ihn. Er klopft die Asche der Zigarette ungeduldig an der Bordwand ab. Ob er zu mir hinblickt, kann ich nicht genau sehen.
Also los! Ich lange den Pappkoffer hinüber und lasse ihn in den Leichter fallen, es ist sowieso ein billiges

Ding. Die Wachstuchkladde rolle ich auf und stecke sie in die Manteltasche. Also los! Mögen die Leute nur über meine Ungeschicklichkeit lachen, als ob es darauf ankäme. Ich hocke mich auf die unterste Stufe, halte mich mit der Linken am Geländerpfosten fest und lasse mich so weit hinüberfallen, daß ich mit der Rechten die Bordwand des Leichters packen kann. Dann ziehe ich das rechte Bein nach, es ist mehr ein Hinüberkriechen, und schließlich lasse ich los und bin auch mit dem andern Bein drüben.

Kaum habe ich es geschafft, wird das Fallreep hinter mir hochgezogen, die Rollen der Winde kreischen. Sie müssen da oben also doch nur auf mich gewartet haben. Ich lasse mich in den Leichter gleiten. Zwischen den Traljen quatscht ölhaltiges Schlammwasser, als ich darauf trete. Mein Koffer ist auch da, er ist nicht aufgeplatzt, sondern nur schmutzig. Überhaupt ist alles sehr schmutzig.

Der Leichter ist flach, mehr eine Art Ponton, vorne genau so wie hinten. In der Mitte sind Fässer, Ballen und Kisten hoch aufgestapelt, so daß man nicht auf die andre Seite sehen kann. Auf dem Boden liegen ein paar grauweiße Flocken, größere und kleinere. Ich bücke mich nach einer und reibe sie zwischen den Fingern, dann lasse ich sie wieder fallen. Es scheint Schafswolle zu sein, ich wundere mich darüber.

Auf einmal fällt mir der Seesack ein, den mir der Dritte versprochen hat. Ich schlendere unauffällig an der Ladung entlang, doch als ich dorthin komme, wo der Stapel aufhört, grölt mich jemand von oben an. Zwei eiserne Tonnen schweben über meinem Kopf, ich springe beiseite und klemme mich flach an die Wand. Die Tonnen kommen ganz nah an mir vorbei, sie streifen mich beinahe. Ich schiebe sie mit aller Kraft von mir fort zu der andern Ladung hin, und das ist auch richtig so. Schon sind zwei Männer da, die mit Haken die Tonnen zu sich hinziehen, von mir nehmen sie gar keine Notiz. Die Tonnen werden sachte niedergelassen, die Männer lösen sie aus der Schlinge und das Seil wird gleich wieder nach oben gezogen. Ich habe da nichts zu suchen.

Auf der andern Seite, in einer Nische zwischen Ballen und Kisten, sitzt eine Frau. Sie trägt einen braunen Pelzmantel, auf dem Regentropfen glitzern. Ihr Gesicht ist durch ein grünes Kopftuch verdeckt. Was will die Frau da? Seit wann werden Frauen nach Aporée gelassen? Sollte der Matrose damals in der Kneipe doch recht gehabt haben? Und was soll der komische gemusterte Sonnenschirm, den sie aufgespannt hat? Oder ist es ein Regenschirm? Die Damenmoden wechseln ja so oft. Reichlich komisch, die Dame und der Schirm da auf dem Leichter. Hat sich der Leutnant die Dame vielleicht mitgebracht? Zu ihm würde sie passen.

Etwas weiter finde ich denn auch meinen Seesack. Ob man der Dame auch einen gestiftet hat? Vielleicht sitzt sie darauf. An meinem Seesack hängt das bewußte Pappschild mit meinem Namen darauf. Er ist mit Tintenstift geschrieben und bereits blau ausgelaufen, lange wird man ihn nicht mehr lesen können. Dennoch befriedigt es mich, meinen Seesack dort gefunden zu haben.

Ich will auch meinen Pappkoffer holen, um ihn daneben zu stellen, damit alles beieinander ist. Als ich wieder auf die andre Seite komme, sehe ich, daß die hohe Schiffswand langsam an mir vorbeigleitet, als ob sie weggezogen wird. Das macht mich schwindelig, und

dann höre ich im Bauch des Dampfers ein ganz leises Klingeln des Maschinentelegraphen.
Plötzlich verschwindet die Wand und es wird ganz leer. Nur das Meer ist zu sehen, in der Nähe ist es pockennarbig wegen des Regens. Und dann kommt auch der Zerstörer wieder in Sicht. Wir machen eine große Kurve, die Barkasse, die uns schleppt, muß einen starken Motor haben, sicher gehört sie zu dem Zerstörer. Wo die Männer geblieben sind, die die Ladung verstaut haben, weiß ich nicht. Gehören sie zu dem Dampfer oder stammen sie aus Aporée? Was geht mich das auch an, ich hätte sie sowieso nicht gefragt.
Und hier beginnt die große Enttäuschung, die ich ja schon ein paar Mal erwähnt habe.
Da ist also die Bucht. Oder wenigstens die Einfahrt zur Bucht, denn daß da eine Bucht ist, sieht man nicht gleich. Als wir einfahren, wird der Leichter hochgehoben und rutscht über etwas hinweg. Dann sind wir wieder frei. Es scheint also eine Barre da zu sein. Drinnen in der Bucht ist das Wasser wieder tiefer und ganz ruhig, mehr wie ein Binnensee. Die Einfahrt ist vielleicht gar nicht so eng, doch die Bucht ist sehr viel weiter. Die Landzunge im Norden ist felsig, sie faßt weit herum, und davor noch Klippen. Im Schutz der Hügel da im Norden ist ein weißes, flaches Gebäude mit Fenstern zu sehen. Ja, mit Fenstern, die gehören auch zu der Enttäuschung.
Genau kann man das alles noch nicht sehen, wir machen nämlich einen weiten Bogen im südlichen Teil der Bucht. Der kleine Leutnant wird schon wissen warum. Im Süden ist die Küste nicht felsig, nur sanfte Hügel, so weit man sehen kann. Doch im Osten, das heißt da, wo wir hinfahren, ist nur ein schmaler Land-

strich, dann hebt sich das Gebirge wie eine Mauer und verbirgt, was dahinter ist.
Wegen der Enttäuschung drehe ich mich noch einmal um, und da sehe ich auch, weshalb wir den weiten südlichen Bogen machen, statt geradeaus zu fahren. Ziemlich genau in der Mitte der Bucht ist ein Kliff oder eine kleine Insel, als ob jemand einen Felsbrocken dahin geschmissen hätte. Auf der glatten Fläche sieht es wie ein Pickel aus. Mir fällt auf, daß keine Möwen da sind, in so einer Bucht müßten doch Möwen sein. Sie haben doch den Dampfer bis zuletzt begleitet, oft hörte man ihr Kreischen in der Kabine. Was die Möwen angeht, scheint es also zu stimmen, was über Aporée erzählt wurde, aber alles andre ist Enttäuschung.
Wir fahren jetzt langsamer an der inneren Seite der Bucht entlang, fast lautlos gleiten wir dahin, denn das Tuckern des Motors gehört so wenig hierher, daß man glaubt, das Blut klopfe einem im Ohr. Das Ufer ist keine hundert Meter entfernt. Es sind ein paar Hütten mit Wellblechdächern zu sehen. Was haben sie da verloren? Das kleine flache Gebäude im Winkel der Landzunge ist auch schon genauer zu sehen, es liegt in unsrer Fahrtrichtung. Es hat drei Fenster, richtige Fenster, und in dem einen steht eine Figur in einem weißen Kittel, ohne sich zu bewegen. Da wo sein Kopf ist, sind nur zwei leuchtende Kreise. Der Mensch da oben blickt durch einen Feldstecher, in dessen Gläsern sich die Sonne spiegelt, die hinter mir für einen Augenblick durch die Wolken bricht. Vielleicht beobachtet der Mensch mich durch seinen Feldstecher und unsre Blicke treffen sich, ohne daß ich es weiß. Ich wende mich lieber schnell ab. Soll ich dem Menschen da oben noch das Schauspiel meiner Enttäuschung bieten?

Was gehen mich diese lächerlichen Kleinigkeiten an, werden Sie sagen. Soll der Alte sie doch für sich behalten, statt des langen und breiten davon zu faseln.
In gewissem Sinne haben Sie recht. Aber wie soll einer seine Enttäuschung schildern, wenn nicht durch Kleinigkeiten, frage ich Sie. Und auf die Enttäuschung kommt es doch an, auch Sie werden nicht darum herumkommen, verzeihen Sie die Bemerkung, diese große Enttäuschung, die dann unsre Wirklichkeit wurde. Um das schmutzige Gelbbraun auf der alten Landkarte geht es schon lange nicht mehr. Auch wenn man uns bei unsrer Landung mit einer primitiven Nachahmung unsrer vielgerühmten Zivilisation begrüßt hätte, mit einem Triumphbogen und einem Schild ›Herzlich willkommen‹, dazu noch ein Empfangskomitee mit Musikkapelle, die ›Home, sweet Home‹ spielt und womöglich noch Ehrenjungfrauen und fahnenschwenkende Kinder ... und das scheinen sie ja mit ihrem Super-Amerika, das sie Newropa nennen, auch endlich geschafft zu haben. Ein wahres Wunder, daß sie wenigstens den Anstand hatten, nicht auch noch den alten guten Namen dafür zu mißbrauchen ..., auch dann wäre die Enttäuschung nicht größer gewesen.
Begann denn die Enttäuschung wirklich erst bei der Ankunft? Ich zweifle heute daran, aber wann begann sie dann? Im Grunde waren zu meiner Zeit alle in Aporée enttäuscht. Man sprach nur nicht darüber, aber niemand machte sich etwas vor. Man spielte seine durchsichtige Rolle, und darin liegt der Unterschied

gegen das hiesige Dasein. Auch hier spielt jeder seine Rolle, nur daß er sie für Wirklichkeit hält, während in Aporée niemand ein Hehl daraus machte, daß es nur eine Rolle war. Die Atmosphäre war imprägniert mit Enttäuschung.

Auch der Schauspielerin ging es nicht anders, Sie wissen, die, die so genannt wurde, ich sprach ja schon von ihr. Dabei war sie eine vernünftige Frau, doch auch ihre Träume waren von Enttäuschung gefärbt. Ja, sogar die Träume.

›Da haben Sie etwas für Ihr Tagebuch, Herr Archivar‹, sagte sie einmal, als ich bei ihr saß. Auch sie glaubte, daß ich mir Notizen machte, obwohl ich die dummen Kladden längst fortgeworfen hatte oder vielmehr zur Buchführung im Magazin benutzte. ›Da träumte mir dummen Frauenzimmer doch letzte Nacht, ich ginge durch eine vornehme Ladenstraße, meinetwegen durch die Fifth Avenue, wenn Sie wollen, und bleibe vor allen Schaufenstern stehen und bestaune alles. Und selbstverständlich gehe ich auch in eins der Geschäfte und sitze am Ladentisch, auf dem ein Verkäufer einen Ballen Stoff ausgerollt hat, in schönen Falten, damit ich den richtigen Eindruck von der Seide bekomme. Er reicht mir auch eine Falte hin, damit ich den Stoff befühlen kann, und ich befühle ihn auch, ich habe noch jetzt das Gefühl davon in den Fingerspitzen. Und dazu sagt der Schlingel: ›Wollen Sie bitte vor den Spiegel treten und sich selbst davon überzeugen. Die Farbe ist wie geschaffen für Sie, gnädige Frau.‹ Dabei habe ich die Farbe ganz vergessen, doch ganz gleich, ich dumme Liese bestelle ein paar Meter von dem Stoff und freue mich so über meinen Einkauf, daß ich mit den Beinen strample. Davon bin ich aufgewacht und kann nur wieder das Wurzelweib und die Hebamme spielen. Dazu braucht man keine Seide.‹

Ja, Hebamme. Davon erfuhr ich ein andres Mal etwas, denn erzählt hatte mir niemand davon. Es muß ganz zu Anfang gewesen sein, schon bald nach meiner Genesung. Ich kam offenbar im falschen Moment, sie war sehr schlechter Laune und schimpfte gewaltig, auch auf mich, obwohl ich doch nicht schuld daran war. Ich kam gerade dazu, als zwei untersetzte, stämmige Männer mit wild aussehenden Bärten ein längliches Bündel aus der Hütte der Schauspielerin zerrten. Sie stand dabei und schimpfte die ganze Zeit. ›Erst schreit ihr Mama und wollt, daß man mit euch spielt‹, . . . sie drückte sich sehr viel drastischer aus . . . ›und dann ab damit wie mit einem alten Lumpensack.‹ Die Männer schienen den Ton gewohnt zu sein und kümmerten sich nicht darum. Sie hatten Lederriemen bei sich und knieten auf der Erde, um das Bündel einzuschnüren. Sie beeilten sich nicht dabei.

Da entdeckte die Schauspielerin mich und fauchte mich an. ›Und was willst du hier? Schicken sie uns einen Pfarrer? Alles längst erledigt, mein Lieber, da nützen keine Sprüche mehr.‹ Sie musterte mich grimmig von Kopf bis zu den Füßen; die Männer sahen von ihrer Arbeit auf und grinsten. ›Achso, ein Neuer! Was man uns für Leute schickt. Du hast dir ja den richtigen Augenblick ausgesucht. Was gibt es da zu grinsen?‹ fuhr sie wieder auf die Männer los. ›Marsch! Grabt sie bei den andern ein. Aber daß ihr mir das ordentlich macht. Zu faul zu allem, aber nicht zu faul zum . . .‹ Sie drückte sich wieder sehr drastisch aus.

Die Männer legten sich die Riemen über die Schultern und trugen so das Bündel zwischen sich fort. Es kann unmöglich sehr schwer für zwei so kräftige Männer gewesen sein, aber sie bewegten sich so langsam bergauf, als ob sie wer weiß wie sehr daran zu schleppen hätten. Die Frau stand hochaufgerichtet da und sah ihnen zornig nach. Ihr großer Mund war fest zusammengepreßt, nur die Backenmuskeln zuckten, als ob sie etwas mit den Zähnen zermalmte.

Sie war gar nicht so alt, jedenfalls nicht so alt, daß die Bezeichnung ›Oma‹ zu ihr gepaßt hätte, wie manche sie nannten. Es war wohl mehr ein Ehrentitel, weil sie zu kommandieren verstand und man ihr gehorchen mußte. ›Vater unbekannt. Wie immer. Tut auch nichts zur Sache‹, sprach sie mehr zu sich selbst als zu mir. ›Sie ist mir verblutet. Nicht zu stoppen, das Blut. Wie immer. Warte hier gefälligst.‹

Sie bückte sich und kroch in ihre Hütte, wo ich sie schelten und rumoren hörte. Dann flogen Heu und Seegras zur Tür hinaus, und nach einer Weile kam sie selber wieder zum Vorschein und schob das Herausgeworfene mit dem Fuß auf einen Haufen zusammen.

›Hast du vor Schreck die Sprache verloren?‹ wurde ich angefaucht, ›was stehst du da herum? Hast du kein Streichholz? Oder rauchst du nicht?‹

Endlich begriff ich, was sie wollte. Ich steckte das Heu in Brand. Während der Haufen niederbrannte, standen wir schweigend daneben. Dann zerrieb ich die Aschenglut mit der Stiefelsohle.

›Kein Grund zum Heulen. Eine Frau weniger, es gibt ja genug davon‹, sagte sie. ›Na, und nun zu dir, laß dich ansehen. Was hast du angestellt?‹

Sie musterte mich ohne jede Rücksicht. Es muß demnach das erste Mal gewesen sein, daß ich zu ihr kam. Ihr Altsein war mehr eine Verkleidung. Ihr Gesicht wirkte wie eine alte, rissige Ledermaske, die sie sich vorgebunden hatte und in die jemand mit einem Messer Hunderte von feinen Linien eingeritzt hatte. Nur die Augen waren keine Verkleidung, sie gehörten nicht zu der Maske.

›Nun gut, habe keine Angst; ich will gar nicht wissen, was du angestellt hast, eure Geschichten kotzen mich an. Hat dich jemand zu mir geschickt?‹

›Man hat mir da unten gesagt, daß es hier eine große Schafherde gäbe, und ich hatte nichts zu tun.‹

›So, der junge Herr hatte nichts zu tun. Lüg doch nicht. Du bist nicht wegen der Schafherde gekommen. Du hattest nichts zu tun, deshalb. Eine Kinderkrankheit, sie hört nie auf, mach dich darauf gefaßt. Nie! Auch die Herde nützt nichts dagegen.Ich spiele hier die Rolle der Hirtin, und ich spiele sie gut, das darfst du mir ruhig glauben. Sogar die Schafe glauben sie mir. Wenn sie Beifall klatschen könnten, würden sie es tun. Alles nur Lärm! Damit täuschen sie einen nicht darüber hinweg, daß es nur eine Rolle ist. Und wie leicht ist es, sie zum Heulen zu bringen. Man streichelt sie ein wenig und schon geht es los. Komm!‹

Wir stiegen etwas höher und von da sah man die Herde. Wie ein zähflüssiger Brei schob sie sich an den Abhängen dahin. Manchmal lösten sich einige Tropfen davon und schienen weiter hinabrinnen zu wollen, wurden aber bald wieder von der Masse aufgesogen.

›Habt ihr keine Hunde?‹ fragte ich.

›Nein. Es wäre schön, wenn wir welche hätten. An sich brauchen wir keine, wir haben genügend Leute, vielzuviele, und wenn ein Schaf weglaufen sollte, schadet es auch nichts, auch davon haben wir vielzuviele. Ramsic behauptet, wir hätten bald kein Futter mehr, da die vielen Schafe die Grasnarbe zerstören. Vielleicht hat er ja recht. Trotzdem wäre es schön, wenn wir einen Hund hätten. Für uns wäre es schön, aber die Gangster von da drüben schicken uns keinen. – Erzähl mir von drüben. Was machen sie.‹

›Vermutlich dasselbe wie immer.‹

›Lüg nicht, das hat hier keinen Zweck.‹

›Ich bin nicht hierhergekommen, um von drüben zu erzählen.‹

›Was du nicht sagst!‹ höhnte sie. ›Spiel dich doch nicht so auf. Wenn ein Hund hier wäre, würdest du ihm deine Geschichte brühwarm erzählen. Sicher hast du eine Mutter gehabt, die nicht viel taugte. Ach, nun ist er beleidigt. Was für empfindliche Seelen man uns schickt. Bist du verheiratet gewesen?‹

›Möglich.‹

›Möglich? Möglich?‹

›Es hat nichts damit zu tun.‹

›Red doch keinen Unsinn, ich bin zweimal verheiratet gewesen und auch sonst noch habe ich eine ganze Handvoll Männer gekannt. Möglich, sagt er. Auch die da war wohl nur möglich?‹

›Wer?‹

›Die, die sie eben weggeschleppt haben‹, sagte sie und zeigte in die Richtung, in die die Männer sich mit dem Bündel entfernt hatten. ›Ich bin nicht wehleidig, aber es ärgert mich, weil es so maßlos dumm ist. Die Schafe da werden in drei Wochen Lämmer kriegen, sieh dir nur die Hängebäuche an, und dies dumme Luder verreckt mir unter den Händen. Sie war wirklich dumm, glaub mir, entsetzlich dumm, eine wahre Plage. Aber gerade deshalb dachte ich, daß sie es schaffen würde, dazu gehört ja kein Verstand. Wenn ich sie doch bloß in ein Schaf hätte verwandeln können, aber das ist leider noch nicht erfunden. Sie hat es wenigstens bis zum siebten Monat durchgehalten, das hat noch keine hier fertig gebracht. Geh nachher zum Doktor und erzähl ihm das. Für ihn ist das wichtig. Bis zum siebten Monat, und dann ist sie mir verblutet wie alle andren. Ich habe sie mit Kräutern gefüttert, mit frischem Blut von Muttertieren und mit allerhand unanständigen Drüsen. Sie hat nicht gewagt, das auszukotzen. Gib dir Mühe, du! Beinahe hätte ich sie verprügelt, aber nichts zu wollen, sie ist mir verblutet. Na, genug von ihr. Man wird uns Ersatz schicken. Was macht Anna?‹

›Anna?‹

›Die Schwester, die dir die Medizin gebracht hat. Lebt sie noch mit Naleco zusammen?‹

›Naleco?‹

›Der, in den sie verknallt ist. Er geht an zwei Stöcken. Manche nennen ihn jetzt ›lahme Fliege‹, doch für seine Krankheit kann er nichts, früher wurde er ›Literat‹ genannt. Ich habe zu Anna gesagt, in so einen verliebt man sich nicht, der verbraucht dich höchstens für ein Buch, das er nicht mehr schreiben wird, und dann ab damit! Es fehlt nur noch, daß sie sich ein Kind von ihm andrehen läßt. Mit dir soll doch ein neues Frauenzimmer angekommen sein, Ramsic hat es mir erzählt. Stimmt das mit dem Sonnenschirm?‹

›Jetzt trägt sie ihn nicht mehr.‹

›Ich werde sie mir mal ansehen. Ist sie eine Dame?‹

›Möglich. Was man so nennt.‹

›So eine?‹

›Nein, das wohl nicht.‹

Sie sah mich von der Seite an. ›Nimm dich in acht, ich bin auch mit einem Sonnenschirm herumgelaufen.‹

›Das kann ich mir vorstellen.‹

›Ich bin länger hier als alle. Ein zäher Brocken. Nach den Regeln hier in eurem Aporée hätte ich längst tot sein müssen; es braucht ja nicht unbedingt eine Fehlgeburt zu sein. Aber der verfluchte Tod hat mich vergessen. Wahrscheinlich ist er ein Mann, unzuverlässig und enttäuschend. Die Tote da hat es besser, bei all ihrer Dummheit hat sie es richtig gemacht. Es ist nichts Besonderes, daß eine Frau an einer Fehlgeburt eingeht, kein großartiges Schicksal, aber immerhin eine ausreichende Beschäftigung. Und womit willst du dich beschäftigen?‹

›Das wird sich finden.‹

›Es wird sich nicht finden, merk dir das. Hier findet sich nichts. Es gibt hier keine Beschäftigung, die so notwendig wäre, daß man sie für sein Schicksal halten kann. Versuch also nicht erst zu lügen.‹

›Ich lüge doch gar nicht.‹

›Doch, du lügst. Manchmal geht ein Zittern durch die Herde, ohne jeden Grund, denn Wölfe gibt es hier nicht, und trotzdem. Eines von den Tieren ist darauf gekommen, daß es nicht weiß, wozu es da ist, und das Zittern überträgt sich auf die andern. Das Fressen schmeckt plötzlich nicht mehr. Sei nicht schon wieder beleidigt, daß ich dich mit einem Schaf vergleiche. Ein Widder, das ist doch wenigstens etwas. Er hat zwei schöne Hörner und sonst noch allerhand und kann sich einreden, daß die Schafe ohne ihn nie zu ihrem Glück kämen.‹

Das was ich Ihnen hier wiederzugeben versuche, braucht die Schauspielerin nicht alles beim ersten Mal gesagt haben. Dies erste Mal ist mir nur wegen der Frau, die gerade gestorben war, besonders im Gedächtnis geblieben. Doch ich ging auch nachher häufig zu der Schauspielerin und saß bei ihr herum. Es wurde mir zur Gewohnheit. Auf die Weise erfuhr ich viel von ihr über Aporée und über die andern Leute dort, was ich sonst nie erfahren hätte. Sie wußte mehr als die anderen, weil sie schon viel länger dort lebte, wie sie sagte, und dann auch, weil die Leute ihr Dinge anvertrauten, die sie andren verschwiegen. Sie schimpfte zwar darüber, so wie sie auch mich jedesmal beschimpfte, ohne das ging es bei ihr nicht, aber wie gesagt, auf die Weise erfuhr man manches von ihr.

Einmal, das fällt mir gerade ein, fragte sie mich, was Andar mache. Andar kannte ich schon, von dem sogenannten Gemeinschaftshaus her; er half da beim Verteilen des Essens, und auch einen Schnaps konnte man bei ihm bekommen, wenn einem danach zumute war; sogar um die Brennerei des Schnapses kümmerte er sich, wie man mir gesagt hatte. Gesprochen hatte ich noch nie mit ihm, das war auch gar nicht möglich, denn er sprach nicht. Er stand plötzlich da, wartete, ob man etwas von ihm wollte, und wenn er den Wunsch erfüllt hatte, verschwand er wieder irgendwo im Dunkeln, alles ohne ein Wort.

›Warum nennt man ihn ›Admiral‹?‹ fragte ich die Schauspielerin, denn niemand sah weniger wie ein Admiral aus als dieser Andar.

›Er muß mal eine Uniform getragen haben, er ist Portier gewesen, der arme Kerl. Er ist nicht stumm, aber wozu soll er noch viel reden? Er hat alles gesagt, was es für ihn zu sagen gab, und das war wohl nicht viel, so kann er es sich jetzt leisten, den Mund zu halten. Außerdem hat er Angst vor Frauen, das ist es. Seine eigene hat er nämlich umgebracht, mit einer Bierflasche oder so ähnlich, und mehr aus Versehen. Eine reichlich kitschige Geschichte. Ja, dieser Andar mit seinem Babymund. Er ist Portier in einem Bumslokal gewesen, so einer, der in Admiralsuniform davor steht und den Leuten die Tür aufhält, auch die Türen der Autos. Und wenn jemand Krakeel macht, schmeißt er ihn raus. Es wird eins von diesen Lokalen gewesen sein, wo man nackte Weiber zeigt und wie sie sich ausziehen, mit bunten Scheinwerfern, damit man auch ja alles zu sehen kriegt, und natürlich mit Preisaufschlag. Mein Andar steht da groß und breit vor den Schaukästen mit den nackten Mädchen, Nacht für Nacht bei jedem Wetter bis in den frühen Morgen, preist seine Ware an und bekommt Trinkgelder dafür. Seine Frau trieb es unterdessen mit einem andern, mit einem Kellner nebenan gleich in derselben Straße. Vielleicht war sie da auch selber Kellnerin. Man kann es ihr nicht verdenken, denn so ein Leben mit einem Babymund wie Andar muß furchtbar langweilig sein. Wie sollte sie auch ahnen, daß so einer auch ruppig werden könnte? Andar ahnte es ja selber nicht. Eines Nachts jedoch überkommt es ihn. Er läuft in die Kneipe nebenan und schlägt das dumme Ding tot. Aus Versehen, denn eigentlich wollte er den andern Kerl treffen, aber die Bierflasche hat das verkehrte Ziel getroffen. Das wäre ja nicht weiter schlimm, und man hat ihn auch freigesprochen, aber so ein Versehen, das reicht für den Rest des Lebens.‹

›Woher wissen Sie das alles?‹ fragte ich.

›Von ihm selbst, von wem dann sonst. Hinten in den alten Höhlen hinter der Küche, wo er sich meistens verkriecht. Er flüsterte mir seine Geschichte ins Ohr, als ob es sich um wunder was für eine Sache handle.

Mir war alles andre als kitschig zumute, doch zu meinem Glück hält er mich nicht für eine Frau. Ich hätte ihn ja hierher zu den Schafen nehmen können, doch ich glaube, es ist besser, er bleibt da in seinem Schlupfwinkel und hilft dem Clown beim Kochen. Hier würde er doch früher oder später ausreißen. Ja, und was machen wir mit dir?‹

›Was nennt man hier Ausreißen?‹

›Dasselbe wie überall, du wirst es schon merken. Brauchst du einen Schafspelz?‹

›Nein, danke, das heißt . . .‹

›Du kannst einen mitnehmen. Du scheinst mir auch zu denen zu gehören, die nicht darüber hinweggkommen, daß sie aus dem Bauch einer Frau stammen. Oder wenn du dich lieber vornehm ausdrücken willst, daß eine dich unter dem Herzen getragen hat. Doch was soll der Quatsch? Eine unpraktische Erfindung, das gebe ich zu, aber lohnt es sich, deswegen ein ganzes Leben lang zu zetern?‹

›Wie kommen Sie darauf?‹

›Du kannst mich ruhig duzen. Hinter den Kulissen duzt man sich.‹

›Danke.‹

›Und wie ich darauf komme? Wenn jemand mir erzählt, ›seit meiner Kindheit‹ und so weiter, weiß ich Bescheid. Ich spiele hier die weise Frau, das ist auch nur eine Rolle, schwer genug ist sie zu spielen, doch das ist meine Sache. Früher haben wir gedacht, daß die Wahrheit einen Menschen glücklich macht, aber ganz im Gegenteil, sie raubt einem sogar den Trost des Traurigseins. Die Wahrheit? Da rackern sie sich drüben ab, das soziale Elend abzuschaffen; sie wollen keine Armen mehr, das beleidigt sie. Eines Tages wird ihnen das auch gelingen, und was dann? Dann sind sie so weit wie wir hier, sie können sich nichts mehr vormachen. Was würden sie dann darum geben, ein wenig hungern und frieren zu dürfen. Weißt du, was Bimbuck einmal gesagt hat. Das ist der, den ihr den ›Funker‹ nennt, auch so ein putziger Bursche. Er sagte: Mir macht das alles nichts aus. Ich habe schon als kleines Kind gewußt, wie häßlich ich bin. Irgendwelche Großmütter und Tanten werden gerufen haben: Mein Gott, was für ein häßliches Kind! und er hat sich das zu Herzen genommen. Man kann ihn ja auch nicht gerade hübsch nennen mit seinem Krötengesicht. Und so ist er Geistlicher geworden, eine große Dummheit. Auf die Weise fand sich keine Frau, die ihm sagen konnte, daß sie ihn trotzdem nicht häßlich fände. Ein besserer Pfaffe wäre er dann vielleicht auch geworden. Aber laß es auf keinen Fall merken, daß ich dir das erzählt habe. Ich erzähle dir das nur, weil du neu bist und vorsichtig mit den Leuten umgehen mußt. Sehr vorsichtig! Drüben gab es Kino und gab es Kirchen und es gab das, was sie Pflichten nannten, wenn sie in der Falle saßen. Hier muß jeder ohne solche Ablenkung mit sich selber auskommen, und wer kann das schon? Doch genug geschwatzt, es wird Abend. Wenn du willst, kannst du da in dem Anbau übernachten, wo ich die Frau untergebracht hatte.‹

›Danke.‹

›Das heißt, wenn dir das Blut nichts ausmacht.‹

›Welches Blut?‹

›Es wird durch das Reisig getropft sein. Ich habe Erde darüber geschüttet.‹

›Es macht mir nichts aus.‹

›Es sollte dir aber etwas ausmachen, du eingebildeter

Grobian. Die Frau hat wenigstens ihr Möglichstes versucht, wenn auch aus lauter Dummheit. Na, ich rede Blödsinn. Scher dich in deinen Unterstand, und wenn du einen Schafspelz brauchst, komm her und hol ihn dir. Und grüß Anna von mir, wenn du sie triffst. Sie soll mal wieder bei mir vorbeikommen.‹

Ich erhob mich und reichte ihr die Hand, um ihr aufzuhelfen. ›Sieh da, ein Kavalier‹, meinte sie spöttisch und verließ mich ohne ein weiteres Wort. Und ich ging zur Bucht hinunter und dachte über alles nach.

Wie sollte ich damals zu Anfang wissen, daß in allem, was ich von der Frau hörte, so etwas wie eine Prophezeiung lag? Entschuldigen Sie das hochtrabende Wort. Ich kann mir übrigens gut vorstellen, daß die Frau wirklich Schauspielerin gewesen war. Etwa so eine Art Priesterin, die aus dem Tempel tritt. Oder nein, Priesterin nicht. Sie würde gesagt haben, so etwas gäbe es nicht, das sei eine blöde Erfindung der Männer. Aber diese andre Frau vielleicht, wie hieß sie noch?, Medea glaube ich, die ihre Kinder umbrachte, um sich an ihrem Mann zu rächen, der sich mit einem andern Weibsbild abgab. Die Rolle hätte gut zu ihr gepaßt.

Mit Prophezeiung meine ich die Frau, die verblutet war, und alles, was die Schauspielerin für sie getan hatte. Wie konnte ich ahnen, daß ich eines Tages in die gleiche Lage kommen würde? Nicht ich, verzeihen Sie, sondern die, die dann meine Frau wurde?

Doch davon später.

12

Ich habe Ihnen ja immer noch nicht richtig von den ersten Minuten nach meiner Landung erzählt, damit Sie sich wenigstens einigermaßen ein Bild davon und von meiner Enttäuschung machen können.
Kaum war ich aus dem Leichter geklettert und stand am Kai ... Kai ist nun wieder eine viel zu großartige Bezeichnung, es lag da ein halb abgesunkener alter Leichter, der diente als Landungssteg ... kaum hatte ich meinen Seesack ans Ufer geschleppt ... der Frau mit dem Sonnenschirm, die vor mir ausgestiegen war, half man dabei ... kaum stand ich an Land, da stürzte die Hysterikerin auf mich zu, um mir ihre Geschichte zu erzählen. Das berichtete ich ja schon.
Doch schon bald befreite mich ein andrer Kerl von ihr. Dafür war ich ihm allerdings dankbar, aber der Kerl war nicht weniger unangenehm, alle gingen ihm nach Möglichkeit aus dem Weg. Er hatte den Spitznamen ›Der Makler‹, vielleicht war er ja früher Makler an der Börse gewesen, was weiß ich. Auch was er sonst in Aporée machte, kann ich nicht sagen, ich bin nachher kaum mit ihm zusammengekommen.
›Der Herr brauchen doch sicher eine Wohnung?‹ redete er mich an. Ja, so geziert. Vor Erstaunen wäre mir beinahe der Seesack von der Schulter gerutscht. ›Vielleicht darf ich dem Herrn dabei behilflich sein? Ich hätte zum Beispiel eine kleine Villa anzubieten, eine einmalige Gelegenheit, eine Villa mit allem Komfort. Allerdings kostet es etwas Geld, das werden der Herr verstehen. Umsonst ist nur der Tod, wie es so schön heißt, haha! Sagen wir, doch vielleicht läßt sich noch

eine Kleinigkeit abhandeln, das kommt auf den Versuch an, sagen wir zweihundertfünfzig Dollarchen.‹
Zufällig benahm ich mich richtig, wohl weil ich so enttäuscht war. ›Woher soll ich zweihundertfünfzig Dollar haben?‹ schrie ich ihn an.
›Aber man wird dem Herrn doch Geld mitgegeben haben‹, antwortete er überrascht und trat einen Schritt zurück. Angeschrieen zu werden, gehörte offenbar nicht zu seinen Börsengewohnheiten.
›Was soll man mir mitgegeben haben?‹
›Anfangskapital. Fünfhundert Dollar. Die stehen Ihnen zu‹.
›Anfanskapital?‹
›Das hat doch jeder von uns bekommen.‹
›Ich nicht‹, log ich.
›Sparen die jetzt an uns? Vielleicht hat man es nur vergessen.‹
›Höh!‹ schrie ich zu den Leuten hinunter, die im Leichter zu tun hatten, doch keiner von ihnen schien es zu hören. Aber wenigstens vertrieb ich damit den Kerl.
›Ja, dann nichts für ungut‹, sagte er, ›dann ist leider kein Geschäftchen zu machen.‹ Damit entfernte er sich.
Und auch ich entfernte mich.
Wie sollte ich wissen, daß das alles nur Mätzchen waren und daß dem Kerl gar nichts an meinem Geld lag und erst recht, daß es gar keine Villa mit allem Komfort gab? Erst ganz allmählich habe ich begriffen, daß die meisten sich solcher Mätzchen bedienten, wenn auch nicht so unangenehmer wie dieser Makler, sei es aus purer Gewohnheit, sei es, um nicht von sich sprechen zu müssen. Möglich, daß auch ich mich dann solcher Mätzchen bediente, darüber müßte man andre fragen.

Zunächst, während ich mich von der Landungsstelle entfernte, konnte ich doch nur denken: Das ist ja alles wie bei uns. Die Gegend ist so grün wie in Virginia oder wo auch sonst. Die Leute erzählen einem Geschichten, die man nicht wissen will. Sie wollen Geschäfte machen und einem das Geld abluchsen. Alles wie bei uns. Dafür hätte ich nicht nach Aporée zu kommen brauchen. Das hätte ich bei uns viel besser haben können. Grüne Gegenden gibt es genügend in Amerika. Geschichten, die einen nichts angehen, muß man sich Tag für Tag im Büro oder in der Kneipe anhören, oder sie stehen in der Zeitung. Und die Frauen erst! Beim Einholen haben sie von andern Frauen irgendetwas gehört und kommen vom Supermarkt mit einer fertigen Meinung zurück. Und das sollte in Aporée genau so sein, nur in billigerer Auflage?
Wie gesagt, ich konnte damals nicht wissen, daß die Leute in Aporée nur ihre Gesten von früher beibehalten hatten, weil es einfacher war, als sich neue anzugewöhnen. Und Ihnen erzähle ich nur davon, um Ihnen eine ähnliche Enttäuschung zu ersparen und damit Sie wissen, worauf Sie gefaßt sein müssen. Niemand von uns kann voraussagen, ob es jemals wieder einen völlig zerstörten Kontinent geben wird wie Aporée es war und nach dem wir uns dann sehnen werden. Meteore und andre Übeltäter können wohl auch heute noch auf unsre Erde fallen und sie unbewohnbar machen, aber die Enttäuschung wird auch dann nicht ausbleiben, vermutlich tragen wir sie hin.
Ich kannte damals, als ich mich von der Landungsstelle verdrückte, auch den Satz noch nicht, den ich später vom Doktor hörte. Ein Philosoph soll gesagt haben: So einsam sein zu dürfen, wie man nur in Gemeinschaft

sein kann, welch eine Gnade. Vielleicht hat er statt Gemeinschaft auch Kollektiv gesagt, wie es heute Mode ist.
Ich lag dann zwei Tage krank in meinem Bunker und wartete auf das Ende, das erzählte ich schon. Ich bildete mir natürlich ein, daß die Krankheit von meiner Enttäuschung käme, und ich fragte mich auch, warum ich mich nicht umgebracht hätte, als es Zeit dafür war. War ich zu feige? Oder aus Opportunismus? So viel war jedenfalls klar, der richtige Moment für das, was man in Amerika Selbstmord nennt, war nun verpaßt. In Aporée wäre das nur ein Mätzchen gewesen, ähnlich wie das des Maklers, der mich zu beschwindeln versuchte.
Als ich da elend herumlag, gab ich mir noch selber die Schuld für alles, so eingebildet ist der Mensch bis zuletzt. Erst nach und nach lernte ich einsehen, aus den Geschichten der anderen und aus dem, was mir die Schauspielerin erzählte, daß von Schuld gar nicht die Rede sein kann. Allen war ohne ihr Zutun etwas widerfahren, was den Schwindel ihres Daseins offenbar machte, und nun kam es plötzlich darauf an, ohne solchen Schwindel weiterzuexistieren. Damit ist, wenn Sie mir die selbstgefällige Bemerkung erlauben, Aporée am treffendsten charakterisiert, nicht nur mein damaliges Aporée, das es ja nicht mehr gibt, sondern jedes Aporée.
Um nur ein Beispiel zu nennen, und wenn Sie noch Geduld haben, sich solche komischen Geschichten anzuhören, die beinahe wie Märchen klingen, lassen Sie mich das schnell erzählen. Ich weiß nicht einmal mehr, wer mir die Geschichte erzählt hat. Ramsic? Nein, Ramsic kann es nicht gewesen sein, weil er zu vornehm

war, um erfundene Geschichten wie die meisten andren zu erzählen. Ja, vornehm, wundern Sie sich nicht. Man genierte sich immer ein wenig vor ihm wegen des eigenen schlechten Benehmens. Vielleicht half ihm seine Vornehmheit über manches hinweg, wie soll unsereiner das beurteilen.
Ramsic erzählte höchstens lächelnd, daß er nach Aporée gekommen sei, weil er es müde geworden wäre, die Punkte auf dem Schlips seines Schwiegervaters zu zählen. Oder sagte er ›Chef‹? Doch das ist unwichtig, ein Chef kann ja auch ein Schwiegervater sein. ›Ich kam mit dem Zählen nie zurecht, wenn ich ihm an seinem großen Schreibtisch gegenüber saß. Jedesmal kam eine andre Zahl heraus, ich hätte eine Additionsmaschine gebraucht. Dabei war es ein teurer Schlips. Na, wenigstens das bleibt mir hier erspart.‹
Die Geschichte jedoch muß ich von einem andern gehört haben; sie gefiel mir damals gut, darum habe ich sie behalten. Natürlich wurde sie wie üblich wie etwas erzählt, das der Erzähler zufällig irgendwo gelesen oder gehört hatte, das war so Sitte, damit nur ja niemand auf die Idee käme, der Erzähler spräche von sich.
Es war von einem Mann die Rede, der eine Vorladung vom Gericht erhielt. Eines Morgens kam sie mit der Post, vielleicht mit der Einschreibepost und der Mann mußte zur Wohnungstür gehen, um die Quittung zu unterschreiben. Er saß noch am Frühstückstisch und sagte: ›Damit habe ich schon lange gerechnet‹, und seine Frau sagte ... ja, er hatte eine Frau, und sie saß auch am Frühstückstisch ... sie sagte: ›Aber das kann doch nur ein Irrtum sein, eine Namensverwechslung. Ich werde gleich mit der Gerichtskanzlei telefonieren.‹ Doch er ließ sie nicht telefonieren, er sagte immer nur:

›Damit war zu rechnen.‹ Da schalt sie natürlich mit ihm, warum er ihr nie etwas davon gesagt habe, und überhaupt, wie stehe sie nun da, und was er ihr sonst wohl noch verheimliche.
Der Mann geht pünktlich zum Gericht, denn ein Gericht darf man nicht warten lassen, das kostet Geld. Seine Angehörigen begleiten ihn und sprechen ihm Mut zu. ›Es wird sich nur um eine Zeugenaussage handeln‹, trösten sie ihn. Er bleibt noch einen Augenblick auf den Stufen, die zum Portal des Gerichtsgebäudes führen, stehen und sagt: ›Vielen Dank, daß ihr mich bis dahin begleitet habt.‹ Denn die Anderen dürfen nicht mit hinein, seiner Frau sagt man sogar, es sei kein Platz mehr, alles besetzt! ›Ich werde mich beschweren‹, ruft sie, doch dem Wärter imponiert das nicht. ›Tun Sie das nur‹, sagt er und besieht sich die Vorladung, die der Mann ihm hinhält. ›Ja, ganz recht. Kommen Sie bitte.‹ Er nimmt etwas Haltung ein, als er die Vorladung sieht und ruft einen andern Beamten, der unsern Mann führen soll. Er wird eine Treppe hinaufgeführt und dann einen langen Gang mit lauter Türen hinunter und dann um die Ecke noch einen langen Gang. ›Wie riecht das hier?‹ fragt der Mann den Beamten, der es eilig zu haben scheint, ›das riecht hier ja wie früher in der Schule.‹ ›Das liegt am Bohnerwachs‹, sagt der Beamte, ›die Putzfrauen in den Schulen brauchen wohl dasselbe Zeug.‹ Auf dem Gang vor den Flügeltüren zum großen Verhandlungssaal drängen sich schon viele Leute und stehen da Schlange. Sie scheinen unsern Mann zu erkennen, und es entsteht eine gewisse Unruhe; sie stoßen sich an und blicken voller Achtung zu ihm hin. Er will sich dort anstellen, denn man darf sich ja nicht vordrängen, aber das erlaubt ihm der Be-

amte nicht. ›Ich möchte nicht gern wegen Unpünktlichkeit bestraft werden‹, wehrt sich unser Mann, doch der Beamte zerrt ihn weiter, und so muß er ihm folgen. Der Geruch hat ihn schon ganz wehrlos gemacht. Wieviele kahle Korridore gibt es da nur in dem Gebäude, und überall Türen, und niemand weiß, was dahinter vor sich geht. Die beiden müssen nämlich den ganzen langen Korridor hinunter gehen und dann noch einmal um die Ecke, bis sie endlich vor eine Tür gelangen, die mit Schnitzereien verziert ist und einen Messinggriff hat, alles sehr würdig, wenn auch etwas altmodisch. Der Beamte reißt die Tür auf und sagt: ›Bitte!‹ Unser Mann stutzt. Er sieht sofort, daß es sich nur um den Raum hinter dem großen Verhandlungssaal handeln kann, in dem die Richter sich ausruhen, wenn eine Pause ist. Sogar ein Teppich liegt da, wenn auch schon ziemlich abgetreten. Das kann doch nur ein Irrtum sein, denkt unser Mann, sollte meine Frau doch recht haben? Oder sind irgendwelche Papiere auf der Post verlorengegangen? Das kommt ja vor, wenn auch nicht oft; außerdem glaubt einem das niemand, man wird es für eine faule Ausrede halten. Was soll unser Mann machen? Der große Saal scheint schon voll zu sein, man hört Gemurmel, Räuspern und Stühleschurren. Irgendjemand schnupft sich da aus, und es klingt wie ein Trompetenstoß. ›Bitte!‹ sagt der Beamte noch einmal, doch schon sehr viel dringlicher. Unser Mann will ihm alles erklären, denn noch scheint es dafür nicht zu spät zu sein. Aber der Beamte ist nicht für Erklärungen zu haben, er wird richtig ungeduldig und zupft ihn am Ärmel des Talars. Ja, man hat ihm eine Robe übergeworfen, er hat es gar nicht gemerkt, so leicht ist der Stoff. Nur die Ärmel sind komisch, man muß aufpassen, daß man damit nicht irgendwo hängen bleibt. Es ist keine Zeit mehr, sich darüber zu wundern, man darf die Leute nicht länger warten lassen. Sie warten auf den Richter, und selbst, wenn alles nur ein Irrtum ist, ohne Richter geht es nun einmal nicht. So schreitet denn unser Mann langsam und würdig über das Podium zum Richtertisch, alles steht auf und er sagt: ›Im Namen des Volkes!‹ oder auch: ›Im Namen der Gerechtigkeit!‹ oder vielleicht auch: ›Im Namen Gottes!‹, ganz gleich, wie es gerade Mode ist. Damit nimmt er auf dem großen Lehnstuhl, den ihm der Beamte zurechtschiebt, Platz, und die Verhandlung kann beginnen. Der Staatsanwalt spricht und tut sehr entrüstet, der Verteidiger spricht dagegen, Zeugen werden vernommen, alles wie es sich gehört und wie man es im Kino gesehen hat. Unser Mann hat ein dickes Aktenbündel vor sich liegen, blättert darin und macht sich Bleistiftnotizen, wie im Kino. Dann und wann beugt er sich zu einem der Beisitzer und flüstert mit ihm, auch das ist im Kino so. Denn die Akten kennt unser Mann auswendig, er weiß sogar mehr über den Fall als darin steht. Wozu das Hinziehen, denkt er die ganze Zeit, wenn doch endlich Schluß wäre. Nur zu dem Angeklagten blickt er nicht hin, denn der, das ist klar, denkt ja auch: Wozu das Hinziehen?, und sie würden beide grinsen, das aber hat man im Kino noch nie gesehen. Einmal hört unser Mann eine Mädchenstimme aus dem Zeugenstand sagen: Ich habe ihn immer für einen anständigen Menschen gehalten, ich komme gar nicht darüber hinweg und kann es auch jetzt noch nicht glauben. Sieh mal an, du armes Ding, du hast mich also für anständig gehalten, denkt unser Mann und der Angeklagte denkt es auch, das ist klar, aber nur jetzt nicht hinblicken, einer von uns würde ausrufen: Wollen wir tauschen? Oder denkt der Angeklagte gar: Das könnte dir so passen, Bruder. Nur ein steinernes Gesicht machen, wie im Kino. Der Verteidiger macht inzwischen viel Wesens von der Aussage des Mädchens. Hören Sie doch auf, Herr Verteidiger! das sind doch alles Kniffe, mit denen sie keinen Hund hinter dem Ofen hervorlocken. Und der Staatsanwalt wettert dagegen, daß so ein Individuum eine Gefahr für unsre Gemeinschaft bedeute und daß wir an unsre Kinder denken müßten. Hören Sie doch endlich auf, Herr Staatsanwalt, das mit der Gemeinschaft und den Kindern haben wir schon hundertmal gehört, damit treiben Sie die Leute nur aus dem Kino.

Endlich haben alle genug geredet, und so kommt es zum Urteil. Unser Mann muß aufstehen, um es zu verkünden. Auch der Angeklagte muß aufstehen und denkt: Tu mir nicht den Tort an mit deinen mildernden Umständen, Bruder, ich möchte endlich den ganzen Schwindel los sein. Und unser Mann tut ihm den Gefallen und verkündet: Keine Berufungsmöglichkeit! Keine Bewährungsfrist! Alle im Saal sind sehr befriedigt. Endlich ein klares Urteil, heißt es, ohne all den psychologischen Quatsch. Es gibt noch eine Gerechtigkeit. Und auch der Angeklagte ist befriedigt, denn als er abgeführt wird, treffen sich die Blicke mit unserm Mann. Na endlich, Bruder, vielen Dank auch. Ich mache es mal wieder gut.

Die Angehörigen unsres Mannes warten schon auf ihn vor dem Gerichtsgebäude und sagen: Das hast du großartig gemacht. Und seine Frau, die sich doch noch irgendwie in den Gerichtssaal gedrängt hat, sagt zu ihm, während sie ihn unterhakt und mit sich fortzieht: Ich

bin richtig stolz auf dich. Schnell nach Haus, sonst brennt das Essen an. Es gibt dein Leibgericht.
Sie leisten sich eine Taxe, um schneller nach Haus zu kommen, und als die Taxe halten muß, weil die Verkehrsampel an der Straßenkreuzung auf Rot steht, da fällt unserm Mann, wie es einem so gehen kann, ein Vers ein, den er einmal im Theater von einem Hanswurst gehört hat, und der Vers lautet:

... Ach, Mutter, etwas mehr als täglich
Ein reines Oberhemd begehrt mein Herz.

Da muß unser Mann lachen, und als seine Frau fragt: Warum lachst du?, sagt er: ›Ich freue mich schon auf mein Leibgericht.‹ Und da fährt die Taxe auch schon wieder an.
Geschichten solcher Art konnte man viele hören, wenn auch nicht immer so witzig. Die Leute hatten genug Zeit, sich so etwas auszudenken, schon wegen der Schlaflosigkeit. Ich besaß eine Stearinkerze in meinem Unterstand, die, die dann meine Frau wurde, hatte sie mir gebracht, damit ich Licht hätte, wenn ich etwas in meine Kladden schreiben wollte. Obwohl ich ihr versprochen hatte, nichts hineinzuschreiben. Und im Gemeinschaftsraum beim Clown gab es nur ein paar Ölfunzeln oder Stallaternen. Elektrisches Licht gab es nur oben in der Funkstation und von da war auch eine Leitung bis in die Klinik gelegt. Aber das elektrische Licht war sehr unzuverlässig, die Birnen flackerten immer wie in den letzten Zügen, da Bimbuck nie auf den Gedanken gekommen war, den Dynamo zu säubern. Darauf brachte ich ihn erst, obwohl ich auch nicht viel von Motoren verstand.
Ich habe ganz zu berichten vergessen, daß ich den Doktor aufsuchte, wie mich die Schauspielerin gebeten hat-

te, um ihm die Nachricht von dem Tod der Frau zu bringen. Bei der Gelegenheit lernte ich ihn flüchtig kennen. Ich wollte mich auch für die Medizin bedanken, die er mir hatte schicken lassen. Später war ich öfters bei ihm, nicht meiner Gesundheit wegen, sondern nur so, doch davon später. An der Wand sah ich den Fernstecher hängen, durch den er mich bei meiner Ankunft beobachtet hatte, doch ich fragte ihn nicht warum. ›Sieben Monate?‹ meinte er nur, als ich ihm das von der Frau erzählte, ›allerhand! Wenn wir so weitermachen, werden wir in zwei Jahren ein Säuglingsheim brauchen.‹ Das klingt sehr zynisch, wenn ich das nach dem, was ich dann erlebte, einfach so weitergebe, aber es waren im Grunde nur gleichgültig hingeworfene Worte.

Manchmal habe ich jetzt den Eindruck, als ob die Leute mir besonders gern ihre erfundenen Geschichten erzählten. Zuerst wunderte ich mich über die Aufmerksamkeit, die mir zuteil wurde, ich legte keinen Wert darauf. Weil ich ein Neuling bin, dachte ich zuerst, doch bald schon erfuhr ich den Grund. Es lag an dem Heft, das man in meiner Hand gesehen hatte, als ich an Land trat, es hatte sich sofort das Gerücht gebildet, daß ich mir Notizen über alle Ereignisse in Aporée machen wolle, ja, es bestand sogar der Verdacht, daß ich damit beauftragt sei. Deshalb erzählte man mir diese Geschichten, um mich an der Nase herumzuführen. Wer das Gerücht aufgebracht hatte, kann ich nicht sagen, vielleicht Naleco.

Ich erfuhr übrigens schon sehr bald davon, schon am zweiten Tag, nur daß ich es nicht ernst nahm. Ich lag krank in meinem Bunker und wartete auf das Ende. Ich lag da im Dunkeln, niemand störte mich, ich hörte

draußen auch niemand vorbeigehen, man hatte mich vergessen. Ich brauchte nur zu warten.
Der Unterstand, den ich zufällig entdeckt hatte, muß schon sehr alt gewesen sein. Ramsic, der etwas davon verstand, behauptete, er müsse schon aus den Anfangszeiten von Aporée stammen. Vermutlich eine kleine natürliche Höhle, die die Leute damals ausgeräumt hätten, um darin zu hausen. Natürliche Höhlen gab es auch sonst in Aporée, zum Beispiel zwei sehr große hinter dem Gemeinschaftshaus und der Küche, wo sich die Vorräte gut unterbringen ließen, fast wie in einem Kühlhaus. Tatsächlich hatte man in meiner kleinen Höhle den Boden zu ebnen versucht. Hoch war sie nicht, daran war nichts zu ändern, man konnte nur gebückt darin herumkriechen, aber für ein Lager war Platz genug. Was wollte ich mehr.
Den kleinen Eingang hatte man sogar mit ein paar Ziegeln zu befestigen versucht. Die Ziegel müssen noch aus einer Zeit gestammt haben, bevor es Aporée gab, sagte mir Ramsic. Ziegel hielten länger als alles andre, weil sie in großer Hitze gebrannt seien, oft könnten die Archäologen nach einem einzigen Ziegelstein das Jahrhundert bestimmen, erklärte er mir. Und damit komme ich noch einmal auf die kleine, häßliche Frauenfigur zurück, diese Fruchtbarkeitsgöttin, die Ramsic im Steinbruch gefunden hatte. Daß die Figur nicht von einem in Aporée hergestellt war, das war allen klar, doch Ramsic behauptete, sie müsse noch viel älter sein, auch die Leute, die vor Aporée hier in dem Erdteil gelebt hätten, werden kaum an solche Fruchtbarkeitsriten geglaubt haben. Woher er das wußte, sagte er nicht. Die Figur erinnere ihn eher an präkolumbianische Figürchen, sagte er. Und als darauf jemand

einwarf: Wie soll denn eine Figur aus Kolumbien hierher geraten sein, antwortete er: Vielleicht war hier eine Hafenstadt und die Leute hatten ein Museum. Oder es war gerade ein Dampfer aus Kolumbien angekommen, und bei der Katastrophe flog die Figur mit allem andern in die Luft und rettete sich in den Steinbruch.

Über so etwas unterhielt man sich zuweilen, doch mehr aus Langeweile, denn wir waren ja keine Geschichtsprofessoren, und was half es uns schon zu wissen, wer vorher da gelebt hatte. Die werden dumme Gesichter gemacht haben, hieß es dann wohl, als ihnen die Katastrophe über den Hals kam. Sie haben gedacht, es gehe immer so weiter und plötzlich Peng! und aus ist der Traum.

Dies alles nur, um Ihnen eine ungefähre Vorstellung zu geben, wie wir uns in Aporée verhielten. Ähnlich wie Hunde in einer Stadt, sie sitzen vor der Haustür und blicken gelangweilt nach links und rechts die Straße hinunter, ob nicht etwas passiert. Zuweilen kratzen sie sich oder sie trotten ohne jede Hast zu einem Baum oder bis zur Straßenecke, ohne zwingenden Grund, nur aus Langeweile. Wenn sie dabei einem andern Hunde begegnen, muß ein wichtigtuerisches Zeremoniell eingehalten werden, auch der fremde Hund tut überaus wichtig. Doch allzulange läßt sich die Wichtigtuerei nicht durchhalten, das wissen beide und trennen sich daher rechtzeitig, ehe die Anstrengung zu lästig wird und es Anlaß zum Verärgertsein gibt. Der Hund, dem die Straße gehört, wirft noch einen kurzen Blick über die Schulter zurück und setzt sich wieder vor seine Tür. Dort wartet er weiter. Er wartet auf sein Fressen und darauf, daß sein Herr von der Arbeit nach Haus kommt. Oder er wartet nur einfach darauf, daß der Tag endlich zuende ist. Und morgen wird es nicht anders sein. Immer werden Hunde gewartet haben; ihren Geruch hat der Regen längst von den Bäumen abgespült. Auch die Hunde nach uns werden warten, und wenn sie das Bein an einem Baum heben, werden sie glauben, eine ewige Spur zu hinterlassen. Das ist nie anders gewesen.

So ungefähr war es mit uns in Aporée. Ich wüßte nur von einem, der dagegen revoltierte, das war Naleco. Er kam dann kläglich ums Leben, davon muß ich Ihnen noch erzählen.

Doch um zunächst auf meinen Bunker zurückzukommen: mag sein, daß er aus den Anfangszeiten stammte, aber er war dann auch immer weiter als Unterkunft benutzt worden, bis zuletzt. Es gibt eben immer Leute, die es vorziehen, sich wenigstens für die Nacht in so einer Höhle zu verkriechen, statt in einem der lächerlichen Fertighäuschen, die uns geliefert wurden, mit andren zusammen zu hausen. Auch unmittelbar vor mir hatte dort jemand geschlafen, das war an den Sachen zu sehen, die da noch herumlagen, an einem verfaulten Strohsack und alten Decken. Das alte Zeug, das ich nicht brauchen konnte, warf ich einfach hinaus; ich hatte ja neue Decken mitgebracht. Daß ich das Zeug hinausschmiß, führte denn auch dazu, daß man mich fand, denn es war an sich ein ziemlich wenig begangener Winkel von Aporée.

Nachdem ich da zwei Tage gelegen hatte – waren es wirklich nur zwei Tage? Wie soll man das zählen, wenn man im Dunkeln liegt? – hörte ich, wie jemand sich an der Tür zu schaffen macht. Ich blieb jedoch zunächst einfach liegen und rührte mich nicht. Der da draußen weiß offenbar nicht, wie man mit der sogenannten Tür umgehen muß, und ich war viel zu schwach, ihm dabei zu helfen. Kann man einen nicht einmal hier in Ruhe lassen? Wenn ich gerufen hätte: Scheren Sie sich gefälligst fort! würde ich mich verraten haben, so aber bestand die Chance, daß der da draußen die Sache aufgab und wegging. Die hinausgeschmissenen Sachen hatte ich völlig vergessen.

Den Trick mit der Tür hatte ich beim ersten Mal selber ausprobieren müssen. Es war natürlich keine Tür, es war eine rostige Blechplatte, die sich in ihre Bestandteile aufzulösen begann. Vorläufig hielt sie noch und wegen ihres Gewichts schloß sie die Öffnung verhältnismäßig gut. Man muß, wenn man in den Bunker will, die Platte so weit nach innen drücken, bis man hineinkriechen kann, wobei man sie mit dem Rücken hochhalten muß, denn kaum ist man drinnen, fällt sie wieder zurück. Dabei rieselt einem der Rost auf den Rücken, das ist nicht zu vermeiden. Oben war die Platte an zwei brüchigen Lederriemen aufgehängt, wider Erwarten hielten sie so lange, wie ich da hauste. Mit einem Ruck hätte man das alles leicht herunterreißen können, doch wenn man behutsam damit umging, ließ sich die Platte, natürlich nur, wenn man drinnen war, so weit hochheben, daß sie gerade genug nach hinten kippte, um sie an die Felswand über dem Eingang anzulehnen. Auf die Weise konnte man, wenn einem danach zumute war, wie auf einem Balkon im Bunker sitzen und vor allem hatte man genügend Licht. Für frische Luft jedoch genügte es, einen Stein, der da parat lag, zwischen Platte und Eingang zu klemmen.

Dazu gehörte allerhand Kraft, das ist wahr, doch ich hatte den Trick bald heraus, so daß es mir kaum mehr

Mühe machte, als eine Haustür aufzuschließen und den Türdrücker zu drehen. Aber den Trick mußte man kennen, und der, der sich da draußen zu schaffen machte, kannte ihn nicht. Es gehörte um so mehr Kraft dazu, als der Eingang zur Höhle nicht zu ebener Erde lag, sondern etwa anderthalb Meter darüber, so daß man sich noch obendrein hinaufstemmen mußte. Es war da nämlich eine Art Graben vor dem Eingang, wohl vom Regenwasser oder es kann auch sein, daß da früher einmal ein Bach floß.

In diesem Unterstand habe ich fast zwei Jahre gehaust. Damit will ich nicht sagen, daß ich mich da wohlgefühlt habe, das wäre eine lächerliche Prahlerei, aber ich habe nicht ein einziges Mal den Wunsch gehabt, meinen Bunker gegen eine bequemere Behausung einzutauschen. Später konstruierte ich noch einen primitiven Petroleum-Ofen mit Abzugsrohr, so daß es angenehm warm war; Petroleum wurde uns geliefert. Mit später meine ich, als die, die dann meine Frau wurde, zu mir zog. Wie gesagt, zu prahlen gibt es da nichts, ich berichte Ihnen von diesen Kleinigkeiten auch nur, weil dort in dem Bunker das Leben begann, das ich dann über vierzig Jahre hier in Washington geführt habe und noch heute führe. Sicher, das alles ist etwas unglaubhaft, wenn man mich alten pensionierten Beamten aus seinem Haus kommen sieht, das ihm laut Grundbuch selber gehört, ein verhältnismäßig anständig gekleideter alter Herr mit regelmäßigen Gewohnheiten, vielleicht etwas pedantisch, doch das sind pensionierte Beamte ja häufig. Im Grunde wird selbst Ihre Hauswartsfrau noch nichts Aufregendes an ihm entdeckt haben. Da ist zwar Rosie, die schwarze Reinmachefrau, aber dafür besucht ihn dann und wann

eine vornehme und energische Dame, die angeblich seine Tochter ist. Und so ein langweiliger alter Knabe will uns weismachen, er habe einmal zwei Jahre in einem Bunker mit rostiger Blechplatte gehaust? Er spinnt natürlich, er leidet an Altersschwachsinn. Besser, man schaffte ihn in ein Heim, denn man weiß ja nie, was solchen Leuten noch einfällt.
Nochmals, verzeihen Sie, daß ich das betone: das Leben, das ich heute in dieser recht vornehmen Wohngegend führe, begann in dem Moment, als ich draußen jemand an der Blechplatte herumkratzen hörte. Horche ich nicht vielleicht jetzt noch darauf, ob draußen jemand kratzt und etwas von mir will? Ja, wenn ich hier nachts am Fenster sitze und auf die Q-Street blicke, ist das kaum anders, als ob ich im Eingang meines Bunkers säße und auf die gegenüberliegende Felswand der nicht sehr breiten Schlucht blicke. Ich saß da oft und wartete. Kaum ein Unterschied, auch das Warten ist dasselbe geblieben. Schön und gut, ein erleuchtetes Fenster schräg gegenüber im dritten Stock, wo Sie mit Ihren Nächten fertig zu werden versuchen, gab es da nicht, aber, das fällt mir jetzt ein, doch schon einen Hinweis darauf. Genau in derselben Höhe hatte sich ein Ginsterstrauch angesät und blühte da leuchtend gelb. Es muß also im Frühjahr gewesen sein. Ich erwähne das nicht aus Sentimentalität; ich habe den Ginster nicht einmal selber entdeckt. Aber die, die dann meine Frau wurde, machte mich darauf aufmerksam und freute sich darüber. Der blühende Strauch fällt mir jetzt zum ersten Mal seit vierzig Jahren wieder ein, das habe ich Ihnen und Ihrem beleuchteten Zimmer zu verdanken.
Doch weiter! Der da draußen müht sich mit der Blech-

platte genau so ab, wie ich das erste Mal. Soll er nur, ich habe ihn nicht darum gebeten. Endlich gelingt es ihm, die Platte ein paar Zentimeter zurückzuschieben, und ich sehe von meinem Lager aus, daß es draußen Tag ist. Und durch den Schlitz ruft jemand: Hallo! Ich melde mich nicht, da kann ja jeder kommen und Hallo! rufen, aber der da draußen gibt es nicht auf, er schiebt die Platte noch etwas weiter nach innen, bis er seinen Kopf hineinstecken kann. Er scheint kleiner als ich zu sein, wahrscheinlich muß er sich dabei auf die Zehenspitzen stellen. Wer es auch ist, Angst jedenfalls hat er nicht, daß ihm jemand von drinnen auf den Kopf schlägt, doch sehen kann er natürlich nichts, da er aus dem Hellen kommt.

Offenbar jedoch riecht er, daß jemand drinnen ist, denn er fragt: ›Warum melden Sie sich nicht?‹

Ich hätte mich weiter totstellen können, aber die Stimme, die mich fragte, war eine Frauenstimme. Was soll einer da machen? Mit nichts hatte ich weniger gerechnet als mit dem Besuch einer Frau. Ja, was kann man da machen. Es ist uns doch beigebracht worden, daß man Frauen die Tür aufhalten und sie vorangehen lassen soll. Das schwache Geschlecht und so weiter, Sie verstehen schon. Und die alte Gewohnheit hat man sogar nach Aporée mitgebracht. Als sie daher von draußen ruft: ›Helfen Sie mir doch mit der dummen Platte‹, knurre ich von meinem Lager zurück: ›Warten Sie‹, und erhebe mich. Dabei vergesse ich, daß die Höhle niedrig ist und stoße mir den Kopf an einer Felskante. Dadurch wird meine Laune nicht besser.

Ja und dann, als ich die Platte mit einiger Mühe hochgestellt habe, denn ich war ziemlich schwach, sehe ich, daß da eine junge Frau steht, die etwas in der Hand trägt. Um es kurz zu machen, es war die Krankenschwester, die alle in Aporée nur ›Schwester‹ nannten, aber wie sollte ich das wissen? Sie trug ja auch keine Schwesternhaube und einen blauweiß gestreiften Kittel, wie man es gewohnt ist, sie hatte einen Overall an wie wir alle.

›Was wünschen Sie?‹ fauchte ich sie an.

›Ihre Medizin.‹

›Was für Medizin?‹

›Gegen den Durchfall.‹

Davon habe ich ja schon erzählt. Es war da bekannt, daß alle Neuankömmlinge an Durchfall litten, und sie hatten ein Mittel dagegen, vermutlich mit Opium, ich habe nicht danach gefragt.

Ich reichte der Schwester die Hand und half ihr hinein. ›Seien Sie vorsichtig, daß Sie sich nicht den Kopf stoßen‹, sagte ich sogar, ›es ist sehr niedrig hier.‹

›Ich weiß, es ist nicht das erste Mal. Legen Sie sich ruhig wieder hin. Oder soll ich erst Ihr Bett aufschütteln?‹

Ich legte mich lieber gleich wieder hin, denn so gebückt dastehen zu müssen, war reichlich anstrengend für mich. Sie kniete bei meinem Lager hin und gab mir ihre Medizin ein. Einen Löffel hatte sie vorsorglich mitgebracht. Dabei redete sie mir gut zu, dieselben Worte, die alle Krankenschwestern bei solchen Gelegenheiten brauchen. ›Das werden wir gleich haben. Schlucken Sie es nur schnell hinunter, es schmeckt sehr bitter. Sie sollen sehen, wie rasch es wirkt. Morgen ist alles vorbei.‹

Es macht mich etwas traurig, davon zu erzählen, bitte haben Sie Nachsicht. Das waren die ersten Worte, die die, die dann meine Frau wurde, zu mir sprach. Morgen ist alles vorbei, ja. Für sie war dann alles vorbei, wenn auch nicht morgen, sondern zwei Jahre später. Aber so ein Wort bleibt einem im Ohr. Doch lassen wir das.

Ich hoffte, daß sie wieder weggehen würde, nachdem sie mir die Medizin eingegeben hatte, aber sie blieb da noch auf den Knien und sah sich in der Höhle um, als ob sie etwas suche.

›Warum haben Sie sich in dies Loch verkrochen? Ich habe Sie zwei Tage überall gesucht. Ist es nicht sehr feucht hier?‹ Und da ich nicht anwortete, in der Hoffnung, daß sie dann schneller wieder gehen würde, fuhr sie fort: ›An der Südküste gibt es Seetang, es ist ziemlich weit von hier. Es liegt sich besser darauf, es hält besser, Heu zerfällt zu Staub.‹

Warum hält sie es für nötig, mich zu belehren? Ich gebe immer noch keine Antwort. Das, was sie sagt, scheint ihr selber nicht sehr wichtig zu sein, dafür sieht sie sich weiter suchend in der Höhle um.

›Die Schauspielerin kann Ihnen auch einen Schafspelz geben.‹

›Die Schauspielerin?‹ fährt es mir wider Willen heraus.

›So nennt man sie. Eine ältere Frau, sie wohnt da unten bei den Herden.‹

Sie scheint immer noch nicht entdeckt zu haben, was sie bei mir sucht. ›Sie sind doch der Mann, der über die Schienen gestolpert ist?‹

Das stimmte. Als ich mich von dem Makler freigemacht hatte, war ich über etwas gestolpert und wäre um ein Haar lang hingeschlagen. So genau also wurde man bei der Ankunft beobachtet.

›Wie kommen Schienen hierher?‹ fragte ich.

›Das weiß niemand, sie werden wohl immer dagewesen

sein. Ja, zwei Tage habe ich nach Ihnen gesucht. Ich dachte schon, daß Sie weggelaufen seien. Der vor Ihnen hier geschlafen hat, ist auch weggelaufen, aber gleich nach der Ankunft hat das noch nie einer getan.‹ Ich wußte damals noch nicht, was mit Weglaufen gemeint war, doch ich fragte lieber nicht. Statt dessen bedankte ich mich bei ihr für ihre Mühe und für die Medizin und fragte sie, woher sie sie habe.

›Vom Doktor natürlich.‹

›Einen Doktor gibt es hier auch?‹

›Warum soll es denn keinen geben? Er hat mich zu Ihnen geschickt.‹

›Er hat Sie . . .?‹

›Woher soll ich denn sonst etwas von Ihnen wissen?‹

›Und woher weiß er etwas von mir?‹

›Er hat Sie gesehen, als Sie ankamen. Er paßt dann immer auf.‹

›Mit dem Fernstecher?‹

›Sehen Sie, Sie kennen ihn also. Er zählt die Ankommenden, das muß er. Wenn Sie gleich zu ihm gegangen wären, hätten Sie einen oder zwei Tage im Krankenhaus liegen können, wir haben drei Betten. Dann hätten Sie den Durchfall schon hinter sich. Die Frau, die mit Ihnen gekommen ist, hat auch zwei Tage da gelegen, heute haben wir sie weggeschickt. Die mit dem Regenschirm.‹

›War es nicht ein Sonnenschirm?‹

›Nein, ein Regenschirm. Kennen Sie sie?‹

›Ich habe nie ein Wort mit ihr gesprochen.‹

›Eine komische Person. Ja, und was ich sagen wollte: Ich werde Ihnen auch noch einen Tee kochen. Wir haben eine Thermosflasche‹, fügte sie nicht ohne Stolz hinzu. ›Brombeerblätter und Schafgarbe für Ihren

Fall, glaube ich, und noch irgendeine Wurzel. Ich muß den Doktor fragen.‹

›Der Doktor ist hier wohl eine wichtige Person?‹

›Wichtig? Warum soll er wichtig sein? Nein bitte, sagen Sie ihm das nicht. Hier ist niemand wichtig. Das klingt wie Hohn. Es würde ihn traurig machen. Er ist ein armer Mensch.‹

Und dann kam sie endlich auf das zu sprechen, was sie bei mir im Bunker zu suchen schien. Oder war das erst, als sie nach einer oder zwei Stunden mit ihrer Thermosflasche wiederkam? Doch das bleibt sich gleich.

›Ist es hier nicht zu dunkel zum Schreiben?‹ fragte sie plötzlich.

›Zum Schreiben? Wer denkt an Schreiben?‹

›Alle sagen, daß Sie aufschreiben wollen, was hier passiert. Sie haben doch so ein Heft mitgebracht, alle haben es gleich gesehen, auch der Doktor. Einige meinen, Sie hätten einen Auftrag.‹

›Einen Auftrag?‹

›Ja, alles aufzuschreiben und zu berichten.‹

›Wer soll mir einen Auftrag gegeben haben?‹

›Was weiß ich. Man kann ja auch sonst irgendwie einen Auftrag kriegen. Bitte, tun sie es nicht.‹

›Was?‹

›Das mit dem Aufschreiben. Es bekommt Ihnen nicht. Auch Naleco hat es zu Anfang gewollt und es ist ihm sehr schlecht bekommen. Nun ist er sehr krank.‹

›Naleco?‹

›Der, der an zwei Stöcken geht. Sie werden ihn noch kennenlernen. Und wenn er Sie beleidigt, dürfen Sie ihm das nicht übelnehmen, er meint es nicht so. Er ist ein armer Mensch, er wird bald sterben, deshalb beleidigt er die Leute.‹

›Was fehlt ihm denn?‹
›Keine von den Krankheiten, die wir hier gewohnt sind. Der Doktor meint ... warten Sie, ich kann den Namen der Krankheit nicht behalten, der Doktor hat ihn mir in dem dicken Buch gezeigt, das da bei ihm herumsteht ... Parkinsonsche Krankheit, glaube ich. Aber sprechen Sie um Himmelswillen nicht davon, es ist ja nicht sicher, denn uns fehlen ja die Mittel, um so etwas genau herauszufinden. Der Doktor hat mich extra darum gebeten, zu niemand davon zu reden. Nur zu Ihnen tue ich es, weil Sie auch alles aufschreiben wollen.‹
›Davon bekommt man doch nicht so eine Krankheit.‹
›Vielleicht nicht, aber eins kommt zum andern. Naleco hat auch einmal weglaufen wollen, doch er ist nicht weit gekommen, seine Beine waren schon zu schwach dafür. So hat man ihn zurückgebracht und seitdem beleidigt er die Leute noch mehr. Er soll auch früher alles aufgeschrieben haben, ich meine drüben, wo wir herkommen. Das hat mir die Schauspielerin erzählt, sie hat ihn gekannt, oder wenigstens seinen Namen, den er damals hatte. Sogar Bücher soll er geschrieben haben. Sie will nicht, daß ich mich um ihn kümmere, dabei kommt nichts heraus, sagt sie. Aber wie soll man sich denn nicht um einen so armen Menschen kümmern?‹
›Hier wird wohl viel geklatscht?‹
›Über irgend etwas muß man ja reden, aber niemand nimmt es ernst. Schmeckt Ihnen der Tee? Nachher müssen Sie auch etwas essen. Gehen Sie zum Clown, er weiß schon, was Sie essen dürfen. Das ist das Gebäude gleich gegenüber der Stelle, wo Sie ausgestiegen sind, da essen die meisten. Nur dem Doktor bringe ich sein Essen in die Klinik hinauf. Er verläßt sie fast nie,

nur in dringenden Fällen, dann natürlich, aber wann ist hier schon etwas dringend. Also, gute Besserung.‹ Doch als sie zum Eingang hinausgekrochen war, wandte sie sich noch einmal um und sagte mit geradezu flehentlicher Stimme: ›Bitte, tun Sie es nicht, schreiben Sie nichts auf. Es ist bestimmt nicht gut für Sie.‹ Dann hörte ich nur noch ihre Schritte, wie sie sich talabwärts entfernte. Die Schritte waren weit zu hören, wir trugen alle schwere Schuhe.

13

Wahrscheinlich hätte ich auch ohne ihre Bitte nichts in die Kladden geschrieben, aber der Ruf, daß ich damit beauftragt sei, blieb an mir hängen.

Die Medizin und der Tee wirkten tatsächlich prompt, darum machte ich mich nachmittags, ich glaube, es war Nachmittag, trotz meiner Schwäche auf den Weg, um etwas zu essen. Geld nahm ich mit.

In dem fensterlosen Gebäude, das mir die Schwester bezeichnet hatte, fand ich einen Mann, der die Kisten zurechtschob, die als Sitzgelegenheiten dienten. Oder er fegte auch aus. Sonst war niemand in dem Raum, soviel ich sehen konnte, denn es war da ziemlich dunkel.

Ich fragte, ob ich hier einen Schnaps haben könnte, und der Mann ging ohne ein Wort irgendwohin und kam mit einem Kanister und einem Plastikbecher zurück, in den er mir etwas einschenkte. Er war ein großer, breiter Mann mit einem Bauch, nur sein Kopf war auffallend klein und die Augen winzig. Auch die Nase war kaum mehr als eine lustige Andeutung. Das war Andar, wie ich später erfuhr, der, den sie ›Admiral‹ nannten. Daß er sich auch als Metzger betätigte, war schwer zu glauben; Metzger haben doch meistens rote Gesichter, und dieser Andar war blaß wie eine Made. Doch die meisten Menschen in Aporée waren blaß und vielleicht lag es auch nur an der Beleuchtung.

Ich schnupperte an dem Becher, das Zeug roch faulig, aber das tun ja manche Schnäpse. Ramsic hat mir später erklärt, woraus das Zeug hergestellt wurde; es muß schon ein älteres Rezept gewesen sein, das die Leute vor uns erfunden hatten, doch ich habe das vergessen.

Ramsic sagte auch noch, unser Schnaps schmecke so ähnlich wie ein ordinärer Zuckerrohr-Schnaps, den sie in Brasilien Cachassa nennen. Zu meiner Zeit kümmerte sich Andar um die Herstellung. Es wurde übrigens nicht viel getrunken in Aporée, eigentlich nur aus Gesundheitsgründen. Das wird Sie vielleicht wundern, doch ich nehme an, daß die Leute, die dorthin kamen, über das Trinken hinaus waren, es hätte da sowieso nichts genützt.
Ich goß meinen Schnaps schnell herunter, er brannte wie Feuer, das Wasser lief mir aus den Augen. Ein hochprozentiger Stoff. Andar beobachtete mich, ich nickte ihm zu und versuchte zu grinsen, denn reden konnte ich noch nicht wieder. Daraufhin wollte er mir gleich wieder einschenken, doch ich schüttelte den Kopf und hielt die Hand über den Becher.
Er blieb jedoch bei mir stehen. Den Kanister hatte er sorgfältig zugestöpselt, mit einem Pfropfen, um den der Sicherheit halber noch ein Stück Tuch gewickelt war. Warum steht er da und tut den Mund nicht auf, fragte ich mich, denn er hatte noch kein einziges Wort gesprochen. Erwartet er ein Lob für seinen Schnaps von mir? Ach, er wird auf Geld warten, fiel mir endlich ein, und so holte ich einen Fünf-Dollar-Schein aus der Tasche, kleiner hatte man es mir nicht gegeben, und reichte ihn ihm. Er nahm ihn auch, sah ihn prüfend an und verschwand dann ohne ein Wort mit seinem verbeulten Kanister nach hinten.
Den Fehler mit dem Geld beging ich also schon bei dieser Gelegenheit, nicht erst am nächsten Tag beim Essenholen, wie ich Ihnen erzählte. Beim Essenholen wurde es nur noch einmal erwähnt, um die Leute zum Lachen zu bringen.

Während ich auf das Wechselgeld wartete, sah ich mich ein wenig um. Der Raum war nichts als ein größerer Vorbau vor einer Felswand, später lernte ich das alles genau kennen, auch die großen Höhlen, die es noch dahinter gab. An der Felswand war sogar eine Art Kamin, in dem ein kleines Feuer schwelte, über dem Feuer hing ein Topf, in dem etwas kochte. Wegen der Wärme setzte ich mich da hin. Der Schnaps hatte mir gut getan, darum war ich zunächst nicht ungeduldig. Ich überlegte, wie sie wohl den Abzug für den Rauch eingebaut hatten. Hatten sie zufällig eine Röhre in der Felswand gefunden, die sich dafür eignete?
Da wartete ich also, doch allmählich wurde ich doch wütend. Mir war zwar nicht bekannt, was man da für einen Schnaps zu zahlen hatte, aber fünf Dollar schienen mir denn doch reichlich viel. Denken die Brüder, mich als Neuling übers Ohr hauen zu können? So wie der Makler, als ich ankam? Besser man zeigt gleich die Zähne und streitet sich um jeden Cent.
Ich stieß mit dem Fuß gegen eine der Kisten, um mich bemerkbar zu machen, und da es nichts nützte, wollte ich gerade rufen, als ein Mann von hinten kam, ein andrer Mann. In der einen Hand trug er ein Eßgeschirr und in der andren hielt er meinen Fünf-Dollar-Schein. Er schien sehr verärgert. Der Mann war der, den sie den Clown nannten und mit dem ich dann später im Magazin zusammenarbeitete.
›Was sollen die dummen Witze?‹ schalt er. ›So was dürfen Sie mit Andar nicht machen, merken Sie sich das. Er hätte beinahe geweint, so beleidigt haben Sie ihn, und nun wird er sich den ganzen Tag im Dunkeln verstecken.‹
›Ich dachte . . .‹

›Stecken Sie das blöde Geld endlich ein oder stecken Sie es sich in den Hintern. Und hier habe ich Ihnen eine Kraftbrühe mitgebracht, die Schwester hat mir Bescheid gesagt, daß Sie das nötig hätten. Und das nächste Mal bringen Sie gefälligst Ihr Eßgeschirr mit, wir haben hier keine Tellerwäscher. Los, essen Sie, ehe das Zeug kalt wird.‹
Was blieb mir andres übrig, ich setzte mich auf die Kiste und löffelte die Suppe. Es war tatsächlich eine feine Kraftbrühe. Ich nickte dem Mann zu, denn sicher war er auch empfindlich und verlangte nach Anerkennung.
Das beruhigte ihn etwas. ›Und für heute abend habe ich ein Stück Lammfleisch für Sie zurückgelegt, ganz ohne Fett. Die Schwester meint, das würde Ihnen gut tun. Morgen können Sie dann wieder den normalen Fraß essen. Und die Sache mit Andar werde ich schon wieder in Ordnung bringen. Sie müssen sehr vorsichtig mit ihm sein. Und jetzt habe ich zu tun.‹
Die Suppe hatte ich ausgelöffelt, gab ihm das Eßgeschirr zurück und wollte mich bedanken, doch er winkte ab. ›Vergessen Sie Ihr Eßgeschirr heute abend nicht, sonst gibt es nichts.‹ Damit verschwand er nach hinten und auch ich ging auf den Kai hinaus.
Es gab also empfindliche Menschen hier, die man leicht kränken konnte, ohne es zu wollen. Aber bei wem sollte ich mich erkundigen? In Aporée gab es keinerlei Behörde, keinen Bürgermeister, keinen Gouverneur oder sonst jemand, der zu sagen hatte. Alles regelte sich von selbst, und wenn etwas Neues passierte, nahm man es hin. Gesetze und Anordnungen waren nicht nötig, auch keine Polizei. Wozu sollte einer etwas stehlen? Man hätte ihn ausgelacht. Und ermorden?

Wegen einer Frau etwa? Oder nur so aus Wut? Das wäre doch viel zu anstrengend gewesen, außerdem wäre es sozusagen als Privatsache betrachtet worden, die einen nichts anging. Ein paar Leute liefen weg, wie es genannt wurde, dagegen hätten Gesetze sowieso nichts genützt. Sie wurden schnell vergessen, auch das war ihre Privatsache.

Ohne Behörden und Polizei? Welch eine Freiheit, werden Sie denken. Da muß ich lachen, entschuldigen Sie. Zu dieser Ihrer Freiheit gehörte so viel Disziplin, daß das wohlgeordnete Dasein hier in Georgetown dagegen ein Kinderspiel ist. Dauernd mußte man Obacht geben, daß man keinen verletzte, wie diesen Andar. Selbst auf die eigenen Gedanken mußte man strenger aufpassen als ein Polizist.

Solche Erwägungen kamen mir natürlich erst später. Da an der Landungsstelle, mit der Suppe im Bauch, dachte ich nur: Sieh mal an, diese Krankenschwester hat dem da Bescheid gesagt, daß ich abends Lammfleisch essen dürfe. Wie kommt sie dazu?

Als ich da noch herumstehe und nicht recht weiß, was ich nun anfangen soll, gehen zwei Menschen vorbei, ein Mann und eine Frau. Mich beachteten sie nicht. Der Mann war groß und hielt sich sehr aufrecht, die Frau einen Kopf kleiner, aber trotz des plumpen Anzugs sah es graziös aus, wie sie so dahinging. Plötzlich lacht sie so ein kleines gesellschaftliches Lachen, nicht echt, aber das verlangt ja auch niemand. Nur daß es hier seltsam klingt, wie auf einer Kurpromenade. Das war die Frau mit dem Sonnenschirm. Sie hat ihn jetzt nicht bei sich, auch die Stöckelschuhe hat sie nicht an, sondern feste Stiefel wie wir alle.

Als sie vorbei sind, gehe ich zum Landungssteg und

sehe zu dem Leichter hinab, der da immer noch liegt. Unten sind zwei Männer damit beschäftigt, aus einem der Eisenfässer etwas in einen Kanister abzufüllen. Es ist ihnen allerhand dabei übergelaufen, es riecht nach Benzin.

Mein Schatten fällt auf sie, sie blicken beide hoch und der eine nickt mir freundlich zu wie einem alten Bekannten.

›Kann ich Ihnen helfen?‹ rufe ich hinunter.

›Aber erlauben Sie mal, wie kämen wir dazu‹, ruft der zurück, der mir zugenickt hat.

Anscheinend sind sie mit ihrer Abfüllung fertig, denn sie setzen den Schraubverschluß wieder auf den Spund des Fasses und rollen es ein wenig herum.

›Da schickt man uns diese großen Fässer‹, erklärt der Mann weiter, ›wie sollen wir sie hier heraus bekommen, sie sind viel zu schwer. Nicht daß ich den Leuten Vorwürfe mache, wie käme ich dazu, aber es wird eben nicht nachgedacht. Hier, wenn Sie so freundlich sein wollen, nehmen Sie bitte die beiden Kanister und stellen sie an Land. Das heißt, wenn sie nicht zu schwer für Sie sind.‹

Er reicht mir die beiden Kanister herauf, sie sind verdammt schwer, aber ich will mich nicht blamieren. Und so balanciere ich über den wackeligen Steg an Land und setze sie da hin. Der Mann mit der freundlichen Stimme ist gerade dabei, aus dem Leichter zu klettern, er scheint nicht sehr geschickt zu sein, darum gehe ich schnell die paar Schritt zurück und reiche ihm die Hand, um ihn heraufzuziehen. Der andre Mann bleibt unten.

Wir bleiben einen Augenblick stehen, um Atem zu schöpfen. ›Man könnte eine Schräge machen, vielleicht

aus den alten Schienen da‹, sage ich, ›dann lassen sich die Fässer leichter heraufrollen. Auch eine Winde könnte man konstruieren.‹
Der Mann starrt mich verwundert an. ›An was Sie alles denken! Sie verstehen wohl etwas davon?‹
›Das nicht, aber es liegt doch auf der Hand.‹
›Daran hat noch nie jemand gedacht. Und wozu auch? Es ist immer so gewesen.‹
Wie oft sollte ich noch in Aporée hören, daß es immer so gewesen sei und darum nicht weiter wichtig.
Ich nehme die beiden Kanister auf, da stürzt der Mann auf mich zu und will sie mir wieder entreißen. Es gibt einen richtigen Zusammenprall und wir beide rufen: ›Aber lassen Sie mich doch.‹ Eine komische Szene. Schließlich gebe ich ihm einen der Kanister ab und vor Würde schnaufend macht er sich damit auf den Weg und ich folge ihm. Am liebsten möchte ich lachen, doch das geht nicht, wer den Mann gesehen hat, lacht nicht über ihn.
Um es gleich vorauszuschicken, das war Bimbuck. Er ist untersetzt, aber nicht fett und nicht von der ungesunden Schwammigkeit wie Andar, dieser Mann ist fest und rund gebaut. Sein Anzug sitzt ihm prall auf dem Körper, ist ziemlich zerschlissen und riecht jetzt nach Benzin, doch dieser Mann würde in jedem Anzug plump und ungeschickt aussehen. Das liegt vor allem an seinem Gesicht. Von der Stirn abwärts wird es breiter und runder, das ganze Gewicht des Fleisches scheint wie nach unten gesackt, so daß die Partie oberhalb der spärlichen blonden Augenbrauen, die noch dazu meistens mit übermäßiger Anstrengung hochgezogen werden, wie entblößt wirkt. In den unteren formlosen Teil des Gesichtes ist über die ganze Breite

ein so großer Mund geschnitten, daß man sich schämt hinzusehen, denn er macht geradezu einen obszönen Eindruck. Wie das Maul einer Kröte, sagte die Schauspielerin später. Oder eher noch, wie man früher die alten Meergötter malte, die nicht Mensch und nicht Walroß waren, sondern so eine Mischung, und die, wenn sie aus dem Wasser auftauchen, hilflos und wie um Entschuldigung bittend in die Welt blicken, in die sie nicht passen.

Diese rührende Beschämtheit ließ einen sofort die Häßlichkeit vergessen. Dazu kam noch eine gewisse Würde, um die Bimbuck sich dauernd bemühte, die allerdings komisch anmutete. Es gab kaum einen Satz, den er nicht mit einem: ›Erlauben Sie mal‹ begann, wobei er jedesmal die etwas vorquellenden Augen nach oben verdrehte wie ein Kind, das von einem neben ihm stehenden Erwachsenen Unterstützung erhofft, oder meinetwegen wie ein Frosch, der eine Fliege gesehen hat. Man mußte sich erst daran gewöhnen, denn zuerst folgte man unwillkürlich seinem Blick, weil man glaubte, es müsse da etwas sein, was man übersehen hatte.

›Wenn Sie gestatten‹, sagte er, als wir an dem Gemeinschaftsraum vorbeikamen, ›darf ich Sie zu einem Schnaps einladen, um die Begegnung zu feiern?‹

Ich sage ihm, daß ich schon einen getrunken habe, und frage ihn: ›Ist dieser Mann da drinnen, Andar heißt er glaube ich, stumm?‹

›Aber woher denn! Er ist ein guter Mensch, ein wertvoller Mensch, wenn Sie mir das zu sagen erlauben. Er redet selten, da haben Sie recht. Es hat ihm die Stimme verschlagen. Auch mir...‹ Er schlägt sich mit so großer Wucht auf die Brust, daß er sich dabei weh tut und seine Hand erstaunt betrachtet. ›Er hat Angst, etwas Falsches zu sagen, darum schweigt er lieber. So etwas kommt vor.‹ Dabei seufzt er laut auf. ›Ja, er ist ein guter Mensch, ein unentbehrlicher Mensch. Sie sollten seine Würstchen aus Lammfleisch probieren. Ja leider, wir schlachten die Lämmer, eine unerhörte Grausamkeit! Eine Sünde, wenn Sie erlauben. Doch was läßt sich da machen? Und dann die Felle, die Lammfelle aus Aporée. Sie sind ein Begriff, sie beginnen Mode zu werden. Die Damen da drüben werden einander fragen: Tragen Sie auch Aporée, meine Liebe? Das alles ist Andars Verdienst, wir werden Persianer und Karakul-Pelze aus dem Felde schlagen.‹

Das erzählt er mir, während wir in Richtung nach Norden entlang gehen, jeder mit seinem Kanister. Auf einmal bleibt er stehen, stellt seinen Kanister hin und richtet sich vor mir auf. ›Erlauben Sie, ich muß sehr um Entschuldigung bitten, daß ich es unterlassen habe mich vorzustellen. Natürlich will ich mich nicht aufdrängen, denken Sie das nicht. Wie gesagt, es beschämt mich, denn rein zufällig kenne ich Ihren Namen.‹

›Meinen Namen?‹

›Ich hörte ihn von Naleco. Auch ein guter Mensch, ein sehr guter Mensch. Von ihm hörte ich, daß Sie der Archivar sind, der beauftragt ist, alles hier aufzuschreiben. Eine schwere Aufgabe, mein Herr, sehr schwer, aber eine würdige Aufgabe.‹

Und da ich nicht darauf eingehe, fährt er fort: ›Was meine Wenigkeit betrifft, ich heiße zwar Bimbuck, doch alle Welt nennt mich den Funker.‹

›Funker?‹

›Erlauben Sie mal, Sie haben völlig recht, was bin ich schon für ein Funker.‹

›Gibt es denn hier eine Funkstation?‹

›Aber wieso denn nicht? Selbstverständlich haben wir eine, es ist immer eine dagewesen. Da oben rechts von der Klinik und etwas höher. Wenn Sie gute Augen haben, sehen Sie die Antenne von hier aus. Verstehen Sie etwas davon?‹

Ich schüttelte den Kopf.

›Machen Sie sich nichts draus, ich nämlich auch nicht. Aber einer muß es ja tun, und zufällig saß ich oft bei dem früheren Funker herum und unterhielt mich mit ihm. Ein guter Mensch, ein sehr guter Mensch. Und er zeigte mir seinen Apparat und ein paar Handgriffe. Viele sind es ja nicht, viele Handgriffe meine ich, doch für einen so unbrauchbaren Menschen wie mich, erlauben Sie, ist das alles sehr kompliziert. Als der Funker dann starb ... nein, er starb nicht, er ging fort, das kommt hier vor ..., kam es ganz von selbst, daß ich an seine Stelle trat, und seitdem nennt man mich Funker. Und wenn Sie mir das zu sagen gestatten, ich habe Angst vor dem Apparat. Da redet einer mit mir, den ich nicht kenne und den ich nicht sehe, wie soll man da keine Angst haben. Wie soll man einem antworten, den man nicht sieht? Dauernd werde ich von einer Stimme ausgescholten: Sprechen Sie deutlicher! Wie soll man da deutlich sprechen? Ich drücke dann vor Schreck auf die verkehrte Taste, und gleich schnarrt der, den ich nicht sehe, zurück und schnauzt mich an. Das ist eine wahre Strafe, mein Herr.‹

Er nimmt den Kanister wieder auf, und wir gehen weiter. Der Weg führt bergauf, ein ziemlich ausgetretener Weg, jedenfalls für die Verhältnisse von Aporée. Da wir bergauf gehen, stockt der Wortschwall von Bimbuck. Ich frage ihn, ob es ihm auch nichts ausmache, wenn ich ihn begleite, und natürlich heißt es, das sei eine unverdiente Ehre für ihn. Den Vorschlag, ihn zu begleiten, habe ich nur deshalb gemacht, weil ich mir sagte, auf die Weise erfährst du in kürzester Zeit mehr über Aporée und was hier Brauch ist, als durch wochenlanges Herumlungern.

Auf halber Höhe bleiben wir stehen, um Atem zu holen, ich blicke auf die Bucht zurück und frage: ›Gibt es hier keine Fische?‹

›Fische?‹ fragt er erschrocken zurück. ›Essen Sie gern Fisch? Es gibt ja Völker, die viel Fisch essen, sehr gesunde Völker, sagt man. Auch für uns wäre es eine Bereicherung. Aber die Gnade ist uns noch nicht zuteil geworden. Manchmal treibt ein Fisch in die Bucht, doch er ist ungenießbar, er ist schon lange tot. Da draußen, vielleicht erst jenseits der Strömung, mag es viele Fische geben, aber wir haben keine Boote, Boote sind uns nicht erlaubt. Ich weiß nicht, was ich tun würde, wenn plötzlich ein Fisch über die Wasserfläche hinaus spränge. Es braucht ja kein großer zu sein, ein kleiner genügte schon, man würde ihn sofort bemerken. Immer ist jemand da, der auf das Wasser starrt, stundenlang, so als warte er auf diesen Fisch, wie er in der Sonne glitzert, und auf die Kreise im Wasser, wenn er zurückplatscht. Mein Herz, glaube ich, würde vor Freude stillstehen. Aber baden können Sie in der Bucht ohne jede Gefahr, das tun viele. Man kann bis zu dem Inselchen da in der Mitte hinüberschwimmen und sich da hinsetzen, das sieht dann wie ein Denkmal aus. Und wenn man so groß ist wie Sie, ich bin zu klein dazu, kann man auch zu Fuß über die Sandbank am Eingang der Bucht gehen. Aber um Himmelswillen nicht weiter als die Sandbank. Einer hat es mal versucht, er wollte das Meer umarmen, wie er sagte, und man hat ihn nie wiedergesehen. Ein toter Fisch wird hineingetrieben und ein lebendiger Mensch hinausgesogen. Der Mann war nur wenige Wochen bei uns, und wir hielten ihn alle für ganz vergnügt. Aber es ist unrecht, daß ich Ihnen davon erzähle, da Sie hier neu sind. Man hat mir schon oft vorgeworfen, daß ich zuviel rede und damit Unheil anstifte und daß ich es aus Egoismus täte. Jede Nacht nehme ich mir vor, nicht mehr so viel zu reden, es macht mich nur selber traurig. Und dabei sagt Ramsic ... kennen Sie ihn schon? ... er sagt, daß wir eines Tages auch wieder Fische haben werden, ein ganzer Schwarm wird hereinschwimmen. Statt dessen rede ich von dem Mann, der das Meer umarmen wollte. Welch ein seltsamer Ausdruck! Ich hörte es zufällig, als der Doktor es Ramsic erzählte, denn eigentlich sollte ich es nicht hören, weil man mich für einen Schwätzer hält. Es ist wohl wirklich Egoismus, das viele Reden meine ich. Man glaubt dem Andern etwas Gutes zu tun, und dabei sieht man ihn schon gar nicht mehr, man hört nur die eignen Worte. Wenn dann etwas passiert, wie mit dem, der hinausschwamm, kommt es einem vor, als habe man ihn mit all dem Gerede hinausgetrieben. Verzeihen Sie, ich rede auch jetzt nur so viel, weil Sie ein guter Mensch sind.‹

›Dasselbe dachte ich gerade von Ihnen‹, erwiderte ich.

›Nicht doch, nicht doch‹, wehrte er ab, ›das klingt ja beinahe wie ein Vorwurf. Und selbst wenn, es ist nichts Besonderes, denn hier sind alle gut, das werden Sie bald herausfinden. Man beginnt sogar zu zweifeln, daß es überhaupt böse Menschen gibt, man hat das einfach nur so nachgeplappert.‹

›Ich bin nur zu froh, daß ich Sie getroffen habe, das erleichtert mir vieles. Aber sagen Sie mir, wozu brauchen Sie das Benzin?‹
Beim Weitergehen sprachen wir dann über das Benzin und den Motor. Von seiten Bimbucks ging es wieder nicht ohne Selbstvorwürfe zu, weil er nichts von dem Motor verstand und ihn verdrecken ließ, bis er nicht mehr lief. Er sprach übrigens immer nur von seiner Lichtmaschine, der Ausdruck gefiel ihm, obwohl er falsch war. ›Einer von uns hat nur ein kleines kupfernes Röhrchen losgeschraubt und durchgepustet, da gab es gleich wieder Licht. Ich war so froh, daß ich mich vor Freude versprach. Ich sagte ‚Versager' statt ‚Vergaser', und alles lachte. Naleco schimpfte und sagte, das sei ein pfäffisches Wortspiel, aber ich wollte doch gar kein Wortspiel machen.‹
Das war also Bimbuck, von dem ich dann später durch die Schauspielerin oder durch wen auch immer mehr erfuhr. Ja, es kann auch der Doktor gewesen sein. Und dabei fällt mir eine Bemerkung ein, die der Doktor bei irgendeiner Gelegenheit machte, er sagte: ›Wer sich mit seiner Vergangenheit beschäftigt, infiziert sich rettungslos mit Leichengift.‹ Vielleicht war das auch auf Naleco gemünzt.

14

Naleco sollte ich schon unmittelbar darauf kennenlernen. Kaum hatten wir die Kanister in der Hütte, die als Funkstation diente, niedergesetzt, stand unversehens ein Mann in der Tür, der sich auf zwei Stöcke stützte, und fragte grinsend: ›Störe ich die Herren auch nicht?‹ Das war Naleco.

Nun wird er auch noch stundenlang über Naleco reden, höre ich Sie stöhnen. O doch, ich höre den Vorwurf, daß das alles Sie nichts angehe. Ja, ich höre den Einwand.

Dazu darf ich als Älterer vielleicht bemerken, ohne daß ich Sie belehren will: Nichts von dem, was ich Ihnen so lang und breit erzähle, braucht so gewesen zu sein, wie ich es erlebt habe. Es gibt keinen Beweis dafür, daß die Redensarten der Leute, mit denen ich in Aporée zusammen war, Wort für Wort so gelautet haben, wie ich sie Ihnen wiederzugeben versuche. Und selbst wenn, so ist damit nicht das Geringste über den Wahrheitsgehalt der Redensarten gesagt. Im Gegenteil, sie dürften einer nüchternen Kritik nicht standhalten. Nehmen Sie zum Beispiel nur das Wort des Doktors von der Vergangenheit und dem Leichengift.

Aber, und damit komme ich zu dem, was für mich in all den Nächten, die ich hier an meinem Fenster sitze, allein Gültigkeit hat: Nicht die Worte, wie sie mir im Gedächtnis geblieben sind, sind wichtig, man könnte sie als Geschwätz abtun, als Geschwätz eines alten pensionierten Beamten. Nicht die Worte, sondern allein, warum sie gesagt wurden und warum sie so gesagt wurden. Wie soll ich Ihnen denn dies Warum anders

fühlbar machen, wenn nicht durch die Worte, und das Verhalten der Leute, die sich dem Warum stellten? Das tun Sie ja auch da oben in Ihrem Zimmer, entschuldigen Sie.
Wie gesagt, man kann dies Warum nur fühlbar machen, zum Glück gibt es keine gebrauchsfertige Antwort dafür. Sonst würde irgendeine Institution gleich ein Geschäft daraus machen. Aporée ist ja keine Vergangenheit, Aporée ist ein Zustand, oder was für einen Ausdruck es sonst dafür gibt, man müßte die Philosophen fragen. Das Aporée, von dem ich Ihnen berichte, gibt es seit über vierzig Jahren nicht mehr. Daß es das Land oder den Erdteil gegeben haben muß, ist klar, da sich die Gelehrten jetzt damit befassen und die Reisebüros es als Reklame benutzen, doch was hat das mit dem Aporée zu schaffen, um das es Ihnen geht.
Hören Sie mir deshalb ruhig noch ein wenig zu. Zum mindesten können Sie daraus lernen, auf was Sie gefaßt sein müssen. Und von mir, das werden Sie hoffentlich bemerkt haben, von mir und wie ich mich damals verhielt, vermeide ich nach Möglichkeit zu reden, auf meine Privatgefühle kommt es nicht an.
›Störe ich die Herren auch nicht?‹ fragte also der Mann mit den beiden Stöcken.
›Aber mein verehrter Naleco‹, stotterte Bimbuck, der völlig aus der Fassung geriet, ›welch eine Überraschung! Erlauben Sie, eine höchst willkommene Überraschung.‹
›Ich habe einen kleinen Morgenspaziergang unternommen, einen Ausflug ins Gebirge, um mir selbst und allen Interessierten zu beweisen, daß ich nicht auf die Hilfe barmherziger Samariter angewiesen bin. Ich bitte die Herren, mir diese kleine Eitelkeit nachsehen

zu wollen.‹ Er schielte zu mir hin, es war seine Absicht, sich über Bimbuck lustig zu machen, das merkte ich sofort, obwohl ich ihn noch nicht kannte.
›Aber gewiß doch‹, protestiert Bimbuck, ›wer hat denn behauptet, daß Sie ... erlauben Sie bitte ...‹
›Mein verehrter Bimbuck, ich bin der letzte, der Ihnen einen Vorwurf daraus macht, daß Sie mir die ehrenvolle Rolle eines ›Verlorenen Menschen‹ zugedacht haben.‹
Bimbuck hebt beschwörend die Hände, doch Naleco läßt ihn nicht zu Wort kommen. ›Nein, erlauben Sie auch mir, mich zu äußern. Die Rolle ist klassisch, wenn ich recht unterrichtet bin, wenn auch in letzter Zeit einige sie für altmodisch und unzeitgemäß hielten oder für eine snobistische Pose. Aber in Aporée haben wir andre Maßstäbe. Jedoch, mein lieber Bimbuck, es bedarf vieler Proben, um die Rolle klassisch zu spielen, und Sie als mein Regisseur müssen mich korrigieren, wenn ich etwas falsch mache. Wie dem auch sei, ich habe den Spaziergang nicht ohne Hoffnung auf ein belehrendes Gespräch mit dem Herrn Archivar unternommen. Ganz ohne Voranmeldung, das ist unverzeihlich, denn die Distanz muß eingehalten werden, nicht wahr, mein lieber Bimbuck? Aber daran ist auch ein Menschenpaar schuld, das hier vorbeiging und dem ich das Gefühl lassen wollte, unbeobachtet zu sein. Ein Menschenpaar in unserm reizenden Landstrich, gibt das nicht zu ganz neuen Hoffnungen Anlaß? Oder sagt man Glaube statt Hoffnung? Ich bin so kühn zu behaupten, daß man den Weg zu Ihrer Funkstation später den Liebessteig nennen wird, unsere dichterischen Nachfahren werden nicht versäumen, ihn zu besingen, und auch an einer Bronzetafel wird es nicht

fehlen. Ihre Figur, mein lieber Bimbuck, wird als die eines gütigen Wärters der Liebenden in ein mythisches Licht getaucht sein. Und ich, stehe ich nicht hier wie ein Engel der Verkündigung, der Ihnen die frohe Botschaft bringt, wenn auch wie ein verlorener Engel an zwei Stöcken?‹

›Wollen wir uns nicht lieber setzen‹, sagte ich, nur um Bimbuck zu helfen, der diesen gesucht giftigen Angriffen völlig wehrlos gegenübersteht. Am liebsten hätte ich sofort kehrtgemacht, so sehr verdroß mich die Szene, doch ich wollte Bimbuck nicht im Stich lassen, dem es zu allem Überfluß einfällt, daß er uns noch nicht vorgestellt hat, aber wieder kommt ihm Naleco zuvor ›Nicht nötig, lieber Bimbuck, wir kennen uns seit langem. Sie sind der Mann, der über die Schienen gestolpert ist, seien Sie deswegen nicht abergläubisch, auch Aberglauben zählt in Aporée nicht. Und ich bin der Mann an zwei Stöcken. Das sind unverwechselbare Eigenschaften, an denen man uns jederzeit wiedererkennen wird. Alles andre ist Schwindel.‹

Ich habe den Eindruck, daß ihm die letzte Bemerkung aus Versehen herausgerutscht ist und daß sie ihm leid tut. Um meinerseits die Rolle richtig zu spielen, gehe ich auf ihn zu und reiche ihm die Hand. Damit scheint er nicht gerechnet zu haben; kann sein, daß es in Aporée nicht Sitte ist, sich die Hand zu geben; spontane Gesten, das lernte ich bald, wurden da leicht mißverstanden. Naleco blickt einen peinlich langen Augenblick auf meine Hand wie auf einen ihm völlig fremdartigen Gegenstand. Es ist zu spät, die Hand zurückzuziehen, die sich, wie es mir nun selber vorkommt, in eine unbekannte Sphäre vorgewagt hat und dort friert und schon nicht mehr mir gehört, aber wenn ich sie

jetzt mit großer Anstrengung zurückzöge, wäre das eine Kränkung für Naleco.
Sehr langsam und umständlich nimmt er beide Stöcke in die linke Hand und gibt mir dann ohne aufzusehen seine Rechte. ›Glauben Sie mir nie ein Wort, Herr Archivar, ich verstehe zu gut damit umzugehen, es war mein Handwerk, druckfertige Sätze von mir zu geben. Mir fehlt es an der biologischen Bescheidenheit eines Baumes, dem das romantische Geschwafel, das über ihn gemacht wird, nicht anficht. Da, schon wieder ein druckfertiger Satz! Selbst wenn ich den Namen Gottes priese ... keine Angst, lieber Bimbuck, ich tue es nicht ... schmeichle ich mir, das auf Grund meiner handwerklichen Erfahrung so überzeugend tun zu können, daß Bimbuck in die Knie sinkt. Keine Angst, ich lege keinen Wert auf die Knieerei. Außerdem hat unser Bimbuck da ja etwas weit Besseres als seinen Lieben Gott.‹
Damit zeigte er auf den Funkapparat.
Das alles braucht Naleco nicht bei unsrer ersten Begegnung gesagt zu haben, das ist wahr, aber es gibt Ihnen den ersten Eindruck wieder, den ich von ihm hatte. Diese seine Art sich zu geben, blieb auch immer dieselbe, wie sich denn überhaupt in Aporée nichts änderte.
Zu dem ersten Eindruck gehörte auch das Pochen des Motors, der hinter Bimbucks Hütte lief, seiner Lichtmaschine, wie er es nannte. Dies Pochen gehört unverlierbar zu den Worten Nalecos, man horchte schon deshalb hin, weil der Motor hinkte. Später säuberte ich den Motor, so gut ich konnte, und er lief dann etwas regelmäßiger. Tun wir also der Einfachheit halber so, als habe dies Gespräch gleich beim ersten Mal statt-

gefunden. Übrigens, um auch das gleich zu erwähnen, Naleco war mir schon bald nicht mehr so unsympathisch wie im ersten Moment, nur Bimbuck war ein gar zu billiges Opfer für ihn, das ärgerte mich etwas. ›Dieser Apparat da‹, fuhr Naleco fort, ›erspart uns das Niederknien, das ist Ihr Verdienst, Bimbuck. Und dazu noch das Wissen, daß unsre Bitten sogar angehört werden, ganz gleich, ob man sie erfüllt oder nicht, weil da gleich hinter dem Horizont ein Flugzeugträger liegt und über uns wacht, das gibt doch eine weit größere Sicherheit als ein Lieber Gott, von dem noch nie jemand hat sagen können, ob er sich die Mühe des Zuhörens macht. Das ist alles Ihr Verdienst. Doch, doch, seien Sie nicht so bescheiden, mein lieber Bimbuck. Schreien Sie doch einmal vor lauter Qual so entsetzlich auf, daß die Tiere der Wildnis sich erschrocken zusammendrängen und sich fragen: Wie können wir dem, der da schreit, helfen? Und Sie selber begreifen sofort, daß die Frage der Tiere eigentlich lautet: Kannst du uns nicht helfen? Doch eins steht fest, Ihr Lieber Gott hat den Schrei nicht gehört. Doch lassen wir das Schreien, das ist es nicht, was mich in diese unsre Heimat Aporée gebracht hat, sondern nur eine winzige Handbewegung, vor der mir das Schreien verging. Eine kleine Handbewegung, die ich an einem Sonntagvormittag gesehen habe. Ja, ausgerechnet an einem Sonntagvormittag, Bimbuck. Die Geschichte ist so rührend erfunden, daß sie unbesehen in jedes Pfarrblatt aufgenommen werden könnte. An dem berüchtigten Sonntagvormittag sitzt ein Mann meines Namens in seinem Zimmer und beschäftigt sich mit Worten, weil das sein Beruf ist. Und in dem Zimmer fühlte er sich wohl, weil ihm die Worte manchmal für Sekunden mehr Wirklichkeit vergönnten, als ihm auf der Straße oder in einem Restaurant oder im Foyer des Theaters beschieden war. Auch an jenem Sonntag mag ihm ein solches Wort beschert worden sein, das ihn beglückt, und so tritt er ans Fenster, um den Moment auszukosten, und sieht in einem der gegenüberliegenden Häuser ... Nein, so wird keine gute Geschichte daraus, für das Pfarrblatt muß mehr Atmosphäre hinein. Denn für Ihre Notizen, Herr Archivar, eignet sich die Geschichte sowieso nicht, lassen Sie mich das lieber im voraus sagen, dazu ist sie viel zu sentimental. Mein Zimmer damals lag nach einem verwilderten Garten hinaus, der rings wie üblich von einem Häuserquadrat umschlossen war. In dem Garten standen uralte Birnbäume und ein riesengroßer Kastanienbaum, der weit über die Dächer ragte. Diese Kastanie diente den Staren im Frühjahr und Herbst als Rastplatz auf ihrer Durchreise. Viele Hunderte von Vögeln suchten dann Herberge in dem dichten Laub, und tagelang vibrierte der große Baum von ihrer Unterhaltung. Besonders im Herbst war die Station für sie günstig, denn sie konnten sich in den Birnbäumen noch einmal tüchtig für die Weiterreise stärken. Was weinen Sie, Bimbuck, es ist doch nur eine Schulbuchgeschichte, und da darf die vielgerühmte Natur nicht fehlen. An jenem verfluchten Sonntag sehe ich drüben an einem der Fenster einen jungen Mann und ein Mädchen. Den jungen Mann hatte ich da sicher schon manchmal gesehen, es war seine Gewohnheit, auf dem Fensterbrett zu essen, gleich aus dem Papier wie einer, dem die Nahrungsaufnahme nicht mehr als unerläßliche körperliche Funktion ist, mehr war mir an ihm nie aufgefallen. Ein Mädchen hatte ich noch nie bei ihm gesehen, und ob Sie es mir glauben oder nicht,

mein lieber Bimbuck, es gefiel mir, daß er ohne die landesübliche Frauengesellschaft auszukommen probierte. Und nun war plötzlich ein Mädchen bei ihm. Vielleicht hat die Trostlosigkeit des Sonntagvormittags die beiden zusammengebracht. Das Mädchen saß höher als er, sie saß wohl auf dem Fensterbrett, während er auf einem Stuhl oder auf dem Bett hockte, denn es war nur sein Kopf zu sehen. Er sagt etwas zu ihr, kein Zweifel, sie blickt auf ihn hinab und hört aufmerksam zu. Er sagt zu ihr..., ja was wird er zu ihr gesagt haben, Bimbuck? Wir müssen an das Pfarrblatt denken. Was sagt ein junger Mann an so einem Sonntagvormittag zu einem Mädchen? Er sagt zu ihr, daß er ohne sie nie erfahren hätte, was Glück sei, und dabei liegt in seinen Augen die flehentliche Bitte um das Glück des Nicht-Geborenseins. Denn das Mädchen streicht ihm mit ihrer Hand ganz leicht und zart übers Haar. Ihr kleines Seufzen habe ich nicht gehört, ich zog bei mir den Vorhang zu, den weiteren Film wollte ich nicht sehen; ich habe mich daraufhin freiwillig nach Aporée gemeldet, ein ausreichender Grund, diese kleine Handbewegung und der unhörbare Seufzer. Denn wer denkt an die Frau, die es auf sich nehmen muß, das Glück eines jungen Mannes zu sein? Sie etwa, Herr Bimbuck? schreit Naleco ihn unvermittelt an, so daß Bimbuck vor Schreck zurücktaumelt. ›Entschuldigen Sie‹, wendet Naleco sich mir wieder zu, ›ich lasse mich gehen. Die Geschichte ist allzu gut erfunden.‹
Er sitzt auf einer Kiste, die Stöcke zwischen den Knien, ich habe auf Bimbucks Bett Platz genommen. Ein wackeliges Feldbett, der Schlafsack und zwei ausgefranste Decken liegen noch so da, wie Bimbuck morgens das Bett verlassen hat. Alles in der Hütte riecht

feucht, unsauber und nach Schweiß. Und dazu das Pochen des Motors mit dem Herzfehler.
An der einen Seitenwand steht ein vorsintflutlicher Sendeapparat mit Tasten, Knöpfen und Kopfhörern. Die Schnüre des Mikrofons sind verknotet und so zerfetzt, daß es ein Wunder ist, wenn der Apparat noch funktioniert. Ach, und wie wichtig sollte es eines Tages sein, daß er funktionierte. Und auf dem Apparat stehen eine Menge leerer Flaschen und Dosen und was sonst noch alles. Und auf dem Boden daneben sehe ich einen kleinen verbeulten Radioapparat.
Nur um Naleco die Verlegenheit wegen seiner Geschichte zu ersparen, frage ich: ›Geht er?‹
Bimbuck ist nur zu erfreut über die Ablenkung und dreht an den Knöpfen des Radios. ›Meistens geht er nicht, es liegt nicht am Apparat, der ist heil, es liegt an Störungen. An atmosphärischen Störungen, der Funker hat es mir erklärt. Leider ist er tot.‹
›Lügen Sie doch nicht immer, Bimbuck. Er ist davongelaufen.‹
›Er war ein prächtiger Mensch.‹
›Er ist wegen seiner atmosphärischen Störungen davongelaufen. Wozu die Aufregung? Das kann auch einem prächtigen Menschen passieren.‹
Das Radio fängt an zu husten und zu krächzen, ich hatte schon nicht mehr daran gedacht. Man hört eine Stimme, die Zahlen nennt. Wie aufmerksam, daß man uns über die Börsennotierungen auf dem laufenden hält. Doch dann fällt das Wort ›Millibar‹, es sind also Wettermeldungen. Und gleich darauf verschwindet die Stimme auch wieder, und es bleibt nur ein Röcheln, als ob der Mann da mit seinen Millibars erwürgt werde.

›So ist es immer‹, entschuldigt sich Bimbuck, ›es liegt nicht an mir. Obwohl... ja, ich richte mich genau nach den Anweisungen, ich habe mir alles aufgeschrieben, ich lese es jedesmal durch, bevor ich den Sender bediene.‹ Er zeigt mir ein zerfleddertes Heft, in das er mit kindlich gewissenhafter Schrift notiert hat, wie der Apparat zu handhaben ist. Kein andrer würde aus den Notizen klug werden, doch für Bimbuck waren sie wie ein Katechismus. ›Sonst werde ich von draußen angeschrien, wenn ich etwas falsch mache. Ich bin zu ungeschickt für so etwas, aber es war kein andrer da.‹

›Aha!‹ kam es von Nalecos Seite.

›Erlauben Sie...‹

›Nein, mein Lieber, versteckte Seitenhiebe stehen Ihnen schlecht an, so etwas muß man können.‹ Bimbuck hebt wieder beschwörend die Hände. ›Er will Ihnen nämlich erzählen, daß man gehofft hatte, ich würde die Nachfolge des weggelaufenen Telegrafisten übernehmen, der nebenbei auch keiner war. Wegen meiner Begabung, Worte ins Leere zu schreien, hielt man mich dafür für besonders geeignet. Gewiß, das Amt ist mit unerhörten Vorteilen verbunden. Zum Beispiel diese schöngelegene Villa mit elektrischem Licht. Jedenfalls sehr viel luxuriöser als das Loch, in dem Sie, Verehrtester, zur Zeit hausen. Doch auch besagtes Loch hat mancherlei für sich, man leidet da weniger unter atmosphärischen Störungen. Denn ich, mein lieber Bimbuck, wenn ich so leichtfertig gewesen wäre, dies Amt zu übernehmen, hätte bestimmt eines Tages den ganzen abstrakten Krempel hier ins Meer geschmissen, damit es endlich Ruhe gibt. Nur ein Mann wie Sie erträgt das, das ist Ihr Verdienst.‹

›Niemand hat Ihnen einen Vorwurf gemacht‹, sagt Bimbuck traurig.
›Hören Sie sich das an, Herr Archivar. Er spricht von Vorwürfen und ist sich nicht bewußt, wie sehr ihn die Sprache verrät.‹
Es wäre viel besser, Bimbuck ginge nicht darauf ein; er ist Naleco in keiner Weise gewachsen, aber er leidet nun einmal unter der Vorstellung, etwas wiedergutmachen zu müssen.
›Wir wissen doch alle‹, sagt er, ›daß dies hier nichts für Sie ist und daß Sie andre Aufgaben haben.‹
›Wer ›wir alle‹?‹ kommt es schneidend zurück.
›Ich‹, stottert Bimbuck.
›Aha! Sie reden im Plural von sich.‹
›Erlauben Sie ...‹
›Und wer hat Ihnen etwas über meine Aufgabe verraten?‹ Nalecos Gesicht ist ganz verzerrt und schneeweiß; wenn er nicht lahme Beine hätte, wäre er vor Wut aufgesprungen. ›Ein für alle Mal, ich erlaube niemand, über meine Aufgabe zu quatschen. Nicht einmal Ihrem Lieben Gott erlaube ich das. Haben Sie verstanden? Ich bin ein Versuchskaninchen und habe keine andre Aufgabe, als brav an den Versuchen zu sterben. Sehen Sie sich doch meine gelähmten Beine an. Sind die etwa kein Beweis für meine Pflichterfüllung? Was können Sie denn dagegen aufweisen außer Phrasen? – Verzeihen Sie‹, sagt er höflich zu mir, ›ich lasse mich schon wieder gehen. Unser Bimbuck ist zweifellos ein guter Mensch, doch, doch, aber schon drüben wußte ich nichts mit guten Menschen anzufangen, ich ging ihnen lieber aus dem Weg. Hier in Aporée jedoch sind sie geradezu eine Gefahr. Insofern, als sie durch vorgestrige Phrasen die Qual des Daseins zu

verlängern trachten. Das halten die guten Menschen für ihre Aufgabe. Ich aber halte es, um mich noch einer Vokabel aus dem Wortschatz unsres verehrten Gastgebers zu bedienen, für Sünde.‹
Wieder hebt Bimbuck beschwörend die Hände. Naleco muß ihn tief getroffen haben. Ich kenne die Ursachen nicht, doch ich habe das Gefühl, daß meine Anwesenheit den sinnlosen Auftritt nur verlängert, deshalb sage ich: ›Ich muß nun gehen.‹
›Ja, Sie müssen gehen‹, sagt Bimbuck betrübt, ›das sehe ich ein.‹
›Ich habe noch zu tun‹, sagte ich dummerweise.
›Sie haben zu tun?‹ fragt Naleco. ›Aber gewiß doch, wir halten Sie nur auf. Entschuldigen Sie bitte.‹
Ich beachte sein spöttisches Gesicht nicht, sondern zeige auf die Apparate. ›Davon verstehe ich auch nichts, doch vielleicht ließe es sich erlernen.‹
Bimbuck wehrt ab. ›Erlauben Sie, so habe ich es nicht gemeint.‹
›Ich weiß, doch ich möchte Sie sowieso etwas fragen. Ich bin erst ein paar Tage hier. Ich würde mich gern in irgendeiner Form nützlich machen. Wenn Ihnen etwas einfallen sollte?‹
›Nützlich?‹ fragt Naleco.
›Bitte stoßen Sie sich nicht an dem Ausdruck.‹
›Mit andern Worten: Sie möchten gern beschäftigt sein.‹
›Man kann es auch so nennen, wenn Ihnen das besser gefällt.‹
›Es ist präziser, deshalb. Und das Amt des Funkers würde Sie nicht befriedigen?‹
›Offen gesagt, nein. Wenn ich Sie richtig verstanden habe, nimmt die Senderei hier nicht viel Zeit in Anspruch.‹

›Aha, Sie möchten, daß Ihre Zeit in Anspruch genommen wird.‹
›Lassen Sie uns doch jetzt nicht mit Worten spielen.‹
›Auch das nimmt Zeit in Anspruch, sehen Sie doch mich an. Viel Zeit sogar, ob es nützlich ist, steht auf einem andern Blatt. Nach den Kenntnissen, die ich mir hier erworben habe, kann man sich hier nur in einer Weise nützlich machen, nämlich indem man so schnell wie möglich für die Unzähligen, die drüben, wie wir doch alle wissen, sich danach sehnen, ihr Dasein in Aporée beschließen zu dürfen, Platz macht. Das ist nicht nur eine nüchterne, sondern auch eine selbstlose Feststellung. Ja, ausnahmsweise selbstlos, mein lieber Bimbuck; der Begriff gehört doch auch zu Ihrem Vokabular. Doch was würden Sie denn raten, womit wir den Herrn Archivar beschäftigen können.‹
Bimbuck ist durch diese rhetorische Frage völlig übertölpelt. ›Er könnte doch ...‹ stottert er, ›das heißt, wir müßten erst wissen ... das soll natürlich keine Frage sein, erlauben Sie ... doch wenn man wüßte ... die Begabung meine ich ...‹
›Unsinn!‹ sagte Naleco und überhob mich so der Aufgabe, auf Bimbucks Frage einzugehen. ›Daß ›gute Menschen‹ immer so rücksichtslos sein müssen. Merken Sie denn gar nicht, Herr Bimbuck, wie unmenschlich Ihre Frage ist? Nein, es kommt hier nicht darauf an, was einer kann, oder auf seine sogenannte Begabung. Das interessiert hier keinen, und Sie selber interessiert es ja auch nicht, denn sonst wären Sie wohl kaum ›freiwillig‹ nach Aporée gekommen. Man hat mir zugeflüstert, daß Sie Tagebuch oder dergleichen schreiben wollen. Davon möchte ich Ihnen dringend abraten, Sie können da getrost auf mich hören. Abge-

sehen davon, daß Tagebuch-Schreiben nicht nützlich ist, nicht einmal für Sie selber, ich halte es für ein gefährliches Ausweichmittel, beinahe so gefährlich wie Religion. Bitte, Bimbuck, das geht nicht gegen Sie, ich rede ausnahmsweise ernsthaft, ich rede sogar von mir. Sehen Sie, ich bin schon etliche Zeit hier und befasse mich sozusagen Tag und Nacht mit der Frage, die Sie uns stellen. Ich versuche die Unmöglichkeit, mich zu beschäftigen, mit offenen Augen zu ertragen. So paradox es klingen mag, auch das ist eine Beschäftigung und sogar eine unglaublich anstrengende; vielleicht sind meine Beine davon lahm geworden. Ich erleide auch immer wieder Rückfälle, aber das scheint mir nicht gegen den Versuch zu sprechen. Nochmals, ich rede ganz ernst mit Ihnen, da ich glaube, daß Ihre Frage ernst gemeint ist. Verzeihen Sie die Anmaßung, die darin liegt, daß ich ernst mit Ihnen spreche. Und legen Sie mich nicht darauf fest. Auch Sie nicht, Bimbuck, ich warne Sie. Wehe Ihnen, wenn Sie ein Dogma daraus machen. Dann werde ich Ihnen das Leben hier so zur Hölle machen, daß Sie vorziehen, über die Berge zu verschwinden wie Ihr Vorgänger. Denn Dogmen sind nichts als blutsaugerische Wucherer, die sich von den Zinsen derer mästen, die versäumt haben sich umzubringen, als es der rechte Moment dafür war. Doch zurück zu Ihnen, mein Herr, denn Ihre Frage verlangt eine Antwort. Wenn es je einem von uns gelingen sollte, die Sinnlosigkeit unsres Daseins als die uns gemäße Existenzform zu akzeptieren, ohne der Vergangenheit die Schuld dafür zu geben und ohne sich der Gegenwart durch eine künstliche Zukunft zu entziehen, dann wird er ein erlösendes Vorbild für uns alle sein, die wir uns immer noch so sehr schämen, Herkunft und Bestimmung verloren zu haben, daß wir mit gereizten Redensarten einander wehtun müssen. Ich habe gesprochen.‹

›Es sollte nur eine Frage sein. Auf Wiedersehen‹, sage ich und verlasse die beiden.

›Es sollte nur eine Antwort sein‹, höre ich Naleco noch sagen.

15

Zwei Monate später, um das vorwegzunehmen, fanden wir Naleco in den Klippen des Felsmassivs, das die Nordseite der Bucht umschloß. Dieser Gebirgszug da schützte uns in Aporée übrigens gut gegen die üblen Nordwinde. Er ragte hoch und steil auf, vor allem bei der Einfahrt, wo er ganz schmal war, um sich dann in weitem Bogen langsam zu verbreitern. In seinem Schutz lagen dann ja auch die Klinik und weiterhin die Funkstation. Doch auch nach der Seeseite hin fiel das Gebirge steil ab.

Gefunden wurde Naleco von den beiden Anglern, ihre Namen habe ich nie gewußt. Ich hatte sie zuweilen beobachtet, ich saß da oben öfters, der Blick aufs offne Meer tat mir wohl. Kann sein, daß ich genau an derselben Stelle zu sitzen pflegte, wo Naleco abstürzte. Die Felsen fielen da steil ins Meer ab, etwa fünfzig Meter, schätze ich, und unten waren nur ein paar vom Wasser überspülte Steine und ein kleiner Streifen Strand. Dort saßen die beiden Angler, sie saßen immer da, die ganzen zwei Jahre, die ich in Aporée war, möglich daß sie jetzt noch da sitzen. Sie saßen da, ohne miteinander zu reden, obwohl ich das von meiner Höhe nicht hätte hören können. Sie wechselten nur von Zeit zu Zeit die Hand, mit der sie die Angeln hielten. Sie angelten dort, ohne je etwas zu fangen, denn wie will man vom Strand aus einen Fisch mit der Angel fangen. Sie aber gaben die Hoffnung nicht auf, doch eines Tages etwas zu fangen. Ihre Geduld war bewundernswert, anders kann man es nicht nennen. Mehr weiß ich sonst von den beiden nicht.

Dort also war Naleco abgestürzt. Das konnte da leicht geschehen, denn oben war der Pfad sehr schmal und bei feuchtem Wetter waren die Felsplatten glitschig; man mußte sehr aufpassen und schwindelig durfte man auch nicht werden. Für einen mit lahmen Beinen war es leichtsinnig, sich dahin zu wagen. Es ist unerklärlich, wie Naleco es bis zu der Stelle geschafft hatte. Vielleicht liebte auch er den Blick aufs offne Meer und auf die beiden Angler, wer kann das hinterher sagen.

Man fand ihn unten mit zerbrochener Wirbelsäule und aufgeschlagenem Schädel. Auch einer der Stöcke war dabei zerbrochen, er hielt den Stummel so fest in der Hand, daß man ihm die Finger kaum auseinander biegen konnte. Ich war nicht dabei, als er gefunden wurde, man hat es mir so erzählt.

In den Wochen davor hatte ich jedoch noch manche Unterhaltung mit ihm. Im allgemeinen wichen die Leute solchen Unterhaltungen aus, das merkte ich bald. Wenn man ihnen begegnete, taten die meisten so, als ob sie etwas Bestimmtes vorhätten. Sie schlenderten ziellos dahin, doch wenn man sie zufällig traf, beschleunigten sie ihren Schritt. Sprach man sie an, gaben sie durch einen abwesenden Blick zu erkennen, daß sie nicht aufgehalten zu werden wünschten.

Bimbuck übertrieb das Spiel in rührender Weise. Wenn ich ihn traf, und es war schwer, sich in Aporée nicht zu treffen, nahm er sich kaum die Zeit mir zuzuwinken und entfernte sich wie außer Atem auf seinen kurzen Beinen. Manche redeten auch mit sich selbst, davor mußte man sich hüten, das sagte ich wohl schon. Einmal hörte ich einen laut und mit scheltender Stimme sprechen, ich dachte er hätte Streit mit jemand, doch

als er um die Ecke kam, war er allein und täuschte einen Hustenanfall vor.
Den Doktor lernte ich schon bald nach dem Gespräch mit Naleco kennen. Er hieß Tschimeli oder so ähnlich, wer kann schon so seltsame Namen behalten. Alle nannten ihn einfach Doktor. Ich blieb das erste Mal nicht lange bei ihm, ich wollte ihm ja nur die Nachricht von der verbluteten Frau bringen und mich für seine Medizin bedanken. Daß jemand sich dafür bedankte, schien noch nicht vorgekommen zu sein, er war ganz konsterniert und sah mich mißtrauisch an.
Nur aus Konversation und nicht weil mich die Frage besonders interessierte, wies ich auf das Mißverhältnis zwischen der männlichen und weiblichen Bevölkerung von Aporée hin, denn daß der weibliche Anteil nur etwa zehn Prozent betrug, hatte ich inzwischen erfahren.
›Wir sind doch nicht hier, um die Gattung fortzupflanzen‹, antwortete er ziemlich brüsk.
›Oder melden sich weniger Frauen nach Aporée?‹
›Danach müssen Sie einen Statistiker fragen, nicht einen Arzt.‹
›Und gibt es keinen Streit?‹
Die Frage schien ihn zu verwundern. Er hob sogar den Kopf ein wenig, den er meistens gesenkt hielt, und sah mich prüfend an, so als ob ich eine für die ärztliche Diagnose bedenkliche Äußerung getan hätte. Die dikken Brillengläser des Doktors verhinderten, daß man seine Augen genau sehen konnte. Er hatte müde Augen und schwere hängende Lider und von den Nasenflügeln abwärts zogen sich tiefe Furchen bis zum Kinn. Was mag wohl aus ihm geworden sein? Er war älter als ich und wird lange tot sein, aber trotzdem.

Ich war ja zuletzt mehr auf seine Hilfe angewiesen, deshalb.
Auf meine dumme Frage antwortete er dann nur: ›Nein, das ist hier ausgeschlossen‹, und ließ den Kopf wieder sinken. Ich verließ ihn etwas beschämt, er schien das nicht einmal zu merken.
Wie gesagt, auch Naleco traf ich in den folgenden Wochen zuweilen. Einmal fand ich ihn etwas südlich der Anlegestelle, er saß da verborgen von einem Mauerrest und schien auf etwas zu warten, doch es machte ihm nichts aus, daß ich bei ihm stehenblieb. Es war da tatsächlich der Rest einer ehemaligen Mauer, auf dem sich ein klägliches Birkengebüsch zu halten versuchte. Es waren noch einzelne Ziegelsteine mit einer harten, blauschwarzen Glasur zu sehen, die nur durch ungewöhnlich große Hitze entstanden sein konnte, wie mir Ramsic erklärte. Er interessierte sich für solche Dinge, auf die sonst niemand achtete.
Naleco sprach diesmal sehr vernünftig, oder genauer gesagt, sehr wenig. Sein Gesicht verzerrte sich nicht ein einziges Mal. Er blickte über die Bucht oder vor sich hin, und als ich Anstalten machte, mich zu entfernen, sagte er nur ›Warum reißen Sie nicht aus, solange Sie noch dazu in der Lage sind?‹ Es war jedoch nichts Aggressives in seiner Stimme, es klang eher traurig.
Als ich um den Hügel herum war, sah ich in der Ferne das Paar, das ich schon einmal zusammen gesehen hatte, ich meine Ramsic und die Dame mit dem Sonnenschirm. Sie hatten wohl einen Spaziergang um die südliche Bucht gemacht. Spazierengehen ist ein komischer Ausdruck für Aporée, doch bei diesen beiden kam er einem unwillkürlich auf die Lippen. Sie gingen beide etwas vornüber geneigt wegen des Windes. Hatte

sich Naleco wegen dieses Paares da bei der Mauer versteckt? Aber das war nicht meine Sache.
Ich hatte die beiden schon ein paar Mal zusammengesehen, ob wir schon zusammen gesprochen hatten, kann ich jetzt nicht mehr sagen. Ramsic gefiel mir gleich, auch so vom Ansehen her und wie er sich hielt, von der Dame mit dem Sonnenschirm weiß ich nichts zu berichten. Ein paar Tage vorher hatte ich das Paar beobachten können, als ich bei Andar in dem Eßraum war. Meinen Fehler mit dem Fünf-Dollar-Schein trug mir Andar nicht nach. Ich saß da gewöhnlich in der dunklen Ecke neben dem offnen Herd, wenn der Platz frei war, da man dort nicht gleich gesehen wurde. Nur Andar weiß immer, daß dann dort jemand sitzt, doch er wäre der letzte, andre darauf aufmerksam zu machen.
Plötzlich verdunkelt sich der Eingang zu dem Gemeinschaftsraum und der große Mann, eben dieser Ramsic, steht da. Er muß sich etwas bücken, so groß ist er. Er ruft nach Andar, und draußen hinter ihm steht die Dame mit dem Sonnenschirm.
Andar, der bis dahin auf der andern Seite des Herdes gestanden hatte, war lautlos verschwunden, jedenfalls meldete er sich nicht. Auch ich hatte keinen Anlaß, mich statt seiner zu melden und Auskunft zu geben. ›Er scheint nicht da zu sein‹, meinte Ramsic und ging wieder hinaus. Von der Dame hörte man nur ihr unechtes kleines Lachen.
Erst nachdem sie schon ziemlich lange fort waren, vernahm ich ein leises Schlurfen, und Andar stand wieder da wie vorher. Da die Zeit für ihn nicht ausgereicht hätte, sich in die hintere Höhle zu verkriechen, muß er da ganz flach an die Wand gedrückt gestanden haben.

Als das Herdfeuer aufflackerte, sah ich, daß er ganz verstört war. Die Schauspielerin hat mir dann ja verraten, wie es um ihn stand, das erzählte ich schon, doch damals kam mir das noch rätselhaft vor.
Das alles sind uninteressante Kleinigkeiten, winzige Wahrnehmungen, nicht mehr; es wird leicht langweilig, sie überhaupt zu erwähnen. Doch wie soll ich Ihnen anders die toten Strecken schildern, die dazwischen lagen, endlose tote Strecken oder auch zeitlos, wenn Sie lieber wollen, denn mit der Uhr ließ sich nicht messen, wie lange sie dauerten. Wie soll man über die toten Strecken reden? Dafür sind noch keine Worte erfunden. Hier bei uns stellen die Leute den Fernsehapparat an, wenn sie aus Versehen auf eine tote Strecke geraten, aber das sind nicht die richtigen Worte, die da geplappert werden. Vielleicht hat Naleco ja recht, wenn er meint, daß es sich bei diesen toten Strecken um etwas handelt, das zu erforschen sich für uns lohnen könnte, aber bitte entscheiden Sie das selber.
Der Doktor äußerte sich einmal ähnlich, er hielt das Nachlassen der Neugierde für die eigentliche Todesursache. Ob er das medizinisch meinte oder nur so dahin sagte, vermag ich nicht zu beurteilen. Das war bei einem späteren Besuch, aber lange, bevor ich wegen der, die dann meine Frau wurde, seinen Rat brauchte, denn dann sprachen wir selbstverständlich nicht über Todesursachen.
Ich ging dann öfters bei dem Doktor vorbei und sah bei ihm hinein. Es störte ihn anscheinend nicht oder vielmehr, es war ihm gleichgültig. Ich meinerseits liebte den Weg da hinauf wohl auch deswegen, entschuldigen Sie diese private Bemerkung, sie lassen sich nicht gänzlich vermeiden, weil ich bei ihm die zu treffen hoffte,

die dann meine Frau wurde. Ich traf sie auch sonst, das ist wahr, denn sie war viel unterwegs mit irgendwelcher Medizin, aber das war dann doch meistens in Gegenwart andrer. Nochmals, entschuldigen Sie.
Ich blieb auch niemals lange beim Doktor, das wäre mit den Gewohnheiten in Aporée nicht zu vereinbaren gewesen, man durfte sich nur so im Vorübergehen begegnen. Bei einem der Besuche sah ich beim Doktor ein paar von den Steinplatten mit den roten Punkten, die ich schon erwähnte, herumliegen. Er benutzte sie als Untersetzer, aber da die Tischplatte nicht poliert war und vor heißen Tassen oder Schnapsgläsern des Schutzes bedurft hätte, vermute ich eher, daß die Idee, sie dahinzulegen, dem Schmuckbedürfnis der ..., ja wie soll ich sie nennen, sagen wir der ›Schwester‹ entstammte, so nannten sie ja alle außer mir. Sie sorgte beim Doktor und in der Klinik für Ordnung, soweit von Ordnung die Rede sein kann. Sie schlief auch da in einem kleinen Anbau.
Ich kratzte mit dem Fingernagel an einer der Platten herum, doch der Doktor, der das Kratzen gehört hatte, sagte: ›Nein, nichts zu machen. Subkutan.‹ Und als ich dann noch an der Platte roch, sagte er: ›Auch riechen tut es nicht. Ein ziemlich weicher Stein, eine Art Marmor. Seltsam ist nur, daß ein Stein an derselben Krankheit leiden kann wie wir. Das muß ein böses Rätsel für meine bedauernswerten Vorgänger vor vielen Jahren gewesen sein. Einer der armen Burschen hat sich noch die Mühe gemacht, eine Art Krankengeschichte darüber zu verfassen, sie liegt da irgendwo herum, bis er dann selber an den roten Flecken starb. Zum Schluß gingen den Leuten noch büschelweise die Haare aus. Doch die Krankheit hat sich längst erschöpft oder wir

haben Gegengifte entwickelt, was weiß ich. Ich bin kaum mehr als ein Feldscher. Selbst eine anständige Lungenentzündung ist ja keine Leistung mehr, seit es Sulfonamide gibt. Die da drüben verlangen alle paar Monate Krankheitsberichte von mir, sie sind wie die Kinder. Immer wieder fragen sie nach den Todesursachen bei uns. Todesursachen, daß ich nicht lache. Was gehen sie unsre Todesursachen an? Soll ich ihnen etwa vom Nachlassen der Neugierde als unserer Todesursache berichten? Sie würden das nicht einmal kapieren. So muß ich mich abquälen, irgendwelche nichtssagenden Redensarten für sie zu erfinden. Wenn einer sich den Hals bricht wie Naleco ist das noch verhältnismäßig einfach, aber was ist da mit der Frau, die da wieder bei einer Fehlgeburt verblutet ist? Warum Fehlgeburt, bitte? So muß ich dauernd drumherum reden, damit mir die Kindsköpfe da drüben nicht solche Fragen stellen. Zum Glück müssen die Berichte kurz sein wegen des Funkens, und ob unser Bimbuck das alles richtig weitergibt, wer weiß das. Ich vermeide immer alle medizinischen Fremdwörter, damit er sich nicht die Zunge abbricht.‹

Der Doktor sah müde und verfallen aus, ich wollte schon gehen, doch er raffte sich wieder auf. ›Alle reden hier, wie es zu Anfang gewesen sei, wie schnell die Menschen starben und woran, als ob sie dabei gewesen wären. Die Überlieferung hält sich und im Grunde zweifle ich nicht daran, daß es auch so gewesen sein mag; das was an Papieren übriggeblieben ist, das meiste hat man zum Feueranmachen benutzt, bestätigt die Legende. Immer heißt es in den alten Papieren ›Zu Anfang‹. Was hat das zu bedeuten? Wußten die Leute mehr als wir? Doch wohl kaum. Mich rührt die

Naivität meiner Vorgänger, die den sogenannten Anfang miterlebt haben; sie sind stolz, wenn sie berichten können, daß irgendwer ein paar Wochen länger durchgehalten hat, und rühmen die Verbesserung des Gesundheitszustandes. Auch ich tue das übrigens, weil die Leute drüben das offenbar gern hören wollen, und was für Gedanken ich mir darüber mache, ist für sie ganz unwichtig. Aber was ich naiv finde, daß nicht einer von ihnen, weder die, die bei dem sogenannten Anfang dabeigewesen sind, noch die späteren und erst recht nicht wir, sich die naheliegende Frage stellt, wie es denn zu dem Anfang gekommen ist und was denn vor dem Anfang hier war. Das wäre doch eine ernste medizinische Frage. Aber nein, sie fragen statt dessen nach Feld-Wald- und Wiesen-Todesursachen.‹
Da wurden wir unterbrochen. Ich hatte geglaubt, daß wir allein seien, einen Kranken, der nebenan in einem der Betten lag, gab es nicht, das hätte ich gewußt. Doch jetzt hörte ich, daß jemand da herumhantierte. Es muß da also noch einen zweiten Eingang gegeben haben. Zwischen dem Raum, in dem wir saßen, und dem, der als Krankenzimmer diente, gab es keine Tür. Rostige Türangeln waren zwar noch zu sehen, aber die Tür selber wird wohl im Laufe der Zeit zerfallen sein. Der Durchgang war durch einen Vorhang aus Säcken und dürftig zusammengeflickten Segeltuchfetzen verhängt. Die sogenannte Klinik bestand nur aus diesen beiden Räumen, die einigermaßen sauber gehalten waren, auch die drei Betten nebenan machten einen verhältnismäßig sauberen Eindruck, trotzdem spottete die entsetzliche Verwahrlosung jeder Beschreibung. Die Verwahrlosung wirkte um so stärker wegen der prätentiösen Fensterscheiben und wegen des elektrischen An-

schlusses an Bimbucks berühmte Lichtmaschine. Von den Trägern des niedrigen Wellblechdaches hing an einem Draht eine nackte elektrische Birne, auch in dem Raum nebenan wird es wohl so gewesen sein. Die Birne schwankte bei dem geringsten Luftzug hin und her. Das alles würde nicht so trostlos wirken, wenn die Birne da nicht hinge. Mein Unterstand ist weniger trostlos, da er keinen Anspruch auf Reste von Zivilisation erhebt.

In diesem Raum, der auch sein Ordinationszimmer war, saß der Doktor Tag und Nacht an dem langen Tisch, der wohl notfalls als Operationstisch diente. Selbstverständlich wird er da auch geschlafen haben, aber ich habe ihn da immer nur sitzend gesehen.

Der Vorhang wurde von der andern Seite ein wenig beiseite geschoben und eine Frauenstimme sagte: ›Ihr Essen steht nebenan.‹

›Danke‹, sagte der Doktor.

›Lassen Sie es nicht wieder kalt und talgig werden‹, mahnte die Stimme.

›Warum kommen Sie denn nicht herein?‹ ruft der Doktor zurück.

Die Stimme hatte ich natürlich erkannt. Die Schwester... so wollten wir sie ja nennen, obwohl ich sie nicht so nannte... die Schwester kommt mit einer Thermosflasche unter dem Arm herein. Sie begrüßt mich nicht, sie streift mich nur mit einem mißtrauischen Blick. Ich erhebe mich sofort, ich will nicht stören. Was wußte ich davon, welche Rolle die Frau beim Doktor spielt und wie das Mittagessen bei ihnen vor sich geht. Aber auch die Schwester will fortgehen, und der Doktor nimmt als selbstverständlich an, daß ich mit ihr zusammen gehen will. Er nickt kaum mit dem

Kopf und hat uns dann anscheinend schon völlig vergessen.
›Denken Sie an Ihr Essen‹, ruft sie ins Haus zurück und draußen erzählt sie mir, daß das Essen manchmal abends noch unangerührt dastehe.
Sie muß ein paar Schritt vor mir gehen, denn der Pfad ist nur schmal und fällt dann ab. Ihr Gang ist leicht und gelenkig, trotz der plumpen Schuhe geht sie schwerelos bergab. Natürlich kennt sie den Pfad besser als ich.
Wie ich sie so vor mir hergehen sehe, packt mich plötzlich die Erbitterung; das kann auch nur eine Folge des Gesprächs mit dem Doktor über den ›Anfang‹ gewesen sein. Wozu läßt man Frauen hierher, dachte ich, und noch dazu so junge Frauen? Für einen Mann mag die völlige Zwecklosigkeit meinetwegen ein natürliches Abenteuer sein, aber niemand soll uns einreden, daß ein solcher Zustand dem Wesen einer Frau entspricht. Und dabei fällt mir das böse Wort ›Versuchskaninchen‹ ein und ich frage: ›Wo haust eigentlich Naleco?‹
Sie zeigt mit der Hand in südliche Richtung, das ist ihre ganze Antwort.
Unten am vertrockneten Bachbett treffen wir auf Bimbuck. Er sitzt da so versunken auf einem Erdhaufen, daß er uns nicht hat kommen hören. Wie ein Ertappter springt er auf und entschuldigt sich, daß er ganz aus der Puste gewesen sei. Um ihm eine Freude zu machen, sage ich, daß ich schon zu ihm hätte hinaufkommen wollen, doch immer habe mir die Zeit gefehlt, aber in den nächsten Tagen würde ich mir bestimmt seine Apparate ansehen. Er geht jedoch nicht darauf ein, offenbar bedrückt ihn etwas.
›Wir wollen zu Naleco‹, sagt meine Begleiterin. Sie sagt ›wir‹, um meinen Taktfehler wieder gutzumachen,

denn in Aporée beachtet man es nicht, wenn man einen andern bedrückt sieht.
›Ach ja, sein Tee‹, antwortet er mit einem Blick auf die Thermosflasche.
Wir lassen ihn da stehen, überqueren das alte Bachbett, und da der Uferweg breit genug ist, können wir nun nebeneinander gehen. Die Schwester geht ziemlich schnell. Wir reden nicht. Es muß am frühen Nachmittag gewesen sein, die Gegend da ist diesmal wie ausgestorben.
Erst da, wo ich links hätte abbiegen müssen, um zu meinem Unterschlupf zu gelangen, bleibt die Schwester stehen und sagt: ›Sie brauchen nicht mitzukommen.‹
›Würde es ihn stören?‹ frage ich.
Sie runzelt die Stirn und betrachtet mich nachdenklich.
›Sie mögen ihn wohl nicht‹, fragt sie zweifelnd.
›Ich kenne ihn doch viel zu wenig.‹
›Das ist nicht wahr, Sie sind bei Bimbuck mit ihm zusammen gewesen und auch sonst noch.‹
›Das schon, aber . . .‹
›Sie können es mir ruhig sagen.‹
›Früher würde ich ihn wohl nicht gemocht haben‹, sage ich vorsichtig.
›Früher! Was geht uns ›früher‹ an.‹
›Ich mochte Leute nicht, die so viel reden.‹
›Bimbuck redet noch viel mehr‹, wirft sie ein.
›Das stimmt. Ich bin eben zu neu hier.‹
›Er hat oft Kopfschmerzen. Er beklagt sich nie, doch ich sehe es an seinen Augen, sie sind dann ganz klein und hart. Dieser heiße Tee soll gut dagegen sein. Aber lassen Sie sich nichts merken, er ist sehr schlau.‹

›Sie heißen Anna, nicht wahr?‹ frage ich.
›Wer hat Ihnen das gesagt?‹
›Die Schauspielerin.‹
›Bei der sind Sie also auch schon gewesen?‹
Hin und wieder kommt die Sonne hinter den Wolken hervor, es ist warm und angenehm. Dort wo die Hügel sich sanfter zur Bucht hinabsenken, biegt die Schwester links ein. Wir gehen da ein ziemliches Stück eine Talsenkung entlang. Ich war da noch nicht gewesen.
An einigen Stellen verengt sich die Talsenkung. Wenn hier früher eine Hafenstadt gewesen ist, wie Ramsic meint, könnte dies Tal eine zweifelhafte Hafengasse gewesen sein. Es fehlte nur an den trostlosen Lagerhäusern mit Feuertreppen, Luken und Winden. Und genau so wie in solchen Hafengassen sind plötzlich Stimmen wie aus einer Kneipe zu hören, wegen der Kahlheit der Umgebung klingt das alles lauter als es vielleicht ist. Auch ein Frauenlachen hört man, in Hafengassen geht es ja ohne das nicht. Es klingt wie eine Tasse, die einen Sprung hat.
›Ich kehre jetzt lieber um‹, sagte ich zu der Schwester, die das schwingungslose Lachen auch gehört hat. Ich verspüre eine geradezu körperliche Scheu davor, jetzt mit andren zusammensein zu müssen, es ist beinahe wie ein Brechreiz.
›Kommen Sie doch mit‹, bittet sie mich, ›wenn Sie mich schon so weit begleitet haben.‹
Es scheint ihr daran zu liegen, daß ich mitgehe, darum überwinde ich mich.

16

Durch eine Art Torbogen ... anders kann man es nicht nennen. Jemand hat sich sogar die Mühe gemacht, ihn durch irgendwelche Schlingpflanzen, Glyzinien oder dergleichen, zu verzieren ... kommt man auf einem sauber mit Kies bestreuten Weg auf einen Hof.

Vor Überraschung bleibe ich stehen. Wer hätte so etwas erwarten können. Der Hof ist nämlich mehr ein Garten mit gepflegten Beeten, Rabatten und kleinen Wegen dazwischen. Es fehlen nur noch Gartenzwerge.

Da sitzen die, deren Stimmen man gehört hatte, Naleco, Ramsic und die Dame mit dem Sonnenschirm.

›Hoher Besuch!‹ ruft Naleco. Er sieht nur mich an, die Schwester beachtet er nicht, doch er tut das ein wenig zu absichtlich.

In Aporée ist es nicht Brauch, daß man sich die Hand gibt; man vermeidet körperliche Berührungen nach Möglichkeit. Auch pflegt man nicht zu fragen ›Wie gehts?‹ oder ›Haben Sie gut geschlafen?‹ und was es sonst noch für Phrasen geben mag.

›Wie gefällt es Ihnen hier?‹ fragt die Dame. Ich habe noch kein Wort mit ihr gewechselt. Auch sich einander vorzustellen ist hier nicht üblich. Sie spielt mit ihrer Frage natürlich darauf an, daß wir mit demselben Schiff angekommen sind.

›Sehr hübsch‹, sage ich und blicke mich auf dem Hof um. Die Zierpfade zwischen den Beeten sind tatsächlich mit diesen rotgepunkteten Platten belegt. Man kommt aus dem Staunen nicht heraus.

›Mein Vorgänger ist ein Schrebergärtner gewesen‹, be-

eilt Naleco sich zu erklären, damit nur ja niemand auf die Idee kommt, ihm eine solche Gartenanlage zuzutrauen.
›Nein, er war Bankbeamter, jedenfalls wenn man seiner Geschichte glauben schenken will‹, sagt Ramsic. Seltsam, daß er überhaupt auf Nalecos Bemerkung eingeht.
›Was alles in einem Bankbeamten stecken kann‹, erwidert dieser. ›Man meint, er könne einem nur so das Geld hinzählen, und da legt er sich so einen idiotischen Garten an. Welch eine Pedanterie! Und ausgerechnet ich muß mich nun mit der Natur abplagen, als ob ich deshalb nach Aporée gekommen wäre. Aber von nun an, gnädige Frau, werde ich mich dieser Mühe mit dem allergrößten Vergnügen unterziehen. Bitte betrachten Sie mich als Ihren Blumenlieferanten, es wäre eine Ehre für mich.‹
Die Geschichte von dem Schrebergärtner oder Bankbeamten ist wirklich recht amüsant. Ich hörte sie später, ich weiß nicht mehr von wem. Gute Geschichten blieben in Aporée in Umlauf. In der Geschichte war tatsächlich von einem Bankbeamten die Rede. Ich erzähle sie Ihnen lieber gleich, sie ist nicht lang.
Also dieser Bankbeamte . . . er hieß Slawitsch oder so ähnlich, irgendein ungewöhnlicher Name. Bleiben wir ruhig bei Slawitsch, wenn es Ihnen recht ist . . . er kommt also wie jeden Morgen pünktlich in seine Bank und schon in der Garderobe, das heißt in dem Raum, wo die Angestellten ihre Sachen ablegen, wird er von den Kollegen nicht wie sonst, sondern mit unverständlichen Rufen begrüßt. ›Ein Geist!‹ rufen sie, tun erschrocken und weichen vor ihm zurück. ›Wir wollten schon gerade für einen Kranz sammeln‹, meint einer

und ein andrer sagt: ›Der Revisor ist auch schon bestellt, um die Kasse zu prüfen, wieviel du dir unter den Nagel gerissen hast.‹ Und Ähnliches. ›Was sollen die dummen Witze?‹ fragt unser Bankbeamter, der ein stiller, ordentlicher Mann ist.
›Wenn einer Witze macht, dann bist du es‹, heißt es, und dann zeigen sie ihm die Zeitung.
Es handelt sich um ein Boulevard-Blatt, das jeder morgens in der U-Bahn auf dem Weg ins Geschäft liest. Das Wichtigste sind die dicken Überschriften, jeden Tag ein handfester Mord, eine Bombenschmeißerei oder ein Flugzeugabsturz mit vielen Toten. Ein Segen für die Zeitung, daß so viel in der Welt passiert, sonst würde der Umsatz nachlassen. Auch unser Slawitsch hat natürlich die Zeitung gekauft, sie steckt in seiner Manteltasche, aber in der U-Bahn hat er nur den politischen und den wirtschaftlichen Teil überflogen; es gehört ja zu seinen Aufgaben, darüber orientiert zu sein, ob die Börsen gefallen sind, weil irgendwo ein Krieg ausgebrochen ist oder ein Präsident sich erkältet hat. Die Morde haben Zeit bis heute Abend. Seine Frau interessiert sich auch mehr dafür und für die Vergewaltigungen. Er bringt ihr die Zeitung immer mit. Man braucht ja auch das Papier, um Abfall hineinzuwickeln, ehe man ihn in die Müllschütte schmeißt.
Diesmal lautet die rotunterstrichene Überschrift der Zeitung: UNTERSUCHUNGSGEFANGENER ERSPART DEM STEUERZAHLER UNNÖTIGE AUSGABEN. Und dann heißt es im Text, daß ein Mann seines Namens und zu allem Überfluß auch noch mit demselben Vornamen sich im Untersuchungsgefängnis aufgehängt habe. Auch das Alter ist dasselbe und sogar Größe und Gewicht stimmen ungefähr. Kein

Wunder, daß jedem Leser ein so ungewöhnlicher Name sofort auffällt. Darum die Witze der Kollegen.
Kaum sitzt unser Slawitsch an seinem Platz, bittet ihn auch schon der Direktor zu sich und fragt ihn, ob es sich bei dem Erhängten um einen Verwandten von ihm handle. Unser Mann versichert dem Direktor, daß es keine Verwandten seines Namens gebe, überhaupt habe er nie von jemand gehört, der Slawitsch hieße. Vor vielen Jahren habe noch eine alte Tante in Dayton, Ohio, existiert, die so hieß. Sie hätten ihr immer nur Glückwunschkarten zu Neujahr geschickt, und dann sei sie gestorben. Sie sei unverheiratet gewesen und auch viel zu alt, um noch Kinder zu kriegen. Geerbt hätten sie auch nicht viel, nur ein paar alte Möbel, denn die Tante habe von einer Rente gelebt. Das alles erzählt unser Mann dem Direktor gewissenhaft.
›Trotzdem, da müssen Sie etwas tun‹, rät ihm dieser. Ihm geht es natürlich nur um das Ansehen der Bank. Auf dem Tisch in der Haupthalle, wo unser Slawitsch sitzt und die Kunden berät, steht ein Schild mit seinem Namen und dies Schild muß vorläufig entfernt werden, bis alles geregelt ist, damit es keine unnötigen Redereien bei der Kundschaft gibt. ›Das können wir uns nicht leisten. Sie können sich unterdessen in einer andern Abteilung nützlich machen, bis Gras über die peinliche Angelegenheit gewachsen ist.‹
Kaum ist unser Mann in der neuen Abteilung, wo er mit denselben Witzen begrüßt wird, da ruft ihn auch schon seine Frau von zuhaus an. ›Eben hat Ottilie mir übers Telefon kondoliert, du weißt ja, wie sie ist. Und auch Katharina hat angerufen und gefragt, ob sie mir helfen könne. Und nun gerade eben hat auch noch deine Kusine Olga aus Baltimore angerufen, sie, die

sonst so geizig mit Ferngesprächen ist. Sie hätte ja keine Ahnung gehabt, daß du im Zuchthaus säßest, und ob es wenigstens mit der Lebensversicherung klappe, denn bei Selbstmord machen die Gesellschaften ja Schwierigkeiten. Du mußt sofort etwas unternehmen, versprich mir das. Ich halte das einfach nicht mehr aus, ich lasse das Telefon abstellen. Auch die Hauswartsfrau guckt mich so komisch an, sie hat es natürlich längst in der Zeitung gelesen, das blöde Weib, und nun tratscht sie in der Gegend herum und macht mich unmöglich. Dabei hat sie doch reichlich von uns zu Weihnachten gekriegt. Heute sollte es Leber geben, aber ich wage mich nicht zum Schlachter, ich kann mich nicht mehr sehen lassen. Du mußt etwas ganz Energisches unternehmen‹, und so weiter. Seine Frau ist nicht zum Aufhören zu bringen, wo doch Privatgespräche in der Bank untersagt sind.

Unser Slawitsch oder wie immer er hieß, versichert seiner Frau, daß er etwas unternehmen werde, sie solle sich nicht aufregen. Aber er unternimmt an jenem Tag nichts. Was soll er auch unternehmen? Soll er zur Redaktion der Zeitung gehen und um Richtigstellung bitten? Doch was gibt es da richtigzustellen? Der Name wird auf jeden Fall stimmen und auch, daß der Kerl sich erhängt hat, darin sind die Zeitungsleute vorsichtig. Oder soll er um eine Notiz bitten, daß der Erhängte nichts mit dem ehrbaren Bankbeamten gleichen Namens zu tun habe? Dadurch würde man doch nur neues Aufsehen erregen, während sonst die Leute die ärgerliche Sache über einen Mord am nächsten Tage längst vergessen haben werden.

Als er abends nach Haus kommt, fragt ihn seine Frau ganz hysterisch, was er unternommen habe.

›Heute noch nichts. Morgen.‹

›Was, noch nichts? Und wie denkst du dir das? An mich denkst du wohl überhaupt nicht, an die Blamage. Da sieht man, was du von mir hältst.‹

Und was sonst bei solchen Gelegenheiten gesagt wird.

Und schon wieder geht das Telefon, ein weiterer neckischer Anruf von Freunden.

›Ich halte das nicht mehr aus‹, schreit die Frau. ›Ich zieh ins Hotel, bis du das in Ordnung gebracht hast. Ich lasse mich scheiden, wenn du nichts unternimmst.‹

Und so weiter, und so weiter.

Am nächsten Tag geht unser Slawitsch zum Gericht oder zur Polizei und läßt sich die Akte seines Namensvetters vorlegen.

›Na und?‹ fragt abends seine Frau, die doch noch nicht ins Hotel gezogen war.

›Er hat seine Frau umgebracht.‹

›Umgebracht? Und wie?‹

›Er hat sie mit einem Strumpf erwürgt.‹

›Mit einem Strumpf?‹

›Mit einem Strumpf soll es leicht gehen. Sie hatte ihn wohl da herumliegen lassen.‹

›Du gibst wohl noch ihr die Schuld?‹

›Das nicht, ich erkläre es dir nur.‹

›Womöglich war er auch Bankbeamter.‹

›Nein, das nicht.‹

›Was war der Kerl denn?‹

›Angestellter in einem Kaufhaus, steht in den Akten.‹

›In einem Kaufhaus? Auf was man heute alles gefaßt sein muß. Es gibt keine Sicherheit mehr. Und warum hat er nur sechs Jahre gekriegt? Warum hat man ihn nicht einen Kopf kürzer gemacht?‹

›Man hat doch die Todesstrafe abgeschafft.‹

›Du freust dich wohl noch darüber.‹
›Es gehört sich natürlich nicht.‹
›Was?‹
›Seine Frau zu erwürgen, auch wenn es mildernde Umstände gab, ich weiß nicht welche, es stand in den Akten.‹
›Mildernde Umstände, wenn einer seine Frau erwürgt?‹
›Aber er hat doch die Todesstrafe an sich selbst vollzogen.‹
›Wie einfach ihr es euch macht. Ottilie sagt es auch.‹
›Und was sagt Olga?‹
›Mit dir ist ja nicht zu reden.‹
Und da nicht mit ihm zu reden war, blieb unserm Slawitsch nichts andres übrig, als seinen anrüchigen Namen abzulegen und in Aporée Schrebergärtner zu werden.
Ramsic sprach übrigens gut von ihm. Aporée habe ihm viel zu verdanken, nicht wegen der paar Blumenbeete, sondern wegen der Anlage des Gemüse- und Kräutergartens.
Was sonst noch bei meinem Besuch in dem Schrebergarten gesprochen wurde, kann ich Ihnen unmöglich dem Wortlaut nach wiedergeben. Höchstens die Stimmung, die dort herrschte, läßt sich andeutungsweise schildern, sie war äußerst gereizt.
Zunächst witzelte Naleco noch weiter. ›Ich meine das nicht scherzhaft, Gnädigste, es kann ja durchaus meine Bestimmung sein, von Ihnen als Gärtner engagiert zu werden, und Ihre, mich zu engagieren. Falls Damen eine Bestimmung haben sollten, was unhöflicherweise von einigen Kirchenvätern in Zweifel gezogen wird. Jedoch ›Die Dame und ihr Gärtner‹, das hat als Titel

hohen Symbolwert. Die Dame blickt morgens aus dem Fenster, in zartem Nachthemd oder in seidenem Morgenrock, die Wangen vom Schlummer leicht gerötet, wie die Dichter zu bemerken nie unterlassen würden, und sieht draußen den Gärtner stehen. Er ist schäbig gekleidet, wie könnte es bei einem Gärtner anders sein, doch dann nimmt er die Mütze vom Kopf, um sich den Schweiß von der Stirn zu wischen und siehe da!, er hat goldenes Haar und das Herz der Dame schmilzt vor Mitleid. So geht es nun einmal. Mit goldnem Haar vermag ich leider nicht aufzuwarten, doch wer weiß, ob sich nicht doch allerhand Spielzeug für eine Dame unter meiner Schädeldecke findet.‹

Er hebt die rechte Hand, und ich warte darauf, daß er sie aufs Knie der Frau legt, die neben ihm sitzt, doch er führt seine Absicht nicht aus, sondern lehnt sich lässig hintenüber.

›Wollen Sie nicht Platz nehmen?‹ sagt er zu mir.

›Nein, danke.‹

Wir sehen uns an. In seinen Augen ist etwas Feindseliges. Er wird gleich zum Angriff übergehen, er erwägt nur noch, wie er mich am schmerzhaftesten treffen kann.

Die Schwester ist ohne ein Wort um die drei herumgegangen und hat sich weiter hinten hingehockt. Die Thermosflasche steht zu ihren Füßen. Auch Ramsic hat noch kein Wort gesprochen, mit einem Zweig zeichnet er im Sand und hört zu.

Ich könnte natürlich sofort weggehen und dadurch jede Auseinandersetzung vermeiden. Aber die Schwester tut mir leid, mein Gefühl sagt mir, daß ich sie nicht im Stich lassen darf. Und was das Blumengärtchen betrifft, habe ich die Gewißheit, daß die Schwester es ist, die es in Ordnung hält.

Überraschenderweise kommt Ramsic mir zu Hilfe. ›Sagen Sie, Naleco‹, sagt er, ›wie machen Sie das eigentlich, daß Sie immer so gut rasiert sind? Ich habe so viel Mühe damit.‹

›Man muß eben gute Beziehungen haben, sogar hier. Ja, ich besitze einen Spiegel, er ist mir von zärtlicher Hand gestiftet. Außer dem Doktor und mir verfügt hier niemand über einen Spiegel.‹

›Auch ich habe einen‹, sagt die Dame und zeigt einen kleinen Taschenspiegel in rotem Lederetui.

›Wir sind bevorzugte Menschen, Gnädigste‹, spottet Naleco. ›Falls es wirklich ein Vorzug sein sollte. Denn der Besitz eines Spiegels kann einen unter Umständen teuer zu stehen kommen. Meinen Sie nicht auch, Herr Archivar?‹ Noch einmal kommt mir Ramsic zu Hilfe. ›Man könnte sich ja einfach den Bart wachsen lassen‹, meint er, ›aber ich würde mir so unecht vorkommen, so männlich.‹

›Männchenhaft‹, verbessert Naleco.

Ich wundere mich über Ramsic. Warum hält er es für nötig, die Situation durch banale Redensarten zu entspannen? Ich weiß wenig von ihm, noch weniger als von den andern. Ich habe auch noch kaum mit ihm gesprochen in diesen ersten paar Wochen. Wenn er etwas sagt oder zuhört, blickt er einen mit ruhiger Höflichkeit an. Seine Augen sind etwas unbeteiligt, aber das wäre in Aporée nichts Besonderes. Was hat so einen Menschen hierher gebracht? Einen Menschen, der überall Sympathie erregen und Erfolg haben müßte. Selbstverständlich kannte man auch die Vorgeschichte der andren nicht, wenn man von dem, was die erfundenen Geschichten andeuteten, absieht. Doch bei Ramsic gab es ja nicht einmal solche Andeutungen, denn

die erwähnten Punkte auf dem Schlips seines Schwiegervaters waren ja nur ein Scherz.
Er war schon über drei Jahre in Aporée, doch man sah ihm das nicht an; er ließ sich in keiner Weise gehen, seine Haltung war immer untadelig. Er war älter als ich, wieviel älter läßt sich schwer sagen. Wenn Sie mir den Ausdruck erlauben, möchte ich ihn einen ›Älteren Bruder‹ nennen, der dem jüngeren irgendwie Halt und Vorbild ist.
Damals in dem sogenannten Schrebergarten stellte ich solche Überlegungen natürlich nicht an, ich war nur dankbar, daß er in seiner leisen Art die Streitsucht Nalecos abbog. Und um es nicht unerwähnt zu lassen, auch für die, die dann meine Frau wurde, für die Schwester, verzeihen Sie, brauchte ich nichts zu fürchten, solange Ramsic da war.
Wie sollte ich voraussehen, daß es Ramsic sein würde, der sich dann zwei Jahre später, als es für sie um Leben und Tod ging, unermüdlich für sie einsetzte. Ausgerechnet Ramsic, mit dem ich kaum ein persönliches Wort gewechselt hatte. Er jagte den armen Bimbuck von dem Funkapparat und alarmierte seinerseits die Behörden oder den Flugzeugträger in einem solchen Kommandoton, daß sie gehorchten. Wer hätte das von Ramsic erwartet, der immer so leise und höflich war? Er verlangte, sie sollten sofort einen Arzt mit einem Hubschrauber schicken, gab ihnen sogar den Platz an, wo der Hubschrauber am besten landen könne, und drohte den Leuten, daß sie ihre letzte Chance versäumten, wenn sie das nicht täten. Wie kam er dazu? Wußte er mehr über Aporée als wir? Ich hatte ihn immer nur für einen Mann mit geologischen Kenntnissen gehalten, die mich wiederum nicht besonders in-

teressierten. Als ich einmal im Gespräch ein spanisches Sprichwort erwähnte, antwortete er mir auf Spanisch, wenn auch gebrochen, und erwähnte, daß er besser Portugiesisch könne, da er eine Zeitlang in Nord-Brasilien zu tun gehabt hätte. Das war alles, was ich von ihm wußte. Und nun übernahm er plötzlich das Kommando.

Daß der Hubschrauber dann doch zwei, drei Stunden zu spät kam, war nicht seine Schuld, sondern die der Behörden. Doch davon später.

An keinen von allen, mit denen ich in Aporée zusammen war, muß ich öfters denken, als an Ramsic. Oder sagen wir so: um keinen mache ich mir mehr Sorge. Was wird aus ihm geworden sein? Beim Doktor, bei Andar, bei der Schauspielerin gibt man sich damit zufrieden, daß sie gestorben sind. Auch der arme Bimbuck wird eines Tages die Augen geschlossen haben und damit gut. Doch bei Ramsic reicht das nicht aus.

Er war ja dann auch der letzte, von dem ich mich verabschiedete, daran mag es liegen. Wiederum war es sein Verdienst, daß ich ein paar Tage später von einem Hubschrauber abgeholt wurde, er hatte das durchgesetzt, ohne mich erst lange zu fragen, denn ich war zu verwirrt, um auf eine solche Idee zu kommen. Er begleitete mich ganz allein zu dem Flugzeug, drückte mir kurz die Hand, ja, und da war es, wo er kurz zu mir sagte: ›Sie sind ein glücklicher Mensch.‹ Damit wandte er sich ab, und ich stieg die Treppe des Hubschraubers hinauf.

So etwas vergißt sich nicht.

17

Spät nachmittags sprach ich dann noch einmal mit der, die dann meine Frau wurde. Ich saß in der Öffnung meines Unterstandes und war etwas traurig. Die Zänkerei von Naleco in dem sogenannten Schrebergarten hatte mich traurig gemacht. Auch sonst überkam einen in Aporée manchmal eine gewisse Traurigkeit, oder wie man es sonst nennen will, es gab ja keine Ablenkung davon.

Da hörte ich, daß jemand kam, und das konnte nur sie sein. Sie tat so, als ob sie zufällig vorbeikäme, auch die leere Thermosflasche hatte sie bei sich. Doch bei mir kommt man nicht zufällig vorbei, das wäre viel zu umständlich, der Weg unten am Ufer ist viel bequemer. Ich glaubte auch zu wissen, warum sie ›zufällig‹ vorbeikam; sie wollte sich für Naleco entschuldigen. Er habe das alles nicht so gemeint, alles liege nur an seinen Kopfschmerzen.

Es kann auch an einem andern Nachmittag gewesen sein. An beleidigenden Spitzfindigkeiten fehlte es ja nie, wenn man mit Naleco zusammen war. Aber diesmal war er besonders kränkend gewesen, nicht nur gegen mich, auch gegen die Schwester.

Ganz gleich, wann es war, Naleco hatte seinen Angriff damit begonnen, mich zu fragen, ob ich entschlossen sei, Bimbucks Apparate zu reparieren. Ich antwortete ausweichend, daß die Apparate vielleicht gar nicht reparaturbedürftig seien und für die hiesigen Zwecke ausreichten.

Naleco zog die Augenbrauen spöttisch hoch und wandte sich an die andren. ›Haben Sie gehört, meine

Herrschaften? Da ist einer, der unsre hiesigen Zwecke kennt. Und da er neu bei uns angelangt ist, ist anzunehmen, daß man ihn drüben darüber unterrichtet hat. Wollen Sie uns Armen, die wir schon jahrelang unter unsrer Zwecklosigkeit leiden, nicht einiges davon mitteilen? Oder hat man es Ihnen verboten?‹

Das war eine Anspielung auf den Verdacht, in dem ich wegen der Kladden stand, daß ich mit einem Auftrag nach Aporée gekommen sei.

Ich sagte, daß er mich mißverstanden habe. Die da drüben wären wahrscheinlich nur zu froh gewesen, mich loszuwerden, da nichts mit mir anzufangen gewesen sei. (Hört! Hört! rief Naleco.) Vermutlich wäre ich für sie auch nur ein Versuchskaninchen, um sich seines Ausdrucks zu bedienen, doch das sei ihre Sache, die mich nichts angehe. Mit den Zwecken hätte ich lediglich gemeint, wozu man hier die Apparate unter Umständen benutzen könne.

Und wozu ich sie zu benutzen gedächte, fragte er.

›SOS‹, sagte ich aufs Geratewohl und merkte sofort, daß ich eine Unvorsichtigkeit begangen hatte. Selbst Ramsic, der bis dahin wie unbeteiligt dabeigesessen hatte, sah mich besorgt an.

›Und Sie meinen‹, kreischte Naleco, ja, seine Stimme überschlug sich vor Erregung, ›Sie meinen, daß die da ...‹ er zeigte in Richtung des Meeres ... ›auf Ihren SOS-Ruf reagieren werden?‹

Wie ich das wissen solle, versuchte ich wieder auszuweichen, ich sei viel zu kurz hier und außerdem ...

›Ja, außerdem‹, unterbrach Naleco mich, ›fehlt es Ihnen denn so an jeglichem Stolz, daß Sie die da um Hilfe rufen wollen?‹

Um Hilfe gehe es nicht, aber es könne hier ja auch einmal etwas Unvorhergesehenes passieren. Und ob die da drüben, fügte ich schnell hinzu, darauf reagierten, das sei nicht unsre Angelegenheit, das müßten sie mit sich selber ausmachen.

Ich wollte Naleco beruhigen, deshalb bemühte ich mich, so gleichgültig wie möglich zu sprechen, so als ob ich nur zur Unterhaltung beitragen wolle.

Später fragte ich Ramsic einmal, warum die Leute gerade von mir etwas erwarteten, einen Auftrag oder dergleichen, ob das nur wegen der blöden Hefte sei. Er sah mich kurz an und meinte dann, daß die Leute sich betrogen fühlten, weil der versprochene Tod nicht kommen wolle, darum erwarteten sie von jedem Neuankömmling eine Auflösung des Rätsels.

Naleco ging es jedoch nur darum, mich ins Unrecht zu setzen. ›Sie müssen nicht denken‹, sagte ich zu ihm, ›daß ich über irgendetwas besser Bescheid weiß als Sie und alle andern. Als junger Bengel bildete ich mir natürlich ein, daß ich mit Dreißig oder meinetwegen mit Vierzig aus dem Dicksten heraus sein werde, aus der entsetzlichen Unsicherheit wenigstens. Aber die Unzuverlässigkeit ist die gleiche geblieben, nur meine Kraft, sie zu ertragen, hat sich verringert.‹

Mit diesem dummen Bekenntnis, das ich nur aus Verlegenheit gemacht hatte, erregte ich erst recht Nalecos Hohn. ›Ihre Bescheidenheit in Ehren‹, spottete er, ›aber dafür haben wir unsern guten Bimbuck.‹

Ramsic räusperte sich. ›Ja ich weiß, Ramsic‹, sagte Naleco, ›Bimbuck ist für Sie tabu. Ich will diesem Herrn nur klarmachen, daß es uns nicht im geringsten interessiert, was er zu wissen oder nicht zu wissen sich einbildet, sondern einzig und allein, was er zu tun beabsichtigt, denn das geht uns alle an. Und wenn er einen SOS-Ruf loslassen will . . .‹

›Ich habe nicht gesagt, daß ich das tun werde.‹

›Aber Sie haben damit geliebäugelt.‹

›Es handelt sich nicht um mich.‹

›Ach, nicht um Sie?‹ höhnte er. ›Um wen denn? Um mich? Um Ramsic? Um die Dame hier? Um Anna? Um den Doktor?‹

›Warum wollen Sie mit mir streiten?‹

›Ich will nicht mit Ihnen streiten, ich will mich gegen Sie schützen.‹

›Dann wird es besser sein, daß ich jetzt fortgehe.‹

›O nein, mein Lieber, so leicht kommen Sie nicht weg. Wenn Sie jetzt fortgehen, muß ich annehmen, daß Sie den blöden Apparat zu einem SOS-Ruf mißbrauchen wollen, und das würde mich zwingen, den Apparat eigenhändig zu zerstören. Verlassen Sie sich nicht auf meine lahmen Beine, dafür reicht meine Kraft noch aus, und wenn es das Letzte sein sollte, was ich zum Wohl der Hiesigen vollbringe. Haben Sie verstanden?‹

›Sie legen dem allem viel zu viel Wichtigkeit bei.‹

,Ich?‹

›Das alles ist doch nur Theorie.‹

›Um so schlimmer. Und dazu noch unehrlich. Warum sagen Sie statt Theorie, denn Bimbuck ist ja nicht hier, nicht lieber ›Religion‹?‹

Darauf wußte ich nichts zu antworten. Ramsic sah kurz zu mir hin und senkte dann die Augen wieder.

›Religion!‹ höhnte Naleco weiter, ›eine feine Sache hier in der Lücke der Welt. Hundertmal effektiver als Ihr SOS-Ruf.‹

Zum Glück kam uns diesmal die Dame zu Hilfe. ›Warum regen Sie sich so auf?‹ fragte sie.

›Aber meine Gnädigste. Aufregung soll gut für die Verdauung sein, und bei unserm ewigen Hammelfleisch ... ach ja, ich habe den Gesundheitstee ganz vergessen. Wie steht es damit, Anna?‹

›Er hält sich warm‹, sagte sie aus dem Hintergrund.

›Ja, die Thermosflasche, das Prunkstück von Aporée. Was würden wir ohne diese Thermosflasche anfangen? Wenn sie kaputt ginge, das wäre eine Naturkatastrophe, tatsächlich, das wäre ein Grund, einen SOS-Ruf loszulassen.‹ Damit wollte er nun die Schwester verhöhnen, und noch dazu in Gegenwart dieser Dame mit dem Sonnenschirm. Das empörte mich. Ich sagte deshalb beim Weggehen: ›Ich kann Ihnen versichern, daß ich nicht SOS rufen werde, ohne Sie vorher um Rat gefragt zu haben.‹

›Mich?‹

›Sie und keinen andern. Denn wenn es je dazu kommen sollte, dann werden wir nicht reden und streiten und lange nachdenken, sondern es wird eine ganz schlichte, menschliche Handlung sein.‹

›Eine was?‹

›Wenn Ihnen das Wort ›menschlich‹ nicht paßt, und ich gebe zu, es klingt ein wenig abstrakt, dann ... dann ...‹ Und jetzt verlor ich die Fassung und schrie ihn wütend an ... ›dann nennen Sie es eine kreatürliche Handlung. Ich wünsche nicht, mit Ihnen über etwas zu streiten, worüber es nichts zu streiten gibt.‹

Damit ging ich endlich. Das Gesicht von Naleco war kreidebleich, noch bleicher als gewöhnlich. Und nicht vor Haß, sondern wie bei einem kranken Kind.

Als dann nachmittags die, die dann meine Frau wurde ... viele nannten sie Anna, aber das ist nicht der Name, in dem ich an sie denke ..., als sie bei mir vorbeikam, sagte ich zu ihr: ›Ich werde morgen in die Berge gehen, falls jemand nach mir fragen sollte.‹

›In die Berge?‹ fragte sie erschrocken zurück. ›Doch nicht Nalecos wegen?‹

›Nein, nur so. Vielleicht werde ich mir auch die Schafherden ansehen.‹

›Aber Sie kommen doch wieder?‹

›Abends bin ich zurück. Das heißt, wenn es sich in einem Tag machen läßt.‹

›Es gibt zwei Herden, eine ist weiter weg.‹

›Dann muß ich wohl besser den Schlafsack und ein paar Sachen mitnehmen?‹

›Das tut hier niemand. Zum Schlafen gibt es da genügend Felle. Aber . . .‹

›Aber?‹

›Sie kommen doch bestimmt wieder?‹

›Warum sollte ich nicht wiederkommen?‹

›Schreiben Sie das alles in Ihr Heft?‹

›Was?‹

›Was hier so geredet wird. Was Naleco gesagt hat?‹

›Wozu sollte man das aufschreiben?‹

›Ach, Sie tun es ja doch, wenn ich weg bin.‹

›Sind Sie schon lange hier?‹

›Über zwei Jahre, glaube ich. Sieht man es mir an?‹

›Was soll man Ihnen ansehen?‹

›Sieht man es dieser Harriet an?‹

›Harriet?‹

›Dieser Frau, die mit Ihnen gekommen ist.‹

›Nein, Sie sehen viel gesünder aus.‹

›Wie kommt so eine dazu . . .? Naleco hat früher auch so etwas geschrieben wie Sie.‹

›Ich sage Ihnen doch, daß ich nichts schreibe. Ich kann Ihnen die Hefte zeigen.‹

›Und dann hat er eines Tages alles zerrissen. Und jetzt haßt er mich dafür, weil ich es gesehen habe.‹

›Das ist doch nicht wahr.‹

›Doch. Und darum sind auch seine Beine gelähmt. Ich bin mit Schuld daran.‹

›Was für ein Unsinn!‹

›Nein, es ist anders als bei Ihnen. Naleco ist früher berühmt gewesen‹, erklärte sie mit einem rührenden Stolz. ›Bimbuck hat es mir erklärt, denn ich verstehe ja nichts davon. Auch ist seine Handschrift schwer zu lesen. Ich wollte ja nur wissen, ob er etwas über mich geschrieben hat, aber er hat alles zerrissen. Doch es war Wind und einiges wehte davon. Das habe ich Bimbuck gezeigt. Er sagte, man müsse es aufheben, da habe ich es ihm gelassen, denn wo soll ich es aufheben? Naleco würde es merken. Er kann nicht vergessen, daß er berühmt gewesen ist. Tag und Nacht denkt er daran. Ich sehe es, wenn er die Lippen zusammenkneift.‹

›Wir wollen doch nicht von früher sprechen.‹

›Wovon soll man denn sonst sprechen. Sie meinen, es sei hier nur etwas ungemütlicher als früher in der Stadt, doch es ist alles viel schlimmer.‹

Ich wußte nicht, wovon sie redete, ich sah nur, daß sie Tränen in den Augen hatte, deshalb legte ich ihr die Hand auf die Schulter.

›Schreiben Sie das nun alles auf, was ich sage?‹ fragte sie fast schluchzend.

›Auf keinen Fall, das bleibt mir auch so im Gedächtnis.‹

›Da sagt man etwas, weil es einem schwer ums Herz ist, und der andre schreibt es auf. Das ist alles, sonst nichts. Und nicht einmal ihn macht es zufrieden, er wird nur krank davon. Meinen Sie, daß dies Weib ihn wieder zum Schreiben bringt?‹

›Die mit dem Sonnenschirm?‹

›Wenn sie das fertigbringt . . . aber wie soll die das fertigbringen.‹

›Er tut sich doch nur wichtig vor ihr. Wir Männer sind so.‹

›Sie mögen sie wohl auch?‹

›Ich kenne sie überhaupt nicht. Ich war heute das erste Mal mit ihr zusammen.‹

›Was hat das zu bedeuten, was Sie vorhin zu Naleco sagten?‹

›Was denn?‹

›Eine kreatürliche Handlung oder so ähnlich.‹

Ich mußte lachen. ›Ich habe das nur so dahergesagt.‹

›Lachen Sie nicht. Ich weiß selber, daß ich dumm bin. Naleco hat es sofort begriffen und war ganz erschrokken. Ramsic ging dann gleich mit diesem Weib weg. Doch ich sah, daß Naleco traurig war. Wollten Sie ihn damit beleidigen?‹

›Aber wieso denn! Kreatürlich ist nur ein andrer Ausdruck für selbstverständlich, etwas worüber man nicht erst lange nachdenkt, sondern es einfach tut.‹

›Er hat Sie ja auch beleidigt.‹

›Nein, im Grunde hat er sogar recht gehabt.‹

›Er beneidet Sie.‹

›Was gibt es schon an mir zu beneiden. Nein, da irren Sie. Er hat mir geraten auszureißen, solange ich noch dazu in der Lage wäre.‹

›Das hat er?‹ Sie sah mich erschrocken an.

›Sie sehen also, daß er es gut mit mir meint.‹

›Nein, nein. Wollen Sie deshalb in die Berge?‹

›Was hat das mit den Bergen zu tun? Ich will nur ein wenig allein sein.‹

›So fängt es immer an.‹

›Ich habe nicht einmal verstanden, was er meinte. Wohin soll einer hier ausreißen?‹
›Tun Sie es nicht, bitte. Sie dürfen uns hier nicht allein lassen. Naleco sagt das nur, weil er wegen seiner Beine selber nicht ausreißen kann.‹ Sie hielt meinen Unterarm mit der Hand umklammert, wie um mich festzuhalten.
›Um mich brauchen Sie keine Angst zu haben, ich werde Sie hier nicht im Stich lassen.‹
›Es geht nicht um mich. Sprechen Sie lieber mit dem Doktor. Oder mit Ramsic. Aber nicht mit Naleco. Verraten Sie mich bitte nicht.‹
›Schön, wenn ich einen Rat brauche, werde ich mit einem von ihnen sprechen, aber das wird kaum nötig sein.‹
›Haben Sie jemand ermordet?‹ fragte sie unvermittelt.
Ich sprang von meinem Sitz in den Graben, so erstaunt war ich über die Frage.
›Meint man das hier von mir?‹
›Ich frage nur so. Auch wenn Sie jemand ermordet haben, daran stößt sich hier niemand.‹
Sie verließ mich und ging den Graben ein paar Schritte hinunter.
›Kommen Sie doch morgen mit mir zu den Herden, wenn Sie Lust haben‹, rief ich ihr nach.
›Ich?‹ fragte sie und blieb stehen.
›Warum nicht? Wir können uns dann über alles unterhalten.‹
›Nein, das geht nicht. Der Doktor braucht mich‹, sagte sie und meinte wohl Naleco damit.
Ich ging ihr bis zu der Stelle nach, wo man den Abhang zur Bucht überblicken konnte. Die Sonne stand gelb und unecht genau in der schmalen Einfahrt. Wie auf einer kitschigen Postkarte. Alles war gelb gefärbt, auch meine Hände.

Den Weg zu den Herden machte ich oft, nicht nur am nächsten Tag. Die Leute gewöhnten sich allmählich daran, daß ich häufig einen Tag weg war, höchstens, daß sie abends, wenn ich zurückkam, stillschweigend registrierten: Er ist also doch noch nicht verschwunden.
Natürlich sah ich von den Bergen aus manchmal einen von uns regungslos unten sitzen und über die Ebene blicken. Manch einer von ihnen verschwand dann auch wohl für immer, auch zu meiner Zeit noch, das ist wahr. Welche Gedanken mögen sie wohl gehabt haben, bevor sie den Entschluß faßten. Das zu wissen, wäre interessant, auch für Sie wäre es interessant, doch kein Mensch weiß etwas davon, es sind die geheimsten Gedanken, die einer haben kann.
Auch Ramsic sah ich dort zuweilen sitzen, selbstverständlich ohne diese Frau mit dem Sonnenschirm. Mit einer Frau da zu sitzen und ins Leere zu blicken, das ist ganz undenkbar. Auch ich tat immer so, als ob ich ihn nicht da hätte sitzen sehen; man darf einen Menschen nicht dabei stören.
Auch zu der Schauspielerin, wie sie genannt wurde, ging ich bei diesen Gelegenheiten oft, auf dem Rückweg hielt ich mich stets bei ihr auf. Auch wenn sie zu tun hatte, und das hatte sie meistens, und auch wenn man nur von ihr ausgescholten wurde, und auch das war meistens der Fall, war es immer ein Gewinn, mit ihr zusammensein zu dürfen. ›Eine einzigartige Frau‹, nannte Ramsic sie irgendwann einmal, und selbst Naleco, der sich über alle Welt lustig machte, ließ sie gel-

ten. Eine Hexe nannte er sie, doch er meinte das als höchste Anerkennung. ›Früher hätten die Priester sie schleunigst verbrannt‹, sagte er, ›denn so eine Konkurrenz zu ihrem Lieben Gott konnten sie natürlich nicht dulden.‹

Wenn sie auch immer mit einem schimpfte, erfuhr man doch fast jedesmal etwas Neues von ihr über Aporée und über die Leute. Zuletzt, das heißt in den letzten drei Wochen, als es schlimm um meine Frau stand und sie bei der Schauspielerin zur Pflege untergebracht war, zog ich ganz dorthin. Sie fauchte mich an und wollte mich wegjagen, ein Kranker genüge ihr, aber sie warf mir doch ein paar Schaffelle zu, und ich durfte in einer Art Schuppen übernachten. Wenn ich nicht schlafen konnte und draußen auf und ab ging, hagelte es Schimpfwörter. Nicht daß ich irgendwie hätte helfen können, aber es war doch richtiger, daß ich meine Frau nicht im Stich ließ.

Bis wir meine Frau lieber in die sogenannte Klinik schafften. Das war nicht etwa mein Vorschlag, sondern die Schauspielerin selber wollte die Verantwortung nicht allein übernehmen. Obwohl sie sicher mehr von Geburtshilfe verstand als der Doktor, hoffte sie wahrscheinlich, daß er irgendwelche Mittel habe, die meiner Frau helfen könnten.

Mit einem der Hirten trugen wir meine Frau den Abhang bis zum Uferweg hinunter, die Schauspielerin ging hinterher und schimpfte die ganze Zeit auf uns. Unten legten wir meine Frau in eine Schubkarre, die, wenn ich nicht irre, Ramsic irgendwo aufgetrieben hatte, und selbstverständlich hatten wir die Schubkarre notdürftig mit Heu und Säcken gepolstert. So fuhren wir meine Frau bis zum Abhang auf der andern Seite

der Bucht, wo sie dann wieder von uns zum Doktor hinaufgetragen werden mußte.
Sicher sahen viel die seltsame Prozession, verdrückten sich aber schnell, um nicht von der Schauspielerin wegen ihrer Neugierde beschimpft zu werden. Auch sie nämlich schlief dann in der Klinik, so besorgt war sie um meine Frau. Das war noch nie vorgekommen, denn sie verließ die Herden und ihre Hütte da im Süden eigentlich nie. Alle Leute wunderten sich, aber es ging ja um Leben und Tod.
Doch davon später.
Wie bitte? Ja, Sie haben sicher recht, danach zu fragen, von Ihrem Standpunkt da oben in Ihrem Zimmer wenigstens, das sehe ich ein. Ich bin nur deshalb nicht darauf zu sprechen gekommen, entschuldigen Sie, weil ich mir nie Gedanken darüber mache, weder damals in Aporée noch hier, wenn ich aus dem Fenster sehe. Die Q-Street regt wohl zu solchen Überlegungen nicht an. Und außerdem, bitte vergessen Sie das nicht, bin ich schließlich kein Fachmann für Religion.
Tatsache ist, daß ich die ganzen zwei Jahre in Aporée nicht einen einzigen Menschen getroffen habe, den man als religiös bezeichnen könnte, was auch immer darunter verstanden wird, denn wie gesagt, ich bin kein Fachmann für so etwas. Es sprach auch niemand darüber, das Thema schien nicht zu existieren.
Naleco machte sich zwar lustig über den Begriff Religion, aber nur aus Streitsucht. Er gehörte mehr zu denen, die mit ihrem Atheismus prahlen und damit ohne es zu merken, beweisen, daß es mit der sogenannten Religion doch etwas auf sich haben muß. Solche Leute gibt es ja auch hier genug, Sie werden sicher schon mit ihnen zusammengetroffen sein.

Und auch Bimbuck zählte nicht. Er war Priester gewesen, das war bekannt, Religion war also der Beruf, den er gelernt hatte, aber kann man ihn deswegen religiös nennen? In jedem andern Beruf hätte er genau so Schiffbruch erlitten wie in seiner Religion, das glaube ich behaupten zu dürfen.

Übrigens erzählte mir die Schauspielerin . . . oder war es sogar Ramsic, der mir das erzählte, damit ich schonend mit Bimbuck umging? . . . doch ganz gleich, Bimbuck war ein so ungeschickter Mensch, daß seine Kirche . . . ich weiß nicht einmal welche . . . nichts mit ihm anzufangen wußte und ihn darum als Gefängnisgeistlichen in ein Zuchthaus schickte, damit er den Leuten da Trost spendete oder wie man es sonst nennen will. Da soll es ihm eines Tages passiert sein, daß einer der hartgesottenen Gefangenen zu ihm sagte: ›Junger Mann, sprechen Sie nie von Gott zu einem, der in Not ist. Das tat Ihr Vorgänger, und es klang wie reiner Hohn.‹ Man kann sich gut vorstellen, daß so eine Bemerkung unserm armen Bimbuck das letzte Stück festen Bodens unter den Füßen wegzog, denn er hatte ja nichts andres gelernt, als über Gott zu reden. Und so blieb ihm denn nichts andres übrig, als sich in diese Lücke der Welt zu flüchten.

Der Ausdruck stammt ja von Naleco, oder erwähnte ich das schon? Ein treffender Ausdruck! Ich bin froh, daß er mir jetzt wieder eingefallen ist, denn ich habe vierzig Jahre nicht mehr daran gedacht. Vielleicht können Sie ihn ja gebrauchen.

In der Tat habe ich Bimbuck nie den Namen Gottes erwähnen gehört, höchstens daß man merkte, wie er es allzu absichtlich vermied. Wir andern brauchten die Vokabel in der üblichen Weise, ohne uns etwas dabei

zu denken, wenn wir ›Um Gotteswillen‹ oder ›Gottlob‹ sagten.
Immerhin, ich muß Ihnen danken, daß Sie mich durch Ihre Frage auf das Phänomen aufmerksam machen. Theoretisch und so, wie ich Ihnen Aporée zu schildern versuche, könnte man eher im Gegenteil annehmen, daß die Menschen dort ganz besonders zur Frömmigkeit, oder wie Sie es sonst nennen wollen, geneigt hätten, sei es auch nur als Ablenkung von der vergeblichen Warterei. Sie hätten sich eigentlich so etwas wie eine Pflicht für ihr sinnloses Dasein erfinden müssen. Ja, Aporée war doch geradezu prädestiniert für Anachoreten und solches Volk. Auch an Sektierer wäre zu denken, die sich etwas Neues für das Heil der Seele ausgedacht hatten. Gemeinsames Beten und Hymnensingen, welch ein guter Zeitvertreib wäre das für die Leute gewesen.
Doch nichts dergleichen. Offenbar lag in der Lücke der Welt kein Bedürfnis für so etwas vor. Ob das typisch für ein Aporée irgendwelcher Art ist, vermag ich nicht zu beurteilen, da müßten Sie schon einen Fachmann fragen. Der Doktor sagte einmal anläßlich eines Gespräches, ich glaube wenigstens, daß es der Doktor war: ›Religion ist eine unübertreffbare Therapie für Sterbende, da können wir Ärzte nur einpacken, aber was sollen bereits Gestorbene damit anfangen.‹ Beim Doktor fällt mir ein, daß ich neulich hier in einer Buchhandlung ein Buch sah mit dem Titel ›Die Physiologie der Religion‹. Ich habe es nicht gekauft, wie gesagt, das ist nicht mein Gebiet, ich habe nur darin geblättert. Auf dem Klappentext stand, daß der Professor den Ursprung aller Religionen in unserm Zeitgefühl sehe, oder vielleicht stand da auch, in unsrer Angst vor

dem Zeitablauf. Da es in Aporée kein Zeitgefühl gab, ist das unter Umständen eine Erklärung. Aber bitte, erkundigen Sie sich lieber bei einem Fachmann.
Meine Tochter Aggie hält sich natürlich für religiös, da ist keine Widerrede erlaubt, doch ich nehme an, daß das nichts mit Ihrer Frage zu tun hat, darum genug davon.
Nur so viel noch: auch die, die dann meine Frau wurde, war nicht fromm. Das würde ich doch wohl wissen, da ich anderthalb Jahre mit ihr zusammenlebte. Und nicht, daß ich etwas dagegen gehabt hätte, wenn sie es gewesen wäre, doch es fiel nie ein Wort zwischen uns über solche Dinge. Auch als es für sie um Leben und Tod ging, phantasierte sie nicht von Gott, sondern versuchte mir immer nur zuzulächeln und zu sagen: Mach dir keine Sorgen, es wird schon alles gutgehen. Allerdings durfte ich sie nur selten und immer nur ganz kurz sehen, die Schauspielerin jagte mich sofort wieder weg.
Doch um auf Aporée zurückzukommen: eines Abends, als ich von den Herden zurückkehrte, regnete es, aber ohne jeden Wind. In meiner Erinnerung regnete es viel in Aporée, und Ramsic hielt das für günstig wegen des Bodens. Bei der dicken, wasserdichten Kleidung, die wir alle trugen, machte einem der Regen nicht viel aus.
An jenem Abend war der Regen so dünn, daß ich das Licht oben beim Doktor sehen konnte. Da entschloß ich mich, noch zu ihm zu gehen, denn ich hätte doch noch nicht schlafen können. Jetzt nach so langer Zeit möchte ich gestehen, daß der Doktor nur ein Vorwand war und daß ich die, die dann meine Frau wurde, bei ihm zu treffen hoffte.

Doch es kam alles anders. Ich hatte an sich keine Lust, noch in den Gemeinschaftsraum zu gehen und mir das allgemeine Geschwätz anzuhören. Außerdem hatte mir die Schauspielerin etwas zu essen gegeben. Aber als ich vorbeiging, sah ich, daß sich da jemand beim Eingang herumdrückte. Das war Andar, und es kam mir so vor, als ob er mir mit den Augen ein Zeichen geben wollte. So ging ich doch hinein, blieb aber nicht lange, da ich niemand entdeckte, zu dem ich mich hätte setzen wollen, und die Geschichte, die jemand erzählte, interessierte mich nicht.

Andar war nicht mehr zu sehen, als ich wieder ins Freie kam, aber ein paar Schritte weiter sah ich eine Gestalt und erkannte sie trotz der Dunkelheit sofort, obwohl sie gern unbemerkt geblieben wäre.

›Ich dachte, ich würde Sie da drinnen treffen‹, sagte ich zu ihr.

›Was soll ich da drinnen?‹

›Und was stehen Sie hier im Regen herum? Sie werden ja ganz naß.‹

›Das macht mir nichts aus‹, sagte sie abweisend.

Wie auf Verabredung sprachen wir beide leise, obwohl niemand da war, der uns hätte hören können. Es schien ihr nicht recht zu sein, daß ich sie da entdeckt hatte.

›Der Doktor ist wohl noch auf?‹ fragte ich.

›Warum soll er nicht auf sein, sein Licht brennt ja noch.‹

›Es könnte ja sein, daß er sich hingelegt hat.‹

›Er geht nie so früh zu Bett.‹

›Ich wollte nämlich gerade zu ihm.‹

›Fehlt Ihnen etwas?‹

›Nein, nur so. Oder meinen Sie, daß ich ihn störe.‹

›Warum soll es ihn stören? Gehen Sie nur hin.‹

›Wollen Sie nicht mitkommen?‹
›Ich? Was soll ich da? Er braucht mich jetzt nicht. Wenn er mich braucht, aber das kommt fast nie vor, dann macht er das Licht an und aus, so haben wir es verabredet. Irgendwer sieht es dann schon und sagt mir Bescheid.‹
›Dann gehe ich also. Da drinnen war es mir zu langweilig, darum ging ich bald wieder. Niemand hat mich gesehen, auch Naleco nicht.‹
›Naleco?‹
›Wußten Sie nicht, daß er da drinnen ist?‹
›Woher soll ich das wissen?‹
›Ja, er saß da. Jemand erzählte eine Geschichte, als ich kam.‹
›Wer?‹
›Ich konnte ihn nicht sehen. Es war eine langweilige Geschichte, doch vielleicht war ich zu spät gekommen und habe sie nicht begriffen. Er erzählte von einem U-Bahnhof, in den die Menschen hineinströmten, unzählige Menschen, der Strom wollte gar nicht abreißen. Sie drängten sich die Rolltreppe hinunter und winkten ihm zu, dem Erzähler meine ich, der oben herumstand und sich wunderte, wohin sie denn alle so eilig fahren wollten. Sie riefen ihm auch zu, machen Sie doch schnell, es ist der letzte Zug, doch wohin der letzte Zug fuhr, sagten sie nicht. Und nach langer, langer Zeit war endlich Schluß. Der letzte Mann, der die Rolltreppe hinabfuhr, winkte noch mit der Hand, dann verschwand auch sein Kopf im Tunnel, und alles war leer. Die ganze Stadt war leer, keine Menschen und kein Verkehr auf den Straßen, die Häuser alle wie ausgestorben, nicht ein einziges beleuchtetes Fenster. Unser Mann, den Erzähler meine ich, war allein übrig-

geblieben, alle andern waren mit dem letzten Zug fortgefahren. Nur an einem der vielen tausend Fenster, im dritten Stock, wie er erzählte, hing an dem Drahtgestell davor noch Wäsche und wehte leicht hin und her. Es war Kinderwäsche, sagte der Erzähler, und damit war seine Geschichte zuende. Mag sein, daß er nur langweilig erzählte, doch auch die andern fanden sie nicht besonders interessant, niemand lachte.‹

›Und Naleco?‹

›Achso ja. Naleco sagte, als der Mann endlich fertig war, das mit der Kinderwäsche sei sentimental, warum nicht Männerunterhosen? Da lachten sie alle. Warum erzählen die Leute solche Geschichten, die niemand hören will?‹

›Sie werden es auch eines Tages tun‹, sagte sie verächtlich.

›Ich?‹

›Warten Sie nur. Alle tun es.‹

›Sie erzählen ja auch keine Geschichten.‹

›Soll ich den Leuten erzählen, wie man mir den Magen ausgepumpt und Coffein-Spritzen gegeben hat? Mehr fällt mir nicht ein.‹

›Wenn mir je etwas einfallen sollte, was ich nicht bei mir behalten kann‹, sagte ich, ›dann werde ich es Ihnen erzählen.‹

›Mir? Warum mir?‹

›Weil Sie nicht darüber reden werden, darum. Also, dann werde ich jetzt zum Doktor gehen.‹

›War sonst noch etwas?‹ hielt sie mich zurück.

›Da drinnen? Achso ja, der Clown erzählte noch etwas.‹

›Der Clown? Der erzählt nie Geschichten.‹

Das stimmte. Das kann ich nur bestätigen. Ich arbeitete dann ja zusammen mit ihm im Magazin, doch wir haben nie ein privates Wort miteinander gewechselt, es waren immer nur sachliche Gespräche über die Vorräte und was wir unbedingt anfordern müßten.

›Es war eigentlich auch keine Geschichte‹, sagte ich, ›es war mehr nur eine Antwort, die er Naleco gab.‹

›Naleco?‹

›Ja, er hatte den Clown etwas gefragt. Andar war ja nicht drinnen, deshalb mußte der Clown sich um alles kümmern.‹

›War die Frau da?‹

›Die mit dem Sonnenschirm? Gesehen habe ich sie nicht, dazu war es zu dunkel, doch wegen Andar nehme ich an, daß sie da war. Es kann aber auch eine andre Frau gewesen sein.‹

›Nein, sie ist bestimmt da. Und Naleco?‹

›Genau sehen konnte ich auch ihn nicht, aber natürlich erkannte ich seine Stimme. Er stellte dem Clown eine Frage. Vielleicht hatte die Geschichte des andren ihn gar zu sehr gelangweilt, sonst hätte er eine solche Frage wohl nicht gestellt. Ich erschrak richtig über die Frage.‹

›Sie erschraken?‹

›Ich bin ja noch viel zu neu hier, ich kann mich auch irren. Bitte machen Sie mich doch immer gleich darauf aufmerksam, wenn ich einen Fehler mache, ich meine, was hier ein Fehler ist. Ich bin sehr auf Ihre Hilfe angewiesen.‹

›Warum erschraken Sie?‹

›Mir schien, daß man das, was Naleco den Clown fragte und noch dazu vor allen Leuten, hier nicht fragen darf.‹

›Was fragte er denn?‹

›Er fragte den Clown ... aber bitte, es war bestimmt

nur, weil ihn die Geschichte mit dem U-Bahn-Tunnel gelangweilt hatte und um etwas Leben in die Bude zu bringen, wie man es nennt ... er fragte: ›Verraten Sie uns doch endlich, verehrter Clown, das Geheimnis, wie man ein Clown wird.‹ Oder so ähnlich.‹

Wenn ich jetzt nach so langer Zeit an die Szene zurückdenke, will es mir scheinen, als ob auch die andren da in dem sogenannten Gemeinschaftsraum erschrokken über die Frage gewesen wären. Denn das war ja fast so, als frage man jemand, warum er sich nicht umgebracht habe. Jedenfalls herrschte in dem Raum eine ganz ungewöhnliche Stille, eine Totenstille sozusagen.

Und der Clown? Wie er darauf reagierte? ›Und das fragen ausgerechnet Sie?‹ kam es aus der Ecke des Clowns zurück. ›Ja, ausgerechnet ich‹, schrie Naleco gereizt. Dann war es wieder eine Weile ganz still, ich dachte schon, nun kommt nichts mehr. Und dann hörte man plötzlich wieder die Stimme des Clowns aus der Ecke, eine ganz ruhige Stimme, so als ob er Kindern ein Märchen erzähle. Ungefähr so: ›Es war einmal ein Clown. Der kam von irgendwoher zu den Leuten und glaubte schon, sich verlaufen zu haben, denn es war wieder einmal Krieg und es gab nicht genug zu essen. Da fragten ihn die Leute: Wie hast du das gemacht, daß du ein Clown geworden bist? Das muß doch viel Spaß machen? – Er aber hob die Hände hoch und fragte: Von welchem Clown redet ihr? Ich habe noch nie einen getroffen. – Na, wer denn sonst, sagten die Leute. – Ich? Ich bin doch kein Clown. Ich bin ein Steuerzahler. – Ein was bist du? – Ein Steuerzahler. Seht euch doch meine Einkommensteuer-Veranlagung an, die macht keinen Spaß. – Da lachten die Leute und

gaben ihm etwas Geld. Da hast du was, um deine Steuern zu zahlen. Du kannst so bleiben.‹
So ungefähr. Auch in dem Gemeinschaftsraum lachten die Leute.
›Und Naleco?‹ fragte das Mädchen, das da im Regen stand.
›Was ist mit Naleco?‹
›Sagte er noch etwas?‹
›Ich ging fort, als sie alle lachten, das fiel nicht so auf. Wollen Sie hier wirklich noch länger im Regen herumstehen?‹
›Ich kann stehen, wo ich will.‹
›Na, dann werde ich jetzt zu dem Doktor gehen.‹
›Ja, gute Nacht.‹
Doch nach ein paar Schritten drehte ich mich noch einmal um. ›Seien Sie nicht böse, aber ich möchte Ihnen noch etwas sagen.‹
›Bitte?‹
›Die Männer mögen es im allgemeinen nicht, wenn man auf sie wartet, entschuldigen Sie.‹
›Wer wartet denn auf ihn? Von mir aus kann er tun, was ihm Spaß macht. Nur, es macht ihm keinen Spaß, und er kann nicht viel vertragen.‹
›Trinkt er denn jetzt viel?‹
›Nicht viel, es gibt hier nicht viel zu trinken, aber er verträgt nichts. Er behauptet, seine Beine seien besser geworden, doch mich kann er nicht täuschen. Das Frauenzimmer vielleicht, aber mich nicht. Neulich ist er sogar ohne seine Stöcke gegangen, um vor ihr zu prahlen. Er war ganz durchgeschwitzt davon, ich mußte ihn abreiben.‹
›Können wir es nicht Andar überlassen?‹
›Andar?‹

›Er ist doch früher Portier in einem Lokal gewesen, die Schauspielerin hat es mir erzählt.‹
›Was hat das damit zu tun?‹
›Ich meine nur, daß er weiß, wie man mit jemand umgehen muß, der nicht allein nach Haus gehen kann.‹
›Was versteht Andar davon. Außerdem würde er sich hüten, solange dies Weibstück bei ihm ist.‹
›Vielleicht ist sie längst weggegangen.‹
›Nein, sie ist noch drinnen. Ramsic ist weggegangen, als Naleco mit ihr kam. Weshalb stehe ich denn hier? Glauben Sie etwa, daß die Person ihn nach Haus bringt? Die wird sich schön dafür bedanken, der ist ihr Regenschirm wichtiger, vielleicht hat sie ihn sogar mitgenommen. Die möchte selber gern nach Haus gebracht werden, so eine ist das.‹
›Naleco läßt sich nichts vormachen.‹
›Doch! Sie kennen ihn nicht wie ich. Er ist wie ein Kind‹, flüsterte sie leidenschaftlich. ›Trotz all seiner klugen Reden ist er wie ein Kind. Nur weil sie sich Harriet nennt, denkt er gleich, daß sie etwas Besondres ist, und will ihr imponieren. Ich möchte nicht wissen, wie sie wirklich heißt. Und wenn jemand nur Anna heißt, das genügt natürlich nicht. – Was geht Sie das eigentlich an? Es ist doch nicht Ihre Sache.‹
›Eben deshalb.‹
›Weshalb?‹
›Weil es nicht meine Sache ist, sondern Ihre.‹
›Was geht Sie meine Sache an.‹
›Na, dann auf Wiedersehen. Und bleiben Sie nicht zu lange hier stehen, sonst werden Sie uns auch noch krank.‹
›Gehen Sie nur zum Doktor.‹

Das war unser Gespräch im Regen, wie wir es später nannten. Der Regen gehörte irgendwie dazu. Naleco würde das wohl sentimental genannt haben, aber er war ja tot. Das Gespräch muß kurz vor seinem Tode stattgefunden haben. Aber das Gespräch im Regen ließen wir uns nicht nehmen, meine Frau und ich. Der Tod von Naleco ist nur ein Anhaltspunkt, nicht daß er eine Folge des Gespräches gewesen wäre.
Und was sehe ich? Auch unser liebes altes Georgetown will nicht hinter uns zurückbleiben und beteiligt sich an unserm Gespräch durch einen Nieselregen. Nicht genug, um einen Schirm aufzuspannen, aber Ihre Hauswartsfrau wird sich morgen freuen, weil sie den Garten nicht zu sprengen braucht.
Wir müssen übrigens sehen, daß wir bald zu einem Schluß kommen. Ich habe absichtlich nichts davon erwähnt, damit Sie nicht den Eindruck hätten, mir fehle es an Zeit für Sie. Gestern nachmittag telegrafierte meine Tochter, daß sie morgen für zwei Tage käme; sie muß wohl wieder einmal nach dem Rechten bei mir sehen. Ich habe den bretonischen Kellnerinnen im ›Maison des Crêpes‹ schon Bescheid gesagt und einen Tisch bestellt. Aber lassen Sie sich dadurch nicht beunruhigen, das ist alles halb so schlimm.
Wie gesagt, meine Frau und ich erinnerten uns gern des Gesprächs im Regen. Ich sagte ihr, daß ich auf dem Weg zum Doktor traurig war, weil ich sie da im Regen stehenlassen mußte, und sie fragte, wie ich dazu gekommen wäre, mich schon damals für ihre Sache zu interessieren, ob ich das ehrlich gemeint oder nur so

dahergesagt hätte. Wir lebten da schon zusammen in meinem Unterstand. Sie war mit ihren paar Sachen aus dem schuppenartigen Anbau der Klinik zu mir gezogen, das ergab sich ganz von selbst. Ihre Beschäftigung als Schwester übte sie weiter aus. Zuerst machte sie sich Sorge wegen des Doktors, ob er sie nicht brauche, aber der Doktor brauchte niemand, er bemerkte es nicht einmal, ob jemand bei ihm war oder nicht. Kein andrer in Aporée hatte sich so ans Alleinsein gewöhnt wie er. Trotzdem stand meine Frau jeden Morgen sehr früh auf, um beim Doktor nachzusehen, ob es etwas für sie zu tun gebe. Sie sagte jedesmal beim Weggehen: ›Bleib ruhig noch liegen.‹

Sie erwähnte, wie gesagt, meine damalige Bemerkung während des Gesprächs im Regen zuweilen; sie war es nicht gewohnt, daß jemand sich um ihre Sache kümmerte. Und ich war immer etwas beschämt, weil ich mir doch das erste Mal gar nicht darüber klar war, was ich damit sagte. Was soll man auch sonst sagen, wenn man da ein Mädchen allein im Regen stehen sieht?

Doch auch ganz zuletzt, ich meine, als es mit ihr zuende ging, kam mir die Bemerkung noch einmal auf die Lippen. Sie lag die letzten drei Tage in einem der Klinikbetten, das erzählte ich ja schon, und die Schauspielerin war auch dageblieben und schlief in dem Bett daneben, wenn sie überhaupt schlief. Ich selber war in dem Anbau untergekrochen, um meiner Frau näher zu sein. Jedesmal, wenn ich bei ihr hineinblickte, wurde ich von der Schauspielerin rausgejagt. ›Scher dich weg‹, schrie sie mich an, › du störst hier nur. Das ist keine Männersache.‹ Meistens gehorchte ich, denn ich konnte ja wirklich nicht dabei helfen, und es genügte wohl auch, daß meine Frau mich sah und wußte, daß ich sie nicht allein ließ. Doch einmal, wohl aus lauter Angst, platzte mir der Kragen und ich schrie die Schauspielerin meinerseits an. ›Nicht meine Sache? Wessen denn sonst, wenn nicht meine.‹ Dann ging ich trotzdem hinaus. Ich schämte mich, die Schauspielerin angeschrien zu haben, denn sie tat doch alles für meine Frau, was sich tun ließ, nur sie allein.

Aber ich hoffe, daß meine Frau die Bemerkung noch hören konnte.

Vielleicht hat es sie an unser Gespräch im Regen erinnert.

Wenn ich dann den Raum verließ, wartete draußen schon Bimbuck und fragte: ›Wie stehts?‹ Oder auch Ramsic, doch meistens war es Bimbuck. Er war in den Tagen so etwas wie ein Laufbursche zwischen der Klinik und der Funkstation, wo Ramsic den Apparat mit Beschlag belegt hatte. Bimbuck mußte ihm und auch dem Doktor das Essen herauftragen, wobei er unterwegs oft die Hälfte verschüttete. Es war ein dauerndes Hin und Her zwischen Klinik und Station, dafür war Bimbuck gut zu gebrauchen. Selten, wenn ich glaubte, daß es der Patientin besser ging, machte ich mich auch selber zu Ramsic auf; es war ja nicht allzuweit, aber nie länger als für eine halbe Stunde. Ramsic funkte dann sofort den Zustand meiner Frau zu dem Flugzeugträger oder wohin auch immer, ganz klar ist mir das nie geworden, und schnauzte die Leute übers Mikrofon an, wenn sie nicht richtig zuhörten oder die Angelegenheit nicht wichtig genug nahmen. Ja, wieviel Funksprüche damals durch den Äther gingen nur wegen der Geburt eines Kindes. Aggie kann wirklich stolz sein. Das alles darf nie vergessen werden. Ramsic war außer der Schauspielerin der einzige, der sich für meine Frau einsetzte, ich habe ihm nie dafür danken können. Damit will ich um Himmelswillen nichts gegen den Doktor gesagt haben. Er tat bestimmt alles, was ihm bei den wenigen Mitteln, die ihm zur Verfügung standen, möglich war, aber er schwieg, er sagte nichts, vielleicht weil er längst wußte, daß es auf einen Arzt nicht mehr ankam.

Damit sind wir endlich wieder beim Doktor, zu dem ich nach dem Gespräch im Regen hinaufging. Als ich oben ankam, war ich drauf und dran, wieder umzukehren. Ich werde Ihnen gleich sagen, warum.

Die Regentropfen rannen an der einzigen beleuchteten Fensterscheibe herunter. Ich mußte mich auf die Fußspitzen stellen, um hineinsehen zu können.

Der Doktor saß drinnen allein an dem Tisch, der für alles benutzt wurde, als Eßtisch und als Operationstisch. Ob in solchen Fällen eine Auflage auf den Tisch gelegt wurde, kann ich nicht sagen.

Da saß der Doktor, ohne sich zu bewegen und ohne etwas zu tun. Und ohne ein Buch. Er sah verfallen aus, aber das kann auch an der Beleuchtung gelegen haben. Den Kopf leicht vorgeneigt, blickte er auf den Fußboden, wie gesagt, ohne sich zu regen. Das Licht der nackten Birne spiegelte sich in seinen Brillengläsern und auf der kahlen Stirn. Er hatte seinen weißen Arztkittel an. Den trug er immer, ich habe ihn nie anders gesehen. Es muß mehrere solcher Kittel gegeben haben, denn sie waren immer peinlich sauber, wofür meine Frau als Schwester vermutlich sorgte. Die Sauberkeit stach sehr gegen die fleckigen und verwahrlosten Anzüge ab, die wir alle trugen, auch wohl der Doktor unter dem Kittel, schon der Wärme halber.

So ein weißer Kittel war bei uns eigentlich nicht nötig, er wirkte grotesk in Aporée, doch was wirkte da nicht grotesk. Jedenfalls kann ich mir nicht vorstellen, daß der Doktor von sich aus auf diese Berufskleidung Wert legte.

Ich habe den Doktor nie unten an der Bucht oder in dem Gemeinschaftsraum gesehen. Er verließ die Klinik kaum und immer nur für ein paar Schritte, wenn die Schwester den Raum ausfegen wollte. Sowie sie damit fertig war, kehrte er zurück, als ob er inzwischen etwas versäumt hätte.

Trotzdem wußte er alles, was bei uns vorging, wenn ein so komischer Ausdruck erlaubt ist, denn es ging ja wenig genug bei uns vor. Meine Frau als Schwester und alle, die ihn besuchten, berichteten ihm jede Kleinigkeit, und da er durch den weißen Kittel den Nimbus des Arztes hochhielt, verrieten sie ihm, wie das üblich ist, mehr von ihren kleinen Nöten und Stimmungen, als sie sonst von sich verraten hätten.

Durch ein verregnetes Fenster einen völlig einsamen Menschen zu beobachten, durch Glas getrennt und ohne jeden lebendigen Kontakt, das erträgt man nicht lange, und es ist auch ganz unerlaubt. Deshalb wäre ich fast wieder umgekehrt. Das ist ja wie in einem Aquarium, wo man den Fischen bei ihrem Tun zusieht und sich verwundert fragt, ob es den Fisch, der so ruhig und ohne die Flossen zu bewegen im Wasser schwebt, nicht stört, daß ihm einer zusieht.

Ramsic gestand mir einmal, was der Anlaß dazu war, habe ich vergessen, er habe manchmal ein peinliches Gefühl gehabt, wenn er bei seinen Grabungen in Brasilien oder wo sonst auch immer auf Versteinerungen von Fischen, Insekten und Amphibien aus dem Paläozoikum gestoßen sei. So eine in Stein festgehaltene Einsamkeit ans Tageslicht zu bringen, sei ihm wie etwas Unerlaubtes vorgekommen, ja, wie eine Schändung. Sein Beruf sei es ja gewesen, verwertbare Bodenschätze zu entdecken, nicht aber die Einsamkeit der Kreatur zu stören. Das waren seine Worte, nicht meine.

Beim Doktor jedoch handelte es sich nicht um ein längst ausgestorbenes Tier, sondern um einen Mitmenschen. Ich brauche die abgedroschene Bezeichnung ganz bewußt und ich will Ihnen auch sagen, warum sie in diesem Fall angebracht ist. Plötzlich meint man nämlich, sich selber da sitzen zu sehen, nicht ein Spiegelbild, sondern wirklich sich selber. Und man weiß auch, daß der, der da sitzt, tot vom Stuhl fallen wird, wenn ein unangemeldeter Besucher in seinem Rücken unversehens die Tür aufmacht. Dann ist es um einen geschehen, so einen Einbruch verträgt die Einsamkeit nicht.

Atmet die Figur da überhaupt noch? Denn was man für Atmen hält, kann ja nur eine Täuschung durch die an der Scheibe herunterrinnenden Regentropfen sein.

Nein, es ist ganz unerlaubt, einen so einsamen Menschen wie ein Studienobjekt zu betrachten, es ist eine schamlose Entblößung.

Trotzdem, statt wegzugehen, kratzte ich leise am Fenster. Der Doktor hörte es sofort und winkte einladend mit der Hand. Möglich, daß er auch etwas sagte, doch das war draußen nicht zu hören.

›Ich sitze hier und warte vergeblich, daß jemand krank wird. Die Leute da unten meinen: Seht, der Doktor wacht über unsre Gesundheit. Und dann krieche ich ins Bett, und wenn das Glück will, schlafe ich ein paar Stunden. Leiden Sie auch schon an Schlaflosigkeit?‹

›Nein, noch nicht.‹

›Das wird noch kommen, machen Sie sich darauf gefaßt. Die Schlaflosigkeit hat hier keine körperlichen Ursachen, soweit ich etwas davon verstehe; denn auf der Universität hat man uns nichts dergleichen beigebracht. Sie liegt an den Gedanken, die einen wachhalten, da es hier keine Ablenkung gibt. Man muß es dazu bringen, daß man die Schlaflosigkeit als einen für uns natürlichen Zustand hinnimmt und liebgewinnt. Soll ich Ihnen einen Kaffee kochen?‹

›Kaffee?‹ fragte ich erstaunt.

›Der Schlaflosigkeit zu Ehren. Es stehen da noch zwei oder drei Dosen von diesem pulverisierten Zeug herum, nicht allzu aromatisch, doch immerhin Coffein. Machen Sie sich keine Gedanken deswegen, mit der nächsten Sendung wird man uns neue Dosen schicken. Oder möchten Sie lieber einen Kognak?‹

›Dann lieber Kaffee. Ich komme gerade von Andar. Wegen des Regens . . .‹

›Mir ist der Regen ganz angenehm, wie eine Art Vorhang oder so ähnlich. Kommen Sie, der Doktor ist doch zu etwas gut. Verschaffen wir uns eine ehrliche Schlaflosigkeit.‹

In dem Raum, in dem der Doktor gesessen hatte, brannte ein kleiner elektrischer Heizofen. Nebenan, wo die Kochplatte stand, war es kalt. Als der Doktor die Kochplatte anstellte, wurde das Licht sehr viel dunkler. Er warf einen besorgten Blick auf die Birne und legte die Hand auf die Platte, um nachzufühlen, ob sie auch warm wurde.

›Große Versammlung bei Andar?‹ fragte er.

›Jemand erzählte eine Geschichte, ich bin nicht lange dageblieben.‹ Von der Schwester und wie sie draußen im Regen auf Naleco wartete, sagte ich nichts.
›Eines Tages werden Sie auch eine Geschichte erzählen.‹
›Wozu?‹
›Wozu fragt der Kindskopf. Alle sind hier in ihr Unglück verliebt, weil es das einzige ist, was ihnen ein wenig Farbe verleiht. Was heißt schon Unglück? Sagen wir lieber Pech. Auch nur eine schillernde Seifenblase, die zerplatzt, wenn man mit dem Finger daran kommt.‹
›Unglück, um sich den Anschein von etwas Wirklichkeit zu geben‹, sagte ich mehr vor mich hin, ohne mir viel dabei zu denken.
Der Blechdeckel der Kaffeedose fiel dem Doktor auf den Boden und rollte unter eins der Betten. Er lief hinterher, um ihn mit dem Fuß aufzuhalten, und als ihm das nicht gelang, bückten wir uns jeder auf einer Seite und tasteten darunter danach.
›Der Regen scheint Ihnen ja ganz schön zugesetzt zu haben‹, sagte der Doktor ganz außer Atem und noch mit dem Kopf unter dem Bett.
›Mag sein, deshalb habe ich mir erlaubt, Sie zu besuchen.‹
›Aber Sie müssen etwas vorsichtiger mit solchen Äußerungen sein‹, sagte er, als er wieder hochkam.
›Auch bei Ihnen?‹
›Auch bei mir, Herr Archivar. Sie sehen ja, daß mir der Deckel aus der Hand geflogen ist. Erfinden Sie lieber eine Geschichte, statt hier philosophische Anmerkungen zu machen. Na, kochen wir erst den Kaffee. Und ein Schnaps kann uns trotz allem nichts schaden. Besseres

Zeug als das von Andar, wenn auch nicht so hochprozentig. Für hohe Feiertage. Oder für aussichtslose Fälle. Ganz nach Belieben.‹

Er trug zwei Kunststoff-Becher und zwei medizinische Gläschen nach nebenan und stellte sie da auf seinen Tisch.

›So ein Blechdeckel hallt hier noch lange nach‹, meinte er, als er wieder an der Kochplatte stand. ›Es erinnert an das Läuten der Schulglocke. Die große Pause ist zuende. Die große Pause, die das einzige Stück vernünftigen Lebens für die Jungens war. Runter vom Schulhof! Die Stunde beginnt, nun heißt es wieder mogeln. Wie wäre es, wenn Sie daraus eine hübsche Geschichte machten? Das mit dem Mogeln ist nicht schlecht. Übrigens wenn Sie Bimbuck in seiner Bude besuchen, möchte ich Ihnen raten, vorher laut zu husten, damit er rechtzeitig mit dem Mogeln beginnen kann. Was hat man schon davon, einen Menschen aus dem Gleichgewicht zu bringen, höchstens daß er sich an einen klammert, wobei man selber leicht aus dem Gleichgewicht geraten kann. Fassen Sie das nicht als Anspielung auf Ihren nächtlichen Kaffeebesuch auf. Wir sind ja nicht auf Gleichgewicht aus, sondern auf ... weiß der Teufel worauf. Bimbuck ist nur ein besonders krasser Fall. Ich habe ihn einmal aus Versehen dabei ertappt, wie er in seiner Bude kniete und zu beten versuchte. Es war unsagbar peinlich. Sogar eine Art Kruzifix hatte er in den Händen, genau konnte ich es nicht sehen. Er tat so, als sei ihm etwas unter seine Apparate gerollt, so wie mir eben der Blechdeckel. Wirklich, man sollte das Denken verbieten. Welch eine selbstmörderische Beigabe der Natur! Drüben sollen sie es ja schon ziemlich weit darin gebracht haben, höre ich. Nicht durch die medizinische Wissenschaft, sondern durch ... durch ... wie nennen sie das Ding noch ... durch die Massenmedien, glaube ich. Bimbuck zum Beispiel glaubt ... das heißt, sehr fest glaubt er nicht daran, sonst würde er es mir in einer schwachen Stunde nicht verraten haben. Über das, was man wirklich glaubt, braucht man ja nicht auch noch zu reden. Was für kluge Ideen einem beim Kaffeekochen kommen, nicht wahr. Also unser armer Bimbuck hat auch so eine Theorie, mit der er herumspielt, wie wir alle. Bimbuck glaubt, daß Aporée eine Gegend oder ein Erdteil sei, wo Gott mit seinen Absichten gescheitert ist. So als ob seinem Gott beim Experimentieren eine Wasserbombe aus der Hand geflogen ist, und nun haben wir die Bescherung. Bimbuck tut dieser Gott leid und er hält es für seine Pflicht, ihm die Tränen abzuwischen für das Pech. Diese Projektion des Selbstmitleids hat mich gerührt. Im Mittelalter würde man ihn vermutlich für so eine Ketzerei verbrannt haben. Langweile ich Sie?‹

›Nein, ganz und gar nicht‹, versicherte ich ihm.

›Achwo, Sie sind nicht hier heraufgekrochen, um etwas über Bimbuck zu hören. So, da hätten wir den Kaffee. Nehmen Sie die Flasche. Kommen Sie, wir wollen es uns gemütlich machen.‹

Wir begaben uns in den geheizten Raum zurück und machten die Tür hinter uns zu. Der Doktor goß den Kaffee in die Becher und stellte ihn auf den Boden neben sich. Dann schenkte er die Gläser voll und korkte die Flaschen wieder zu. Es war guter Kognak.

›Zum Wohl!‹ sagte der Doktor und grinste dabei.

Wir tranken und schwiegen dann eine ganze Weile. Er nahm seine Brille ab, behauchte sie und putzte sie dann mit seinem nicht sehr sauberen Taschentuch. Mit dem vagen Blick Kurzsichtiger sah er zu mir hin.

›Nun?‹ fragte er schließlich.

›Ja, vielen Dank‹, sagte ich, ›das, weswegen ich herkam, hat sich bereits erledigt.‹

›Der berühmte tote Punkt, nehme ich an. Aber als Arzt muß ich Sie warnen. Wenn der Kognak verraucht ist, stellt sich das flaue Gefühl in der Magengegend wieder ein. Das Mädchen Anna hat mir erzählt, daß Sie eine Art Chronik über Aporée schreiben wollen.‹

›Wie käme ich dazu! Ich habe ihr doch die leeren Kladden gezeigt.‹

›Gerüchte halten sich länger als Tatsachen, sie haben sogar mehr Wirklichkeit. Da, schon wieder eine philosophische Bemerkung, machen Sie sich nichts draus. Und warum nicht eine Chronik oder ein Tagebuch schreiben? Das hilft unter Umständen besser, den toten Punkt zu bestehen als dieser Kognak. Was mich betrifft, so habe ich herausgefunden, daß es viel mehr Spaß macht, die Bücher nur im Kopf zu schreiben, dann bleiben sie wirklich unsere eigenen Bücher. So rühme ich mich denn auch vor Ihnen, ja, ich bin nicht frei von Eitelkeit, in den unzähligen Nächten, die ich hier an diesem Tisch verbracht habe, ein paar handfeste Wälzer zustande gebracht zu haben. Ich korrigiere hin und wieder noch ein wenig daran herum, wenn mir eine prägnantere Formulierung einfällt, und manches streiche ich auch, da es nur eine überflüssige Wiederholung ist, doch das sind nur geringfügige Schönheitsfehler. Kurz, die Bücher stehen fertig auf meinem Bücherbord, ich kann jederzeit darin nachblättern.‹

Er zeigte auf seine Stirn und rieb dann mit der Hand

darüber. ›Gerade vorhin, als Sie ans Fenster klopften, habe ich darin geblättert. Es sind nicht eigentlich medizinische Bücher, doch immerhin, es gibt Fragen, die auch den Arzt interessieren sollten. Über das Sterben zum Beispiel lohnt es sich nachzudenken. Man läßt den Tod ja viel zu sehr außer acht, wenn man vom Menschen spricht. Das ist Sünde.‹
Der Doktor vergaß mich für einige Minuten, ich horchte auf den Regen, der jetzt auf das Wellblechdach trommelte. ›Verzeihen Sie‹, fuhr er endlich hoch, ›lassen wir vor allem den Kaffee nicht kalt werden, das wäre schade. Ich überlegte soeben, ob ich nicht noch ein Buch mit dem Titel ›Über die Sünde‹ verfassen sollte. Natürlich nicht das, was unser armer Bimbuck unter Sünde versteht, das wäre gar zu kindlich. Sünde als der ewige Rückfall, als das Ausweichen vor dem Tod in die körperliche Gesundheit, davon müßte ich als Arzt ausgehen. Doch vielleicht ist das alles in meinen andern Büchern schon deutlich genug gesagt, nur das Wort ›Sünde‹ wäre neu. Ja, und Sie sollten ein Buch über den toten Punkt schreiben. Der ›Tote Punkt‹, ein zugkräftiger Titel. Das wäre etwas für Sie. Der tote Punkt als Ausgangspunkt für alles, was man dann großspurig mit Existenz zu bezeichnen pflegt.‹
›Ich kann keine Bücher schreiben, ich bin kein Philosoph.‹
›Unsinn! Als Sie vorhin verregnet hereinkamen, dachte ich gleich: Sieh da, wieder einer auf dem toten Punkt. Stimmt es?‹
›Ja, das stimmt‹, gab ich zu.
›Na, sehen Sie. Wenigstens ehrlich. Noch einen Schnaps? Nun gut, wie Sie wollen. Es hat mich Ihretwegen sogar gefreut. Mit einem Menschen, der nie auf

den toten Punkt geraten ist, lohnt es sich doch gar nicht zu sprechen. So einer, der auf den toten Punkt geraten ist, kann von denen da drüben unmöglich einen Auftrag erhalten haben, sagte ich mir.‹

›Einen Auftrag?‹

›Es wird hier viel geklatscht. Machen Sie sich nichts daraus. Sie sind verhältnismäßig neu hier, vier oder fünf Wochen, nehme ich an, man verliert hier jedes Zeitgefühl, und über jeden Neuen wird geredet. So als ob etwas von ihm zu erwarten sei, eine neue Ära für Aporée. Eine dumme Gewohnheit, selbst ich bin nicht frei davon, darum habe ich Sie mit dem Feldstecher beobachtet, um nicht überrascht zu werden, falls sich die Situation durch so einen Neuankömmling verändert. Und so ganz von der Hand zu weisen ist das ja auch nicht. Sprechen Sie lieber mit Ramsic darüber, er versteht mehr davon als ich. Er hat internationale Erfahrungen und obendrein geologische Kenntnisse. Es ist schließlich kein Geheimnis, daß wir jetzt hier länger leben müssen als die Leute vor dreißig oder vierzig Jahren. Sogar die Frauen, wenn sie das Pech haben schwanger zu werden, bringen es schon auf sieben Monate. Ramsic hat die alten Aufzeichnungen meiner Vorgänger, die hier irgendwo herumliegen, durchgesehen. Mich interessieren sie weniger, und auch Ramsic meint, das Ganze sei keine medizinische, sondern eine politische Frage. Ich muß zwar regelmäßig über den Gesundheitszustand hier berichten, aber darin stimme ich mit Ramsic überein, die Leute, die uns so großzügig mit Lebensmitteln versorgen, kümmern sich einen Dreck um unsre Gesundheit, das einzige, was sie interessiert, ist, ob die Lebensverhältnisse hier wieder das werden, was sie ›normal‹ nennen. Und das bedeutet, daß sie damit rechnen, diese Gegend eines Tages wieder für ihre Zwecke brauchen zu können, und uns auch.‹

›Das ist . . .‹

›Sprechen Sie es ruhig aus, wir sind ja unter uns: das ist entsetzlich.‹

›Das ist das Ende.‹

›Ach was! Für Aporée vielleicht, aber wir sind ja nicht an Aporée gebunden. Wir müssen uns ein andres Aporée suchen. Nein, kein Ende, sondern eben wieder einmal der berühmte tote Punkt. – Wollen Sie nicht doch noch einen Schnaps? Na, sehen Sie? Anna merkt es ja nicht, daß wir schon den zweiten Schnaps trinken. Und um auf den toten Punkt zurückzukommen: mag es mit unserm Aporée über kurz oder lang zuende gehen, darüber fragen Sie besser Ramsic, der tote Punkt bleibt für Sie und mich und alle, die den Vorzug oder das Unglück haben, dafür auserwählt zu sein. Unser Freund Naleco ist übrigens nicht dafür auserwählt.‹

›Naleco?‹

›Deshalb wird es auch kein gutes Ende mit ihm nehmen.‹

›Wegen seiner Beine?‹

›Was gehen uns seine Beine an. Seine Beine sind nur eine willkommene Ausrede. Sie werden gut tun, sich um Anna zu kümmern, wenn es so weit ist.‹

›Ich?‹

›Wer denn sonst? Etwa ich? Doch um von Naleco zu reden, denn er ist ein typischer Fall: er weiß mehr über den ›Toten Punkt‹ als Sie und ich, nur bringt er es nicht fertig, ihn als den ihm angemessenen Zustand hinzunehmen. Daher sein intellektuelles Geschwätz, das ja geradezu von Selbsthaß trieft. Zu Anfang habe ich mich davon täuschen lassen, ich hielt ihn für einen, der sich nichts vormacht, so imponierten mir seine Worte, bis ich dahinter kam, daß ihm die Angst im Nacken saß. Immerhin, vor sehr langer Zeit hat er einmal eine ganze Nacht hier bei mir gesessen genau wie Sie, nur mit dem Unterschied, daß er meistens sprach und nicht ich. Wir unterhielten uns auch über meine ungeschriebene Bibliothek, ihn als Literaten mußte das ja interessieren. Wir gingen die einzelnen Kapitel durch, Naleco machte allerhand Ausstellungen, und plötzlich sagte er, es fehle noch ein Kapitel ›Über die Engel‹. Hätten Sie das von ihm erwartet? Man darf ihn nicht unterschätzen. Religion oder was man so nennt, bedeutet für ihn Vergangenheit, und er beschimpfte mich damals, daß ich nicht genug an die dächte, die ohne Vergangenheit existieren. Ich redete mich damit raus, daß ich als Arzt nichts über Engel wissen könne, sie brauchten offenbar keinen Doktor. Ich machte sogar den Fehler, ihn zu fragen, ob sie männlichen oder weiblichen Geschlechts seien, und damit kränkte ich ihn sehr, es tut mir leid. Er schrie mich an ... ich gebe Ihnen das besser in seinen Worten wieder: ›Engel sind kein Objekt für faule Witze. Sie haben nichts mit Religion zu schaffen, sie sind Wirklichkeit.‹ Eine erstaunliche Bemerkung für einen Naleco, wer hätte sie ihm zugetraut. Manchmal, wenn ich ihn hier herumhumpeln sehe, liegt mir die Frage auf der Zunge: Na, wo sind sie denn nun, deine Engel?, aber das wäre niederträchtig. Die Bemerkung muß ganz zum Schluß unsres Zusammenseins gefallen sein, denn als er zornig wegging, rief er noch über die Schulter zurück: ›Das wissen Sie auch selber ganz genau.‹ Ich wußte es aber nicht, und ich weiß es auch heute nicht, es ist nicht mein Gebiet.

Doch über den ›Toten Punkt‹ wußte Naleco verdammt genau Bescheid. Der ›Tote Punkt‹ sei für jeden Künstler der Ausgangspunkt, um ein Bild zu malen oder ein Buch zu schreiben, behauptete er, und daß ein Buch nur etwas tauge, wenn es ein Monolog sei, der auf dem ›Toten Punkt‹ gesprochen werde. Oder so ähnlich. Er versteht ja mehr davon als ich, doch wenn man so will, ist es ja mit meinen ungeschriebenen Büchern nicht viel anders.‹

So ging es die halbe Nacht weiter und es könnte endlos so weiter gehen. Endlos!
Nur deswegen gebe ich Ihnen Bruchstücke solcher Gespräche wieder, nicht weil das Gesagte von irgendwelcher Wichtigkeit für Sie wäre. Ob das, was Naleco sagte oder der Doktor oder alle die mit ihren mehr oder weniger erfundenen Geschichten, klug und witzig war, was hilft uns das? Auf eine kluge Bemerkung kommt es doch nicht an, was hätten wir davon? Und im allgemeinen halte ich all das, was in solchen langen Nächten gesagt wurde, nicht einmal für neu, glauben Sie das bitte nicht.
Ich wollte Ihnen damit nur das Gefühl der Endlosigkeit solcher Gespräche vermitteln, sie könnten ebenso gut jetzt noch weitergeführt werden, ohne jeden Zweck und ohne jede Verbindlichkeit, nicht einmal verbindlich für den, der gerade redete. Mir scheint das typisch für Aporée zu sein. So wie das anonyme Rauschen des Verkehrs auf der Wisconsin-Street, das an unsern Fenstern und an unsern Ohren vorbeiweht, und man hört es schon gar nicht mehr. Oder auch so: ich weiß nicht, ob Sie schon einmal an einem Empfang oder an einer Cocktail-Party haben teilnehmen müssen, hoffentlich bleibt Ihnen das erspart. Sie hören nicht einzelne Sätze, sie hören nur das auf ab schwellende Gemurmel der hundert Leute, die da mit ihrem Glas in der Hand herumstehen, und Sie wundern sich, warum es für diese Leute notwendig ist, dies Gemurmel von sich zu geben. Selbst wenn Sie auf die Toilette gehen, verfolgt Sie das Murmeln dorthin, es ist nicht

von dem Wasserrauschen zu unterscheiden, wenn Sie aufspülen.
Damit glaube ich Ihnen alles gesagt zu haben, was sich über Aporée sagen läßt. Ich sehe übrigens auch, daß Sie Ihr Licht ausgemacht haben. Das ist recht, auch wenn es kein Schluß ist. Ein Schluß? Im Gegenteil, nun fängt alles erst für Sie an, und Sie werden sich noch lange in Ihrem Bett herumwälzen.
Doch mit dem Aporée, das ich zu bestehen hatte, war ja damals in der Tat Schluß, nur daß wir uns das nicht klarmachten. Alles, was ich noch erzählen könnte, gehört im Grunde schon nicht mehr zu Aporée, sondern zu dem Erdteil, den sie Newropa nennen. Für mich ist Aporée das Land, in dem meine Frau gestorben ist, und das ist meine Privatsache und für Sie ganz belanglos. Darum können wir uns kurz fassen.
Ich sagte Ihnen ja wohl schon, daß es allein Ramsic war, der mich bis zu dem Hubschrauber begleitete, mit dem man mich in die USA zurücktransportierte. Das war vier oder fünf Tage, nachdem sie das Baby abgeholt hatten. Das alles war nur Ramsics Energie zu verdanken, ich selber war völlig willenlos und wäre von mir aus nie auf die Idee gekommen, um die Erlaubnis der Rückkehr zu bitten. Ich hielt das für unerlaubt.
Auch Bimbuck wollte mich zu dem Hubschrauber begleiten, wir mußten ein ziemliches Stück gehen bis dahin, wo das Flugzeug ohne Gefahr landen konnte. Aber Ramsic schickte ihn zurück. ›Sie passen gefälligst auf den Apparat auf.‹ Und selbstverständlich gehorchte Bimbuck und ging zurück. ›Grüßen Sie den Clown‹, rief ich ihm nach, da er mir leid tat. Warum gerade den Clown, kann ich nicht mehr sagen. Andar zu grü-

ßen, wäre sinnlos gewesen, und die Schauspielerin hätte über einen Gruß nur die Achseln gezuckt.
In den paar Tagen nach dem Tod meiner Frau und nachdem sie das Baby abgeholt hatten, ... davon werde ich wohl doch noch erzählen müssen, das ist wahr ... in den paar Tagen hatte sich für Aporée schon manches verändert.
Oben auf dem Hügel, als wir zu dem Hubschrauber gingen, blickte ich mich noch einmal um, und Ramsic wartete geduldig. Wir sprachen übrigens den ganzen Weg kein Wort miteinander, das war nicht mehr nötig.
Ich wollte alles noch einmal sehen, die Bucht und die Landungsstelle, die Klinik rechts oben und die Antenne der Funkstation und weiter im Süden die grünen Hügel, wo die Schauspielerin lebte und die Herden waren, die man natürlich nicht sehen konnte, aber der Uferweg war zu sehen, auf dem wir meine Frau in die Klinik geschafft hatten.
Es hatte sich schon manches verändert. Zwei oder drei Zerstörer, von denen man doch höchstens wußte, daß sie irgendwo draußen im Meer herumschwammen, die aber nie zu sehen gewesen waren, lagen jetzt unmittelbar vor dem schmalen Eingang zur Bucht. Und in der Bucht selber und an der Landungsstelle sah man ein paar Leichter und Motorboote, die zwischen der Bucht und den Zerstörern hin und her fuhren. Es war also nicht wie sonst.
Bimbuck hatte mir auch berichtet, daß bereits ein paar Leute an Land gekommen wären, noch in Schutzanzügen, worüber sich alle lustig machten. Seid ihr so besorgt um euer bißchen Leben? verspottete man die Soldaten oder was sie waren. Dabei hatte Ramsic ihnen über Funk gesagt, daß Schutzanzüge nun nicht mehr

nötig seien, da ein lebendiges Kind in Aporée geboren war. Doch sie waren vorsichtig und wollten es wohl lieber selber ausprobieren. Ich meinerseits habe diese Leute nicht gesehen, ich war die paar Tage nicht zur Bucht hinuntergegangen. Ich hatte nur Ramsic und Bimbuck gesehen, und den Doktor natürlich, denn ich blieb während der Tage in dem Schuppen bei der Klinik, wo meine Frau zuerst geschlafen hatte.

Wie gesagt, es war alles schon sehr viel anders und es ließ sich voraussehen, daß sich noch sehr viel mehr verändern würde. Das tat etwas weh, denn schließlich hatte ich zwei Jahre da gelebt und auch meine Frau da kennengelernt. Entschuldigen Sie, daß ich das erwähne.

Dann gingen Ramsic und ich weiter zum Hubschrauber. Von meiner Enttäuschung ließ ich nichts merken, doch wie ich ihn kenne, wußte er, wie es mit mir stand. Deshalb sprachen wir auch kein Wort.

Erst als ich einstieg, gab er mir die Hand und sagte ... nicht ›Alles Gute!‹ oder ›Viel Glück!‹ oder ›Vergessen Sie uns nicht!‹ oder was es sonst für Phrasen gibt ... er sagte ... und ich habe mich nicht verhört, glauben Sie das nicht, obwohl der Propeller des Hubschraubers sich schon drehte und viel Krach machte ... er sagte ... und gerade weil ich das nicht erwartet hatte, von Ramsic am allerwenigsten, er war sehr rücksichtsvoll und schweigsam, gerade deswegen hat es mich tief getroffen, denn es war ja fast eine Art Heiligsprechung ... er sagte, während er mir unaufdringlich die Hand drückte ... ja, auch dieser unaufdringliche Händedruck war typisch für Ramsic ... er sagte: ›Sie sind ein glücklicher Mensch‹, nickte mir zu und wandte sich ab.

Später sah ich ihn dann noch vom Hubschrauber aus, wie er zu den Hügeln und zur Bucht zurückging. Eine

Figur, die da ganz allein über die leere Ebene dahingeht, das ist ganz unvergeßlich. Bitte, versuchen Sie sich das Ihrerseits vorzustellen, es kann Ihnen unter Umständen helfen.

Ein glücklicher Mensch! Wie oft habe ich mir das gesagt, wenn ich in den letzten vierzig Jahren im Ministerium mit langweiligen Dingen beschäftigt war, oder wenn Aggie mich ausschalt, daß ich mich gehen ließe und mich vor den Leuten blamierte. Du bist ein glücklicher Mensch, sagte ich mir dann, da kommt es auf ein wenig Blamage nicht weiter an.

Doch um noch einmal auf den Doktor zurückzukommen: ich weiß nicht mehr, wann und warum wir in jener Nacht mit unserm endlosen Gespräch Schluß machten. Vielleicht nur, weil die Wirkung des Kaffees vorbei war. Oder es kann sein, daß die, die dann meine Frau wurde, endlich nach Haus kam und uns ins Bett trieb.

In meiner Erinnerung will es mir manchmal so scheinen, als ob es Ramsic war, der unser Gespräch unterbrach, und zwar mit der Nachricht von Nalecos Tod. Es ist jedoch durchaus möglich, daß ich das alles durcheinander werfe, weil von dem Moment an, ich meine Nalecos Tod, meine Frau und ich zusammengehörten. Das ergab sich ganz von selbst, in Aporée nahm niemand Notiz davon, so selbstverständlich war es auch für die andern. Ja, für anderthalb Jahre wurde sie meine Frau. Anderthalb Jahre. Wir können kurz darüber hinweggehen, damit Sie endlich zu Ihrem Schlaf kommen.

Ob der Tod meiner Frau noch auf Aporée zurückzuführen ist, kann ich nicht sagen. Mit ihr war es ja insofern anders wie bei den andern Frauen, die ihr Kind nicht austragen konnten und daran verbluteten, als bei

ihr die Wehen, ich glaube so nennt man es, nicht einsetzen wollten. Aber bitte, nicht aus Angst, dasselbe Schicksal erleiden zu müssen wie die andern Frauen. Das ist psychologisches Geschwätz. Wenn eine schon einmal Gestorbene ein Kind zur Welt bringt, hat sie keine Angst, doch wer versteht schon etwas davon.
Angst habe nur ich empfunden, und sicher merkte man mir das auch an.
Und ferner, ob meine Frau hätte gerettet werden können, wenn der Hubschrauber mit Geburtshelfer, Hebamme und den erforderlichen Mitteln zwei oder drei Stunden früher gekommen wäre, kann niemand mit Bestimmtheit sagen. Ramsic behauptete das zwar, doch vielleicht nur, um mich zu trösten. Er war wütend über die Trödelei der Behörden. Doch wie soll es auf einem Flugzeugträger, denn von da kam ja der Hubschrauber, einen Geburtshelfer und eine Hebamme geben? Bleiben wir doch nüchtern.
Unter uns, ich bezweifle, daß meine Frau hätte gerettet werden können. Ich sollte sie doch wohl besser kennen als andre, nachdem ich anderthalb Jahre mit ihr zusammengelebt habe. Sie wollte durchhalten, bis das Kind kam, damit hatte sie geleistet, was sie sich vorgenommen hatte, und ihr müdes Herz konnte endlich ausruhen. Aber bitte, das nur unter uns.
Als das Baby dann heraus war ... der Doktor saß auf dem Bett und fühlte den Puls der Sterbenden, während die Schauspielerin mit dem Neugeborenen herumhantierte, es schaukelte und ihm kleine Klapse gab oder was man sonst zu tun pflegt, um das Kind zum Atmen zu bringen, da ... man hatte mich nämlich hereingerufen und ich stand neben dem Bett ... da nieste das Baby plötzlich, wir alle hörten das kleine Ding nie-

sen. Ich hoffe, daß auch meine Frau es noch gehört hat, doch lassen wir das jetzt.
›Es hat geniest‹, sagte der Doktor ein paar Augenblicke danach zu Bimbuck, der draußen wartete, und Bimbuck eilte mit dieser Nachricht zu Ramsic, der sofort in die Welt funkte: ›Es hat geniest.‹
Mit diesem winzigen Niesen war es mit Aporée zuende, könnte man sagen, aber das nur nebenbei.
Bei meiner Frau war es also genau umgekehrt wie bei allen anderen Frauen, die an ihren Frühgeburten gestorben waren. Bei ihr wollte das Kind einfach nicht kommen. Oder es war ihr unmöglich, es herauszulassen. Ihre Schwangerschaft dauerte neuneinhalb Monate, eher noch ein paar Tage mehr.
Natürlich sagten die Frauen und auch die Schauspielerin sagte es, meine Frau habe sich verrechnet, das soll ja vorkommen, doch ich glaube nicht recht daran. Auf jeden Fall lebte das Wesen in ihrem Leib, das stellte die Schauspielerin täglich ein paar Mal fest und zuletzt auch der Doktor. Und selbstverständlich wußte meine Frau das auch selber.
Nur die Wehen wollten nicht einsetzen. Das kleine Wesen ließ sich Zeit. Was mit einer Frau geschieht, der das Ungeborene im Leib erstickt, müssen Sie mich nicht fragen.
Sie nehmen es mir doch nicht übel, daß ich über diese Dinge spreche, die nur mich etwas angehen und nichts mehr mit Aporée zu tun haben?
Ich war der letzte, der etwas von der Schwangerschaft meiner Frau erfuhr. Wir lebten die anderthalb Jahre zusammen und dachten an so etwas gar nicht, das heißt, ich nicht. Meine Frau ging tagsüber weiter ihrem Beruf nach, brachte den Leuten Medizin, wenn es

nötig war, oder wechselte einen Verband, wenn jemand sich verletzt hatte. Und ich beschäftigte mich im Magazin und half auch sonst aus, wenn man irgendwo eine Hand brauchte. Wir dachten es würde immer so weitergehen, ich jedenfalls dachte es, und waren ganz zufrieden damit.

Die andern Frauen merkten es sehr viel früher, daß meine Frau in andren Umständen war. Sie behaupten ja, das könne man einer am Gesicht ansehen, also nicht erst am dicken Bauch, denn das wäre ja auch mir aufgefallen. Aber keine von den Weibern verriet mir etwas. Ob sie meinten, ich wisse es sowieso, oder ob sie es nicht für ihre Angelegenheit hielten, weiß ich nicht. Und meine Frau selber verheimlichte es mir, solange es ging. Sie wollte mich nicht beunruhigen, deshalb. Das sagte sie mir später, als ich es dann doch merkte. Ich sollte mich nicht unnötig aufregen, es werde schon alles gutgehen. Und auch ich plapperte ihr das nach und versicherte ihr immer wieder, daß alles gutgehen werde, wie man das so zu tun pflegt. Ich verbarg ihr, daß ich zum Doktor lief, der mir immer nur sagen konnte, daß man abwarten müsse. Und die Schauspielerin, wenn ich sie voller Besorgnis fragte, schnauzte mich wie üblich an: ›Kannst du Idiot nicht warten?‹

Sonst nahm niemand Notiz davon. Sie waren es gewohnt, daß dann und wann eine der Frauen in andre Umstände geriet und daran starb. Das gehörte zu Aporée, wozu noch viel darüber reden. Nur Ramsic machte meine Sache zu der seinigen. Es muß wohl mit dem zusammenhängen, was ihm früher zugestoßen war, anders kann ich es mir nicht erklären. Auch in den Tagen nach dem Tode meiner Frau und nachdem sie das Baby abgeholt hatten, ließ er mich nicht aus den Augen.

Das waren schwere Tage, verzeihen Sie, daß ich das erwähne. Warten? Worauf denn noch warten? Da hat man in dieser Lücke der Welt, wie Naleco es nannte, einen Menschen gefunden, mit dem man zusammenleben möchte, und er wird einem wieder genommen. Und selbstverständlich stellten sich auch Schuldgefühle ein. Sollte das eine Strafe sein? Und wenn, warum ist dann meine Frau das Opfer, warum nicht ich?
Das waren so meine Gedanken nach der Beerdigung. Bimbuck und ein andrer hatten das Grab geschaufelt, sie trugen auch die Tote da hin. Bimbuck hätte gern eine kleine Predigt gehalten, wie er es gelernt hatte, doch dann genierte er sich und sagte: ›Ich werde für ein Kreuz sorgen.‹ Sonst war nur noch Ramsic dabei. Beerdigungen waren in Aporée kein interessantes Ereignis.
Ich war drauf und dran ... ja, das ist für Sie wichtiger als all diese betrüblichen Einzelheiten ... ich war drauf und dran, in die Ebene zu verschwinden, wie man es in Aporée nannte. Mag man da meinetwegen nach hundert Jahren meine Gebeine finden, dann hat die Wissenschaft etwas zu tun. Ich argumentierte mit mir, daß das Kind mich nicht brauche. Eine Mutter braucht es, aber die Mutter war ja gestorben. Und da drüben wird man auf jeden Fall besser für das Kind sorgen, als wir es in Aporée können. Und wenn Sie mich fragen, dann wäre Aggie auch ohne mich eine genau so wohlbestallte Ärztin in Philadelphia geworden, dazu bedurfte es meiner nicht. Was kann ich also besseres tun als verschwinden.
Doch Ramsic paßte auf mich auf. Ich schlief sogar bei ihm in der Funkstation, Bimbuck wurde solange woanders untergebracht. Ramsic ahnte, wie es um mich stand. Es fiel nicht ein Wort über das Verschwinden in

die Ebene, aber er wiederholte immer, daß es mit Aporée zuende sei, was mich noch ratloser machte. Und eines Tages fügte er in seiner beiläufigen Art hinzu, daß man nicht zweimal dasselbe tun dürfe, das wäre der schäbigste Fehler, den man begehen könne.
Wie ich schon sagte, er war wie ein älterer Bruder. Und diesen älteren Bruder sah ich dann vom Flugzeug aus ganz allein durch die leere Ebene gehen.
Doch um zum Schluß zu kommen: als endlich die Nachricht kam, wenn auch zwei Stunden zu spät, daß ein Flugzeug kommen und daß es an der Stelle, die Ramsic ihnen angegeben hatte, landen würde, ließ die Schauspielerin es sich nicht nehmen, das Baby selbst dorthin zu tragen. Es war zwar nur ein Weg von etwas über einer halben Stunde, doch er war recht schwierig, und sie war eine ältere Frau. Aber jedesmal, wenn einer von uns ihr das Bündel abnehmen wollte, wurde er verächtlich zurückgewiesen, und an kräftigen Schimpfworten fehlte es natürlich auch nicht. Sie traute uns nicht zu, daß wir das Kind heil bis dahin tragen könnten, selbstverständlich würden wir stolpern und es dabei hinwerfen.
Die Nachricht von dem Hubschrauber hatte sich schnell herumgesprochen, halb Aporée stand auf den Hügeln, um sich die Szene anzusehen. Die Schauspielerin machte sich darüber lustig. ›So viel Ehre ist einem Baby noch nicht zuteil geworden‹, schalt sie, ›sonst sind die Kerle nicht aus ihren Löchern hervorzulocken, aber so ein Hubschrauber . . .‹, und so weiter. Zur Entschuldigung muß jedoch gesagt werden, daß es das erste Mal war, daß ein Flugzeug bei uns landete, und von der Bedeutung des Ereignisses hatten die Leute ebensowenig eine Ahnung wie wir.

Als unsre kleine Kavalkade endlich ohne Zwischenfall anlangte ... Ramsic war selbstverständlich dabei und noch ein paar andre. Den Doktor, der Anstalten gemacht hatte, uns auch zu begleiten, er hielt das wohl für seine Pflicht, hatte die Schauspielerin gleich mit der Bemerkung zurückgeschickt: ›Dich brauchen wir nicht mehr‹, ... als wir anlangten, standen unten am Fallreep ein junger Mann in weißem Kittel, also wohl ein Arzt, und eine Frau mit Schwesternhaube, aber in einem ungefügigen Schutzanzug.

›Was ist denn das für eine neue Mode?‹ bellte die Schauspielerin die Frau sofort an.

›Vorschrift!‹ antwortete die Schwester erschrocken.

›Ich scheiße auf eure Vorschrift. Willst du etwa in dem Kostüm das Baby behandeln? Na, nimm es schon und hau ab. Und laß es mir nicht fallen da auf deiner Treppe.‹

Den Arzt behandelte sie wie Luft, von einem so jungen Mann Notiz zu nehmen, wäre zu viel gewesen.

›Und daß du mir das Wurm gleich wiegst, wir haben hier keine Babywaage. Und gib ihm gleich etwas von eurer modernen Kraftnahrung, damit es was wird. Wir haben Mühe genug gehabt, es lebendig zur Welt zu bringen. Natürlich, auch nur wieder eine Frau, doch immerhin.‹

Damit kehrte sie um, sie wartete nicht erst auf das Abfliegen des Hubschraubers. Ramsic begleitete sie, glaube ich, zu den Herden zurück. Ich habe sie nicht wiedergesehen.

Später hörte ich, doch das war schon in dem elenden Nest in Maine und gehört nicht mehr zu Aporée, daß Aggie über acht Pfund gewogen habe.

Von Hans Erich Nossack
erschienen im Suhrkamp Verlag

Bereitschaftsdienst. Bericht über die Expedition. 1973
Der Fall d'Arthez. *Roman.* 1968
Die gestohlene Melodie. *Roman.* 1972

Bibliothek Suhrkamp

Dem unbekannten Sieger. *Roman.* 1971. BS 270
Interview mit dem Tode. *Bericht.* 1964. BS 117
Spätestens im November. 1955. BS 331
Unmögliche Beweisaufnahme. *Erzählung.* 1959. BS 49

edition suhrkamp

Das Mal und andere Erzählungen. 1972. es 97
Das Testament des Lucius Eurinus. 1965. es 117
Der Neugierige. 1963. es 45
Der Untergang. *Nachwort von Walter Boehlich.* 1963. es 19
Pseudoautobiographische Glossen. *Zusammengestellt von Christof Schmid.* 1971. es 445
Über Hans Erich Nossack. *Herausgegeben von Christof Schmid.* 1970. es 406

suhrkamp taschenbücher

Der jüngere Bruder. *Mit einem Nachwort von Christof Schmid.* 1973. st 133
Spirale. *Roman einer schlaflosen Nacht.* 1972. st 50
Um es kurz zu machen. *Miniaturen zusammengestellt von Christof Schmid.* 1975. st 255